Mark Vollmer

Shania Yara

Ein geheimnisvoller
Traum in Kanada

2. Auflage 2017
Copyright: © 2016: Mark Vollmer

Lektorat: Erik Kinting / www.buchlektorat.net
Umschlag & Satz: Erik Kinting

Verlag: tredition GmbH, Hamburg
Printed in Germany

Bibliografische Information der Deutschen Nationalbibliothek:
Die Deutsche Nationalbibliothek verzeichnet diese Publikation in der
Deutschen Nationalbibliografie; detaillierte bibliografische Daten
sind im Internet über http://dnb.d-nb.de abrufbar.
Alle Namen, Handlungen und Orte sind frei erfunden. Jegliche Ähn-
lichkeiten zu lebenden oder verstorbenen Personen wären rein zufällig und ungewollt. Die beschriebenen Gebräuche, Namen der Indianer und ihre Symbole existieren, allerdings in den meisten Fällen
ohne Bezug zu den *First Nations* in Kanada. Die Geschichte der
Key'as ist frei erfunden.

Das Buch

Gehe aufrecht wie die Bäume. Lebe dein Leben so stark wie die Berge. Sei sanft wie der Frühlingswind. Bewahre die Wärme der Sonne im Herzen und der grosse Geist wird immer mit dir sein.

Indianische Weisheit

Träume können einem den richtigen Weg zeigen, selbst aus ausweglosen Situationen. Die Odyssee von Mark Vollmer führte ihn zu einer Gemeinschaft, bei der nicht materielle Werte wichtig waren. Respekt, Vertrauen und gegenseitige Hilfe prägten ihr tägliches Leben.

Eine raue Natur offenbarte ihre Schönheit, man musste sie nur erkennen können.

Der Autor

Mark Vollmer ist das Pseudonym eines Schweizer Autors. Seine langjährige Reisetätigkeit half ihm beim Verfassen des vorliegenden Romans.
Mit seinem Erstlingswerk *Shania Yara – ein geheimnisvoller Traum in Kanada* beginnt er eine Romanreihe, in deren Mittelpunkt vom Aussterben bedrohten Kulturen stehen.

Der Autor ist verheiratet und Vater von zwei erwachsenen Kindern. Er lebt in der Nähe von Solothurn, Schweiz.

www.markvollmer.com

Prolog

Der Weg des Einzelnen führt durch die Schlucht der Einsamkeit und am Ende siehst du die Kraft des Lebens.
Indianische Weisheit

Ich hatte einen Traum, meinen Traum von einem erfüllten Leben, fernab aller materiellen Zwänge, einem harmonischen Leben mit der Natur in der Natur. Ich träumte von Liebe, Hilfsbereitschaft, Vertrauen und Respekt, mir bis dahin wenig bekannte menschliche Eigenschaften. Die fantastische Natur Kanadas bildete meine perfekte Traumkulisse.

Der Traum gab mir die Kraft unüberbrückbare Klüfte zu überwinden. Ich schuf in dieser Traumwelt eine perfekte Verbindung zwischen der Realität und meinen persönlichen Wünschen und Erwartungen. Mein Traum fand aber nicht nur in einer Schlafphase statt, sondern vorwiegend im Wachzustand. Ich hatte all die lebhaften Bilder und intensiven Gefühle wirklich erlebt, sie waren echt und physisch greifbar.

Es gab keinen Anfang und kein Ende, mein Traum brachte mir immer wieder neue Erkenntnisse. Also war ich felsenfest davon überzeugt, dass er sich laufend erneuerte und deshalb ewig dauern würde. Und es gab auch keinen Grund, daran zu zweifeln. Im Nachhinein konnte ich nicht mehr feststellen, ob er einen Wimpernschlag oder eine Ewigkeit lang gedauert hatte. Erst das Leben machte mir deutlich, dass jede Traumzeit begrenzt war.

Das Schicksal wendete sich gegen mich. Nach einem Zustand der höchsten Zufriedenheit und des vollkommenen Glücks erfolgte der brutale Absturz, das Aufwachen, die Rückkehr in die Welt der nüchternen Realität, und zwar ohne Vorwarnung und ohne Sicherheitsnetz. Gnadenlos und eiskalt gewannen die Dinge, die ich schon beinahe vergessen hatte, ihre eiskalte Dominanz zurück. Mein Leben in meiner perfekten Welt wurde jäh gestört.

Ich stellte mir immer wieder dieselbe Frage: War dies das endgültige Ende meines Traums? Von allem, was ich lieb gewonnen hatte? Ich redete mir ein, dass es sich nur um eine kurze Unterbrechung handeln würde, jeder Traum würde ja irgendwann von einem neuen abgelöst. Die erlebte Harmonie schrie förmlich nach ihrer Fortsetzung.

Mein Versuch, den Traum mit Gewalt zurückzuholen, scheiterte kläglich. Ich fand den Anschluss nicht mehr. Unverständnis für den abrupten Wechsel beherrschte mein Denken. Beinahe unerträgliche seelische Schmerzen signalisierten mir nun die Unausweichlichkeit des endgültigen Abschieds von meiner Traumwelt. Als Schutz vor weiteren Schmerzen reduzierte sich mein Wahrnehmungsvermögen. In diesem Zustande erlebte ich keine Träume mehr. Eine grosse unaufhaltsame Gefühlsleere breitete sich in mir aus.

In dieser Leere begann ein mir bis dahin unbekanntes Gefühl zu wuchern: Wut! Diese Wut bestimmte von nun an mein ganzes Denken. Wut auf alles und jeden, vor allem aber auf die langsam aufkeimende Erkenntnis, dass mein Traum unwiderruflich zu Ende war. Wut auf das Ende eines unbeschreiblichen, erfüllten Lebens und Wut auf meine Unfähigkeit, der neuen Situation zu trotzen. So begann ich, mein Umfeld für alles verantwortlich zu machen. Mein Verstand versagte, denn das Wutgefühl hatte mich vollständig unter Kontrolle.

Als die Wutaufwallungen zur Gewohnheit wurden, verloren sie ihre zerstörerischen Auswirkungen. Ich verstand meine Situation nicht mehr, also begann ich erneut zu fragen – zu hinterfragen. Aber diese Suche nach dem Grund meiner Lage erbrachte keine neuen Erkenntnisse. Im Gegenteil, es stellten sich immer neue Fragen. Eine kluge Frau gab mir einmal den Rat: Wenn du meinst es geht nicht weiter, horche in dich hinein, du wirst eine Antwort erhalten. Diese Stimme sprach aber nicht zu mir. So sehr ich auch nach ihr rief, ich erhielt keine Antwort. Niemand erteilte mir einen Rat.

Ich sass im Langstreckenjet der *Canadian International* und fand trotz intensiven Nachdenkens keine Antwort auf die Frage, weshalb der Platz am Fenster neben mir leer blieb. Durch meine halb geschlossenen Augenlider sah ich, dass die letzten Passagiere ihre Sitzplätze suchten, ihr Gepäck im Ablagefach platzierten und sich anschliessend in die bequemen Sitze der Boeing 767 fallen liessen. Der Bildschirm über meinem Vordermann zeigte mir die Flugroute und die Entfernung bis zum Reiseziel an.

Ich kannte die Regionen, die ich in den nächsten Stunden überfliegen würde. Während der vielen Reisen hatte mich mein Traum immer begleitet. Dieses Mal flog ich alleine und dennoch fühlte ich mich erstaunlicherweise nicht verlassen. Ein undefinierbares Gefühl liess mich nicht los, dass jemand im Hintergrund an meiner Seite war und gleich neben mir den Platz einnehmen würde. Ein kurzer Hoffnungsschimmer keimte in mir auf. Mit der besiegelnden Durchsage des Maitre de Cabin – »Boarding completed!« – erlosch aber auch dieser Funke.

Meine Anspannung fiel nun zusammen, jegliche Hoffnung war verschwunden und eine tiefe seelische Erschöpfung breitete sich in mir aus. Mein Traum war vorbei. In einigen Stunden wäre ich wieder zu Hause, in einem Zuhause, das es so, wie es einmal war, nicht mehr gab. Meine Reise in eine neue, unbekannte Zukunft hatte begonnen.

Von weit her realisierte ich noch die Sicherheitshinweise des Kabinenpersonals. Ich war zu keinem klaren Gedanken mehr fähig und liess mich treiben und treiben. Der gewaltige Schub der beiden Düsentriebwerke drückte mich tief in meinen Sitz. Ich verlor jeglichen Bezug zur Gegenwart und begann zu träumen.

Ein neuer Traum nahm seinen Anfang …

ooOOoo

Ein neuer Weg

Menschen, die nur arbeiten, haben keine Zeit zum Träumen.
Nur wer träumt, gelangt zur Weisheit.

Indianische Weisheit

Am 24. August war unser Hochzeitstag, jener Tag, an dem wir vor fünf Jahren beschlossen hatten, gemeinsam unser künftiges Leben zu gestalten.

Irene war 38 Jahre alt, mittelgross, schlank, sportlich und wohlgeformt. Gewellte braune Haare umrahmten ihr hübsches Gesicht, das durch ein immerwährendes Lächeln geprägt wurde. Die graublauen Augen und der leicht bronzene Teint verliehen ihr zudem eine geheimnisvolle Aura.

Ihre attraktive Erscheinung stand ganz im Gegensatz zu ihrem Wesen. Nicht Gefühle prägten sie, sondern ein übertriebener Hang nach Unabhängigkeit und Schnörkellosigkeit. Dementsprechend war unser Eheleben nicht immer auf soliden Pfeilern aufgebaut. So war für *Irene* immer klar, dass sie ihren Familiennamen behalten wollte – *Stettler*. Nie würde sie sich dem Verdikt einer Namensgemeinschaft unterwerfen. Sie war sehr intelligent. Mathematisch betrachtet gab es für sie immer nur eine Problemlösung. Es existierten also nur Schwarz oder Weiss, alles oder nichts.

All diese Eigenschaften liebte ich anfänglich besonders an ihr. Relativ rasch musste ich jedoch feststellen, dass eine Liebe immer durch Geben und Nehmen geprägt wurde. Ohne Kompromisse gestaltete sich unser Zusammenleben oft sehr schwierig.

Als Tochter aus gutem Hause – ihre Mutter stammte aus einer bekannten Fabrikantenfamilie, ihr Vater besass eine renommierte Unternehmensberatung – war sie an gewisse Mindeststandards gewöhnt. Geld war bei ihnen nie ein Diskussionsthema gewesen, ganz im Gegensatz zu unserem Haushaltsbudget, das immer wieder Defizite aufwies. Partys und ein eher ausschweifendes, oberflächliches auf materielle Errungenschaften ausgerichtetes Leben kennzeichneten *Irenes* Jugendjahre. Das Geschichtsstudium wurde mehrmals unterbrochen und schliesslich ganz aufgegeben. Eine eilends organisierte kaufmännische Ausbildung im familieneigenen Betrieb unterforderte *Irene* zwar, an eine Wiederaufnahme ihrer Studientätigkeit war jedoch nicht zu denken. Nach längeren Auslandaufenthalten in Spanien und Grossbritannien, gut ausgerüstet mit einem kaufmännischen Grundwissen, unterzog sie sich daraufhin einer mehrjährigen Marketingausbildung.

Mein Name ist *Mark Vollmer*, 35 Jahre alt. Als Kind eines Rechtsanwaltes und einer Modedesignerin, hatte ich eine überwiegend ausgeglichene Kindheit genossen. Als Einzelkind wurde ich besonders verwöhnt. Diese Kindheit war allerdings durch eine permanente Leistungserwartung geprägt. Nach dem Motto *Ohne Fleiss kein Preis* durchlief ich meine Jugendjahre. Meine Eltern erwarteten selbstverständlich, dass ich studieren würde, und zwar an derselben Fakultät wie mein Vater dies vor 20 Jahren getan hatte. Meine Entscheidung, nicht in die juristischen Fussstapfen meines Vaters zu treten, wurde mit Unverständnis, ja sogar als herbe Enttäuschung aufgenommen.
Nach einem Studium der Betriebswirtschaften, es war keine optimale Wahl, erhoffte ich mir eine blendende Karriere im Finanzsektor. Dass nach dem Studienabschluss viele Firmen warteten und sich mir die Tore der Welt öffnen würden, war

eine Riesenillusion. Dennoch hatte uns die Universität diese irrige Meinung permanent eingeimpft.

Nach vielem Hin und Her verpflichtete mich die *World Wide Bank AG*, die bedeutendste Schweizerbank, als Finanzanalyst in ein Team von zehn jungen Leuten. Wir analysierten Unternehmensabschlüsse, prognostizierten die mögliche künftige Entwicklung der Kapitalmärkte und verfassten viele Kommentare. Unsere Schlussfolgerungen, wir waren ja blutige Anfänger, wurden jedoch je nach Interessenlage der jeweiligen Direktionen entsprechend uminterpretiert. Falschbeurteilungen waren dann natürlich unsere Fehler. Naja, damit konnte ich leben.

Nach den Gesellenjahren verliess ich den Weltkonzern, um in kleineren Bankinstituten mit viel Aufwand und etwas Taktik die Karriereleiter zu erklimmen. Heute bin ich verantwortlicher Direktor des Investment Banking der renommierten *Privatbank Mischler*.

Ich lernte *Irene* auf einer meiner vielen Auslandsreisen im Outback von Australien, genauer gesagt 300 Kilometer westlich von *Port Johnson* kennen. Sie hatte zusammen mit ihrer Kollegin und einem einheimischen Fahrer einen Ausflug zu einer Aboriginal Siedlung geplant. Der Achsenbruch ihres Fahrzeugs machte ein Weiterkommen jedoch unmöglich. So lag ihr Auto auf der Strasse und sie warteten auf den Abschleppdienst. Wer die Dimensionen von Australien jedoch kannte, wusste genau, dass es Stunden dauern würde, bevor mit Hilfe vor Ort gerechnet werden durfte.

Ich war unterwegs zu den Höhlenmalereien in den nahe gelegenen *Red Mountains*. Diese aussergewöhnlichen Kohlezeichnungen stammten noch aus der Urzeit der Aboriginal und überdauerten die Jahrhunderte dank des sehr trockenen Klimas. Ich traf die völlig verzweifelten jungen Damen etwa 20 Kilometer vor meinem Ziel. Die beiden nahmen mein Angebot, mit mir weiterzureisen, dankend und vor allem mit Erleichterung an. Sie hatten sich mit einem längeren Aufenthalt in irgendeiner Siedlung der Aboriginal abgefunden. Deshalb genossen sie die gemeinsame Entdeckungsfahrt ganz besonders.

Drei Wochen später verabredeten wir uns zum ersten Mal in Zürich, aber es dauerte noch drei Jahre, bis wir beschlossen zu heiraten. *Irenes* Vater bestand auf einer grossen Hochzeitsfeier und *Irene* stimmte dem jubelnd zu. Eigentlich wäre es unsere Hochzeitsfeier gewesen, aber wie das Leben so spielt: Die Kosten wurden von den Brauteltern getragen und somit hatten die das Sagen.

Die Zeremonie war schlicht und sehr bewegend. In der kleinen protestantischen Kirche des Nachbardorfes gaben wir uns das Jawort. Die Glocke am überdimensionierten Kirchenturm verkündete mit ihrem hellen Klang die frohe Botschaft. Das anschliessende Fest war berauschend. *Irenes* Eltern hatten keinen Aufwand gescheut um den Anlass pompös zu gestalten. Er später habe ich erfahren, dass unsere Feier gleichzeitig auch als Kundenveranstaltung diente, die Kosten waren deshalb voll steuerabzugsfähig.

Wie an jedem Hochzeitstag verabredeten wir uns nach Arbeitsschluss zu einem gemeinsamen Abendessen beim Italiener, dieses Mal in der *Trattoria Alfredo*. Wir beide liebten die italienische Küche; die Vielfältigkeit und die Verwendung von unzähligen frischen Zutaten faszinierten uns immer wieder.

Mit einer kleinen Verspätung erreichte ich, direkt von der Arbeit kommend, gegen 19 Uhr vollständig ausgepumpt das Nobelrestaurant. Der Blumengruss blieb angesichts des fortgeschrittenen Abends auf der Strecke. Ich gelobte mir diese Unterlassungssünde morgen auszubügeln.

In der Regel hätte ich mindestens eine halbe Stunde gewartet, da *Irene* es mit der Pünktlichkeit nie genau nahm. Welch eine Überraschung: Sie nippte bereits, leicht genervt und voller Ungeduld – ich konnte dies an ihrem Gesichtsausdruck erkennen – an einem Glas Prosecco.

Die lieblose Begrüssung »Hallo *Irene*.« – »Hallo *Mark*« – wurde durch einen flüchtigen Wangenkuss und ein paar belanglose Bemerkungen über den Tagesverlauf ergänzt. Dieses oberflächliche Ritual hatte sich in letzter Zeit bei uns etabliert. Die frühere Herzlichkeit war schleichend abhandengekommen. Was zurückblieb, waren leere Worte zwischen zwei Partnern, die sich in verschiedenen Welten weiterentwickelten. Die Gemeinsamkeiten reduzierten sich auf ein paar wenige Momente in unserm Leben. Aber wir beide hatten diesen Zustand akzeptiert.

Das Restaurant war bekannt für seine italienischen Spezialitäten. Eine grosse Anzahl von Meeresfischen und -früchten, täglich frisch eingeflogen von *Blanco*, einem europaweiten Lieferanten, zählten zu den besonderen Köstlichkeiten. Sie wurden auf Eis und frischem Seetang präsentiert. Die Fleischgerichte standen dem Fischangebot in nichts nach. In spannungsvoller Erwartung, leicht ausgehungert, bestellte ich den *Ossobuco della Nonna mit Risotto ai funghi*. Ich wusste, dass diese Kalbshaxe, in Olivenöl gebraten und mit frischen Kräutern aromatisiert, mit einer herrlichen Rotweinsauce serviert wurde. Meine Frau begnügte sich mit einem vegetarischen Menu. Irgendjemand hatte sie wieder einmal davon überzeugt, überflüssige Pfunde vernichten zu müssen. Dabei konnte sich *Irenes* Figur durchaus sehen lassen: Perfekt geformt und durch wöchentliches Fitnesstraining gestählt, war sie eine äusserst attraktive Erscheinung.

Nach einem kurzen Small Talk wechselte ihre Stimme übergangslos in eine nüchterne beinahe kühle Tonlage – so unterstrich sie üblicherweise, dass eine bedeutungsvolle Ankündigung folgen würde. Sie kam auch gleich zum Punkt und verzichtete auf jegliche Umwege:

»*Mark*, wir müssen etwas Grundlegendes besprechen.«

Die Bestimmtheit dieser Einleitung liess mich sofort aufhorchen. Ein geheimnisvoller Unterton mit einer leichten Vibration in ihrer Stimme riss mich jäh aus meiner Welt der kulinarischen Genüsse. Waren etwa wieder Vorwürfe angesagt? Oder wollte sie mir irgendwelche Entscheidungen bezüglich des nächsten Urlaubs offenbaren? *Irenes* Unart – ich hatte sie immer wieder, leider erfolglos, darauf hingewiesen – lag darin, dass sie während unserer Ehe ihre Entscheidungen immer selbstständig traf, ohne Rücksicht auf Partner und Freunde.

»Ich finde, dass wir uns in den vergangenen Jahren gründlich auseinandergelebt haben. Deine ständige berufliche Abwesenheit, meine anspruchsvolle Tätigkeit und die Ausbildung, deine kurze Affäre mit *Daniela* und ganz allgemein unser nachlassendes Interesse aneinander haben meines Erachtens das Fundament unserer Ehe stark erschüttert. Ehrlich gesagt betrachte ich ein Fortsetzen dieser Art von Ehe nicht mehr als sinnvoll. Bitte verstehe mich, dass ich die mir verbleibende Zeit so nutzen möchte, dass ich meine Karriere ohne Hindernisse realisieren und neue Wege beschreiten kann.«

Die beinahe philosophische Umschreibung dafür, dass unsere Beziehung zu Ende war, traf mich unvorbereitet. Der herrliche *Ossobuco* schmeckte nicht mehr. Dem schönen *Barolo*-Wein wurde die ihm gebührende Aufmerksamkeit verweigert. Ich trank ihn, als wäre es Wasser, und würgte damit das exzellente Risotto runter. Teilte mir *Irene* gerade mit, dass sie unsere Beziehung, die unter einem glücklichen Stern begonnen hatte, beenden wollte?

Okay, unser Eheleben reduzierte sich auf sporadische sexuelle Kontakte, denen seit Langem die gefühlsmässige Komponente fehlte. Die spärlich geführten gemeinsamen Gespräche zeugten von Oberflächlichkeit und unsere Beziehungen zu Freunden begannen einzuschlafen. Der geplante gemeinsame Urlaub musste immer wieder auf unbestimmte Zeit verschoben werden, da angeblich geschäftliche Verpflichtungen Vorrang hatten. Aber dies war nicht alleine meine Schuld. Die Karriere stand bei uns beiden im Vordergrund. Genügte das, um eine Gemeinschaft aufzulösen? Die mir vorgeworfene Affäre, wenn es überhaupt eine war, hatte ich vor einigen Jahren und *Irene* hatte sich nie durch diese Beziehung bedroht gefühlt. Alles Schnee von gestern. Im richtigen Moment wieder aufgewärmt, war dieses Vorkommnis allerdings durchweg geeignet, meine Position zu schwächen.

Jeder Angeklagte erhielt eine Chance, sich zu verteidigen und wenn möglich Busse zu tun. Wenn das gefährliche Abdriften unserer Gefühle nur an mir lag, so wollte ich Besserung geloben. Probleme konnten schliesslich besprochen werden. Zudem beschlich mich das Gefühl, dass *Irene* mit ihren 38 Jahren in einer echten Krise steckte, die nicht nur durch mich verursacht wurde.

»Wir sollten unsere Beziehung noch mal von vorne beginnen«, gab ich etwas verdutzt von mir.

Postwendend kam die kategorische Antwort:

»Nein, ich habe mir auch diese Möglichkeit mehrmals überlegt. Aber alle meine Gedanken bestärkten mich in der Meinung, dass ohne eine ausreichend breite Basis jeder Neuanfang zum Scheitern verurteilt wäre. Ich bin mir nicht sicher, ob ich dich überhaupt noch liebe oder je geliebt habe. Unser gemeinsamer Freund, Rechtsanwalt *Martin Petermann*, hat mir geraten, dir eine schnelle, faire Trennung vorzuschlagen. So könnten wir Geld und langwierige nervenaufreibende Auseinandersetzungen sparen.«

Offenbar war mir *Irene* bereits viele Gedankenschritte voraus. Gut ausgerüstet mit juristischen Ratschlägen drängte sie auf eine rasche Lösung. Ich wollte aber fünf Jahre Ehe nicht einfach so vom Tisch fegen.

Sie fuhr jedoch unerbittlich fort:

»*Martin* hat mich informiert, dass in unserm Falle ein Aufteilen des Vermögens problemlos wäre und auch rasch vollzogen werden könnte. Unsere ererbten Bankkonten, Aktien und Immobilien sowie das Fehlen eigener Kinder, machen die Ausarbeitung einer Konvention zur reinen Formsache. Jeder kriegt die Hälfte des gemeinsam erarbeiteten Vermögens.«

Was gab es darauf zu erwidern? So beschloss ich zu schweigen. Niedergeschmettert sass ich auf dem Stuhl, der sich jetzt nicht mehr bequem anfühlte, sondern überall zu drücken begann. Ich nahm die hektische Atmosphäre um mich herum überhaupt nicht mehr wahr. Nebenbei erfuhr ich, dass sich unser gemeinsamer Freund, *René Imoberdorf*, in der letzten Zeit vorbildlich um die Belange meiner Frau gekümmert hatte. Der zweimal geschiedene Versicherungsberater war zweifellos ein Experte in solchen Dingen.

Der fünfte Hochzeitstag wurde zum Beerdigungstag für unsere Ehe, das gute Essen war der Leichenschmaus. Wir erreichten also nicht einmal das *verflixte siebte Jahr*. Keine Verhandlungsmöglichkeiten standen mehr offen, keine Gesprächsbereitschaft, wenn auch nur ansatzweise, war erkennbar. Von mir wurde ein konditionsloses Akzeptieren einer einseitigen Entscheidung verlangt. Ich bestellte uns noch zwei Espressos und verlangte die Rechnung.

Da *Irene* mit einem Taxi gekommen war, schlug ich ihr vor, mit mir nach Hause – oder eben in die noch gemeinsam genutzte Wohnung – zu fahren. Ich beabsichtigte, dort in aller Ruhe unser Problem weiter zu diskutieren. Dieses Ansinnen, obschon ich bemerkte im Gästezimmer zu nächtigen, wurde mit einem kurzen »Nein!« niedergeschmettert. Meinen letzten Versuch – »Ich gebe dir genügend Zeit, unsere Situation nochmals zu überdenken.« – überhörte *Irene* geflissentlich.

»Ich habe mir ein kleines Appartement in der Altstadt gemietet«, meinte sie, »das ist praktisch und ich brauche keinen Privatwagen mehr.«

Erst später erfuhr ich, dass die angegebene Adresse in der Zürcher Innenstadt der Sitz der Beratungsfirma von *René Imoberdorf* war.

»Gute Nacht, *Irene*«, hörte ich mich sagen, »ich wünsche dir alles Gute für die Zukunft. Solltest du dennoch den Wunsch haben mit mir zu sprechen, so melde dich bitte. Martin soll mit mir gelegentlich Kontakt aufnehmen.«

In kühler Distanz und vom alleinigen Wunsch beseelt, möglichst bald ihren Neuanfang starten zu können, verabschiedete sich *Irene*. Die frostige Atmosphäre war körperlich spürbar. Ich konnte bei meiner Ehefrau keinen Schmerz oder irgendein leises Bedauern erkennen.

»Leb wohl *Mark*.« Ein Händedruck, ein hingehauchter Kuss, der Duft von ihrem Eau de Toilette – das war alles, was von meiner einstigen Liebe zurückblieb. Und so entschwand sie meinem Blick.

Total vernichtet realisierte ich, dass all unsere gemeinsamen Pläne, unsere Liebe, unser gemeinsames Leben zerstört waren.

Der Druck in meinem Innern wurde unerträglich und ich hatte das Gefühl zu zerspringen. Ich musste diesen Ort umgehend verlassen. Mein Auto liess ich im Parkhaus und wanderte kreuz und quer durch die Gassen der Altstadt. Ich sah nichts und niemanden. Nur ein einziger Autofahrer blieb mir in Erinnerung: Er tippte sich mit dem Finger an die Stirn und kommentierte so meinen unkontrollierten Strassenseitenwechsel am *Bellevueplatz*.

Meine Selbstvorwürfe begannen zu wachsen und wucherten, bis sie vollständig von mir Besitz ergriffen hatten: Sicher hatte ich mir in letzter Zeit viel zu wenig Mühe gegeben, die ständigen Ungleichgewichte in unserer Ehe zu erkennen und wieder ins Lot zu bringen. Viele Kleinigkeiten waren mir in unserm Leben egal geworden und wichtige Termine, die uns beide betrafen, vergass ich oft. Unser Eheleben verkümmerte und mein Wunsch nach Kindern wurde mit Argumenten wie einseitiger Rollenverteilung und Ähnlichem niedergeschmettert. Ich war mir jedoch bewusst, dass gemeinsame Kinder in den meisten Fällen keine Rettung einer kriselnden Ehe darstellten. Berufliche Komponenten gewannen in der Folge immer mehr an Bedeutung. Aus der Lebensgemeinschaft war offensichtlich eine Zweckgemeinschaft, eine Zweckgemeinschaft bis zum bitteren Ende geworden.

Zu Hause angekommen realisierte ich, was *Irene* unter einer *hälftigen Teilung* verstand. Unsere gemütliche gemeinsame Wohnung im schönen *Seefeldquartier* im zweiten Stock fand ich teilweise ausgeräumt vor. Neidlos musste ich zugestehen, dass meine Noch-Ehefrau ein ausgezeichnetes Timing für ihre Aktionen gewählt hatte. Die knallharte Logistik war vermutlich mit dem anerkannten Experten aus dem Versicherungsbereich realisiert worden. Die gesamte Aktion zeugte von einem gewissen Mass an Dreistigkeit, Impertinenz und Rücksichtslosigkeit. Dieser Schritt war von langer Hand geplant gewesen. Zudem hatte *Irene* die hälftige Vermögensaufteilung recht grosszügig zu ihren Gunsten ausgelegt. Das Schlafzimmer blieb, jedoch die Wohnzimmereinrichtung fehlte. Meine B&O-Hi-Fi-Anlage mit allen CDs und DVDs fehlte. Die wollte ich *Irene* nicht kampflos überlassen. Auch sonst waren die wertmässig höher eingestuften Möbelstücke und Geräte verschwunden und der *billigere* Teil war zurückgelassen worden. Wenigstens der Laptop in meinem Zimmer war mir geblieben. Offensichtlich war mein Passwort eine unüberwindbare Hürde. Meine Münzen- und Briefmarkensammlung, ich hatte diese aus dem Nachlass meines Vaters erhalten, lag unangetastet im Wandschrank. Auf der alten Kaffeemaschine, eben meiner Hälfte – der neue Espressoautomat befand sich nun in *Irenes* Besitz – braute ich mir einen kleinen Schwarzen und begann den vollen Umfang der Katastrophe zu überdenken.

Ein Besuch bei der Bank am nächsten Tag zeigte mir, dass alle meine Vollmachten für *Irenes* Konten und Depot schon vor einiger Zeit gestrichen worden waren. Nach einer geballten Barabhebung durch meine Ehefrau herrschte auf dem gemeinsamen Haushaltskonto gähnende Leere.

Ich beauftragte den Bankbeamten, einige meiner Aktien zu verkaufen, um über die notwendige Liquidität für alle künftigen Ausgaben zu verfügen. Natürlich löschte auch ich *Irenes* Zugriffsmöglichkeiten auf meine Konten und Depots. Sinnigerweise beabsichtigte die Bank, alle Daueraufträge inklusive Krankenversicherung von *Irene* bis Ende des laufenden Monates noch meinem Konto zu belasten. Gemäss ihren allgemeinen Vertragsbestimmungen, dem altbekannten Kleingedruckten, konnten Änderungen nur bis Mitte des Monats akzeptiert werden. Diese Kröte musste ich schlucken.

Die beendete Beziehung zu *Irene* beschäftigte mich aus rechtlicher Sicht nicht besonders stark. Viel eher fürchtete ich mich vor der Zukunft. Der Verlassene hinkte gefühlsmässig immer hinterher. Ich fühlte mich verraten. Wut- und Ohnmachtsgefühle kamen auf. Schlussendlich beherrschten Selbstmitleid und echte Angst mein Denken. Als verlassener Teil wurde ich ins kalte Wasser gestürzt. Die aktive Partei hatte immer genügend Zeit ihre Schritte gründlich vorzubereiten. Mit Erschrecken bemerkte ich, dass meine verletzte Gefühlswelt zu rebellieren begann. Vorwürfe an *Irene* begannen sich herauszukristallisieren. Ich versuchte, das Aufkommen von Hass und den Wunsch nach Revanche zu verdrängen. Respekt und Niveau mussten gewahrt bleiben – ich wollte keinen Rosenkrieg anzetteln. Meine Beziehung, meine vergangene Beziehung zu *Irene*, sollte vor keinem Gericht verhandelt oder breitgetreten werden.

Zum Glück hatten wir gute Freunde. Mit ihnen konnte ich alles besprechen. Am folgenden Tag kontaktierte ich deshalb einige unserer engsten Freunde. Mit Überraschung musste ich feststellen, dass auch hier *Irene* vorbildliche Arbeit geleistet hatte. Niemand zeigte grosses Verlangen, mich zu treffen, im Gegenteil, sie äusserten grosses Verständnis für meine Noch-Ehefrau und sparten mir gegenüber nicht mit Vorwürfen.

Heinz, ein langjähriger Kamerad aus der Studienzeit – wenigstens dachte ich, er wäre einer meiner engsten Freunde –, brachte es auf den Punkt: Er warf mir vor, dass ich in den vergangenen Jahren meine Ehefrau vernachlässigt, die eheliche Treue nicht ernst genommen hätte. Mehrmals hätte er mich mit anderen Frauen gesehen und diese Informationen an *Irene* weitergeleitet.

Ich verspürte keine Lust, mein Eheleben mit ihm zu diskutieren. Offensichtlich musste er selbst von seinen eigenen Eheproblemen ablenken oder er hatte einfach zu viel Zeit. Abschliessend erklärte er mir, dass er und seine Gattin kein Verlangen zeigten mit mir weiterhin zu verkehren.

Was sollte ich antworten? Stumm legte ich auf. Nummer eins auf meiner Liste musste gestrichen werden.

Bis zum Abend konnte ich alle Namen abhaken. Niedergeschlagen dachte ich über das geflügelte Wort nach: ... *Weshalb braucht man Feinde, wenn man gute Freunde hatte ...*

In den kommenden Wochen organisierte ich einen Nothaushalt. Einige der fehlenden Möbelstücke, eben *Irenes* Hälfte, beschaffte ich mir kostengünstig im nahegelegenen Möbelmarkt. Die Besprechungen mit *Dr. Martin Petermann* beanspruchten einige Stunden. Dies war auch verständlich, da Ehescheidungen zu den Haupteinnahmequellen dieses Anwaltes gehörten. Auch einfache Fälle mussten detailliert und individuell vorbereitet werden, selbst wenn die gleichen Schreiben und Formulare immer wieder verwendet werden konnten. Und alles hatte seinen Preis – einen stolzen Preis!

ooOOoo

Der tiefe Fall

Behalte immer mehr Träume in deiner Seele, als die Wirklichkeit zerstören kann.

Indianische Weisheit

Vor sechs Jahren, kurz vor unserer Hochzeit, begann ich meine berufliche Karriere bei der *Privatbank Mischler. Dr. Henry B. Mischler*, ein sportlicher Endfünfziger mit leicht angegrauten Schläfen und stets sonnengebräunt, immer in massgeschneiderten dunklen Anzügen, fungierte als Verwaltungsratspräsident und CEO der kleinen Vermögensverwaltungsbank an der Bahnhofstrasse in Zürich. Er entpuppte sich als kommunikativer und stets vorbildlicher Vorgesetzter. Neben all seinen internen Tätigkeiten gehörte er noch verschiedenen Verwaltungsräten an, war Präsident der schweizerischen Finanzvereinigung, Mitglied des kantonalen Finanzausschusses und bekleidete auch einen höheren Rang bei einem der Service-Klubs. Eine Vorlesung als Privatdozent an der Universität in Zürich stand in Vorbereitung. Kurzum: Diesem Mann konnte es nie langweilig werden. Mit etwa 200 Angestellten zählte seine Bank zu den Kleinunternehmen, aus dem Blickwinkel der verwalteten Kundenvermögen jedoch zu den bedeutenden Instituten in der Schweiz.
Ich wurde von einer Regionalbank abgeworben, mein Headhunter verdiente eine horrende Summe mit dem Transfer, wie er mir später einmal mitteilte. Ich war verantwortlich für das gesamte Privatbanking, also jenes Segment, das sich um die

ertragsbringende Anlage der Kundenvermögen bemühte. Quasi als Nebenjob war ich mit der Verwaltung der bankeigenen Wertpapiere beschäftigt. Das entsprechende Depot stellte einen Teil der sogenannten *Sekundärliquidität* dar. Diese Liquidität wurde gebraucht, um die Zahlungsfähigkeit der Bank jederzeit zu garantieren.

Soweit ich zurückblicken konnte, war mein Wirken von Erfolg geprägt gewesen. Viele der früheren Fehlspekulationen – diverse verkorkste Devisenengagements – konnten ausgebügelt werden. Der Kreis zufriedener Kunden wurde regelmässig grösser. Soweit so gut. Der jährliche Bonus trug wesentlich zu meiner Zufriedenheit bei. Als Direktor hatte ich bereits eine Sprosse der Karriereleiter erklommen, die für meine 35 Jahre als echter Leistungsausweis betrachtet werden durfte.

Ende November bat mich die Sekretärin von *Dr. Mischler, Karin Ebner* – eine gepflegte Erscheinung, Mitte 40 –, um Punkt 16 Uhr beim Chef vorzusprechen. Ein Telefonat mit ihr war jedes Mal ein Genuss, da ihre warme Stimme mir schmeichelte.

Guten Mutes, auf dem neuesten Stand bezüglich der letzten Börsenentwicklungen und versehen mit dem letzten Erfolgsausweis der Bank, betrat ich das Heiligtum, den Bürotempel meines Vorgesetzten. Dies war das erste Mal, dass wir eine Geschäftssitzung in seinem Elfenbeinturm abhielten. Böse Zungen behaupteten auch, dass sich darin ein komplettes Schlafzimmer befände. Tanzsaalähnliche Dimensionen offenbarten sich mir. Ausgestattet mit teuren Gemälden – ich meinte, mehrere alte Meister erkennen zu können – und einem überdimensionierten Mahagonieschreibtisch, Perserteppiche und der Kristallleuchter rundeten das Bild eines museumsähnlichen Raumes ab. Ein Bett konnte ich allerdings nirgendwo entdecken.

Dr. Peter Mischler, ein Freund kurzer prägnanter Worte, begann entgegen seiner Gewohnheiten mit einem allgemeinen Wirtschaftsexkurs:

»Immobilien sind die Basis jeden Vermögens. Nun gibt es Immobilien im Inland und solche im Ausland, wobei Letztere sehr hohe Renditen abwerfen, aber auch schwierig zu bewerten sind.«

So viel hatte ich bisher auch gewusst und in der von uns verfolgten konservativen Strategie jegliche diesbezüglichen Anlagen vermieden. Allerdings konnte ich mir nicht vorstellen, dass mein Chef mich wegen mangelnder Investitionen im Immobilienbereich tadeln wollte.

Er fuhr nach kurzer Pause fort:

»Wir haben aufgrund eingehender Analysen und Empfehlung von Spezialisten Immobilien und Immobilienoptionen in den USA und im Fernen Osten erworben.«

Diese Entwicklung war mir allerdings neu.

»Zudem haben wir viele Hypotheken von US-Banken aufgekauft«, fuhr *Dr. Mischler* fort.

Seine Stimme sank dabei auf ein geheimnisvolles Niveau. Auch glaubte ich, gewisse Unsicherheiten erkennen zu können. Wie aus heiterem Himmel begannen bei mir alle Alarmglocken zu läuten. Die noch nicht ausgestandene weltweite Immobilienkrise liess den Schluss zu, dass mit Problemanlagen zu rechnen war. Einmal mehr würde ich gefragt sein, die verlustbringenden Investitionen wieder gerade zu rücken.

Doch es kam viel schlimmer:

»Unsere teilweise ungedeckten Engagements belaufen sich auf über vierhundert Millionen Franken. Die interne Revisionsstelle hat nun festgestellt, dass aufgrund der Pleiten diverser Immobilienbanken, Anlagefonds und Broker unsere Anteile mehrheitlich wertlos oder masslos überbewertet sind. Infolge ungenauer Übersetzungen der unterzeichneten Verträge müssen wir sogar mit Nachschüssen rechnen. Unsere eigenen Mittel reichen nicht mehr zur Verlustdeckung aus.«

Die Bombe war geplatzt! Was dies bedeutete, war nicht schwer zu erraten: Bankrott! Aus! Ende! Meine Karriere war vorbei. Im Laufe der Besprechung erfuhr ich, dass die *World Wide Bank AG*, das mammuthafte Bankengebilde gegenüber der B*ahnhofstrasse* gelegen, auch Arbeitgeber meiner Noch-Ehefrau, bereit wäre, unsere Aktivitäten zu übernehmen, um so einen drohenden Konkurs zu vermeiden.

»Die ausserordentliche Generalversammlung von gestern Nachmittag hat beschlossen, die Offerte bedingungslos zu akzeptieren. Die gesamte Belegschaft wird in die World-Wide-Organisation integriert. *Mark*, es tut mir persönlich leid, aber ihre Position wurde gestrichen«, meinte der niedergeschlagene Bankier.

Und ich glaubte ihm seine ehrliche Anteilnahme. Der stets gerechte und geradlinige Banker sass geknickt vor mir. Für ihn bedeutete die Situation mehr als nur ein Verlust des Arbeitsplatzes.

»Selbstverständlich werden sie in Anerkennung ihrer Leistungen die vertraglich festgelegte Abgangsentschädigung erhalten«, hörte ich ihn weiter ausführen.

Dies hiess gemäss Anstellungsvertrag, dass mein Gehalt in voller Höhe für die nächsten 24 Monaten bezahlt werden musste. Meine Optionen auf die eigenen Bankaktien wurden bei einer Entlassung vertragsgemäss zu einem genau fixierten Preis übernommen. Im Gegensatz zu meinen Arbeitskollegen, die von der *World Wide Bank* übernommen wurden, war meine Beteiligung wenigstens wertmässig gesichert.

»Wir wären ihnen dankbar, wenn Sie den Arbeitsplatz umgehend räumen würden. Bitte vermeiden Sie jeglichen Kundenkontakt. Wir werden unsere Klientel in den kommenden Tagen informieren.«

Diese stereotypen Phrasen waren mir nicht neu, allerdings betrafen sie zum ersten Mal mich selbst.

Der Zugang zum Computer war bereits gesperrt. Nach gut 30 Minuten hatte ich meine persönlichen Dinge weggeräumt und mich von meinen engsten Mitarbeitern verabschiedet. Worte des Bedauerns fielen und immer wieder auch versteckte Entschuldigungen, wie: »Du weisst ja, ich brauche den Job. Deshalb habe ich das Angebot der *World Wide* angenommen.« Sie wussten jedoch nicht, dass ich diese Option nie hatte.

Karin verabschiedete sich ebenfalls mit der ihr angeborenen Zurückhaltung und einem eigenartigen Ton in der Stimme. Lange drückte sie meine Hand und sagte:

»Wenn ich dir irgendwie helfen kann, ruf mich bitte an.«

Ich wusste von ihrer privaten Situation: geschieden und alleinerziehende Mutter, angewiesen auf ein regelmässiges Einkommen – zahlte doch der geschiedene Ehemann keinerlei Alimente und drohte ihr ständig, das Sorgerecht für das gemeinsame Kind vor Gericht anzufechten. Ich wollte von ihrem ehrlichen Angebot keinen Gebrauch machen, da ich befürchtete, ihre verworrene Situation noch zu verkomplizieren. Sie hatte es nicht einfach. Und der tägliche Kampf hatte bei ihr erste Spuren hinterlassen. Aber nicht zuletzt wollte ich auch mein Leben nicht noch zusätzlich belasten.

Die beeindruckenden Eingangstüren der Bank fielen leise hinter mir ins Schloss. Ich war draussen! – Im wahrsten Sinne des Wortes; endgültig und ohne Aussicht auf Rückkehr! Die Nachmittagssonne leuchtete mir höhnisch ins Gesicht und liess das geschäftige Treiben an der *Bahnhofstrasse* in einem diffusen Licht erscheinen.

Beim anschliessenden Besuch in der *Montbijou-Bar*, dem regelmässigen Bankertreff, stellte ich mit Überraschung fest, dass die Übernahme meines ehemaligen Arbeitgebers sowie mein Rausschmiss bereits Gesprächsstoff waren. Allgemeines Bedauern, aber das war eben der gnadenlose Wirtschaftsalltag.

Beim dritten Bier spürte ich allmählich ein Nachlassen meiner seelischen Anspannung. Selbstmitleid wurde durch Wut ersetzt. Weshalb musste ich für Fehler der Eigentümer bluten? Weshalb versagten die Aufsichtsorgane, die kontrollieren und rechtzeitig einschreiten sollten? Weshalb wurde auf der politischen Ebene nichts getan? Die Zeche bezahlte immer der Schwächere. Diese Kontrollen waren offensichtlich bei wichtigen Banken wenig effizient und blosse Papiertiger. Wie konnte es sein, dass Dummheit gepaart mit blanker Gier die Existenz vieler Mitarbeiter gefährdete?

Mit mir selbst beschäftigt, bemerkte ich nicht, dass sich die Bar langsam leerte. Jeder hatte noch Verpflichtungen. Der oberflächliche Tratsch, gespickt mit Anglizismen – man sprach Neudeutsch, *Denglisch* –, verebbte langsam. Der Small Talk, die alten Witze, die überheblichen Einschätzungen – dies alles gehörte zur täglichen seichten Konversation der anwesenden Banker. Eigentlich war der Treff keine echte Diskussionsplattform. Er gestaltete sich zu einem stetigen Aushorchen der Gegenseite. Nichts durfte verpasst werden. Und im Endeffekt begannen die Hyänen zum selben Zeitpunkt gemeinsam zu heulen. Jeder benutzte jeden, rücksichtslos. Bedauern existierte in dieser gefühlslosen Atmosphäre nicht. Sieger gaben gerne ihre Erfolge preis. Die Verlierer – diejenigen, die auf der Strecke blieben, also Leute wie ich – mussten unbedingt gemieden werden. Und ich war der Verlierer, auf der ganzen Linie, also kein Gesprächspartner für die scheinbar erfolgreiche Meute.

ooOOoo

Ein steiniger Pfad

Ich möchte wissen, ob du den tiefsten Punkt deines Lebens berührt hast, ob du geöffnet worden bist von all dem Verrat, oder ob du zusammengezogen und verschlossen bist aus Angst vor weiterer Qual.

Indianische Weisheit

Es waren nun vier Wochen vergangenen, seitdem ich den letzten Schlag zu verdauen hatte. Schlimmer konnte es eigentlich nicht mehr kommen. In dieser Zeit schwebte ich immer kurz vor dem Abgrund. Isoliert und sitzen gelassen begannen meine Selbstzweifel immer weiter zu wuchern. In der Phase des grenzenlosen Selbstmitleids meinte ich zu erkennen, dass dieses Leben mir keine eigentlichen Alternativen mehr bot.

Während der Weihnachtszeit war ich alleine zu Hause. Diese Feiertage hatte ich bis dahin immer zusammen mit meiner Ehefrau oder Freunden verbracht. Jetzt schmerzte das Alleinsein. Nein, es erdrückte mich beinahe.

Das Materielle verlor zusehends an Bedeutung. Ich lebte in den Tag hinein. Meine gelegentlichen Aufenthaltsorte begrenzten sich auf wenig empfehlenswerte Adressen. Die unregelmässige Ernährung und Alkoholexzesse zerstörten schleichend meine Tagesstruktur. Ich machte die Nacht zum Tage und umgekehrt. Der körperliche Zerfall ging mit meinem seelischen einher.

Ich war aus der Welt der Erfolgreichen ausgestossen worden. Schlussendlich mied ich jeglichen Kontakt mit meinen Mit-

28

menschen und vergrub mich zu Hause. Vermutlich schämte ich mich, bei den andern immer wieder als Versager abgestempelt, bemitleidet zu werden. Der Fernseher lief nun 24 Stunden und die wenigen Einkäufe brachte der Kurier. Die Abschottung war beinahe perfekt. Datum und Wochentage spielten keine Rolle mehr.

Mein Briefkasten quoll über. Unregelmässig leerte ich die Box und stapelte dann die ungeöffnete Post auf meinem Schreibtisch. Die Sichtung erfolgte ebenso in unregelmässigen Abständen. Meine Zahlungen wurden nur noch nach der zweiten Mahnung, unter Androhung eines gerichtlichen Inkassos ausgeführt.

In den wenigen lichten Momenten war ich überzeugt davon, dass sich mein Leben automatisch normalisieren würde, frei nach dem Motto: *Die Zeit heilt alle Wunden.* Der Glaube an eine Zukunft, an eine sinnvolle Zukunft, hätte mir sicher helfen können, all meine bedrückenden Gefühle, meine depressiven Stimmungsanwandlungen zu überwinden. Dazu musste ich jedoch zuerst eine Zukunft erkennen können. Aber auch die guten Trinkkumpane in den Bars konnten mir angesichts ihrer eigenen Perspektivlosigkeit keine passenden Ratschläge erteilen. Meine Gefühlslage blieb deshalb äusserst labil.

Wenn man sich in einem sehr tiefen Loch befindet, ist es äusserst schwierig, alleine wieder rauszukommen. Die Erinnerung an die Ratschläge meines verstorbenen Vaters – *Das Fallen ist keine Schande, nur das Liegenbleiben* – empfand ich als blanken Hohn. Andere hatten mich zu Fall gebracht, also sollten auch andere mir helfen wieder aufzustehen – so einfach war meine Philosophie. Ich erwartete Hilfe von anderen. Aber von welchen anderen?

Meine vermeintlich guten Freunde hätten mir sicherlich helfen können. Aber die hatten ja Stellung gegen mich bezogen. Ich suchte verzweifelt nach irgendeiner Bezugsperson, mit der ich meine Situation hätte besprechen können, aber ich fand niemanden.

In einer Anwandlung euphorischer Selbstüberschätzung redete ich mir dann wieder ein, dass ich auf fremde Hilfe verzichten konnte. Ich wäre durchaus in der Lage, meine Probleme selbst zu lösen. Ich brauchte nur ein wenig mehr Zeit. Die Frage war nur, wie viel Zeit und in welchem Zustand ich mich dann befinden würde. Solche Gedanken verdrängte ich jedoch schnellstens.

Ich entwickelte mich immer mehr zum Einsiedler. Das Zeitgefühl war völlig verloren gegangen, ich hatte mich in die Welt des Fernsehers, der Bücher und des Internets zurückgezogen. In einem virtuellen Umfeld verbrachte ich Stunden mit dem Lesen von Science-Fiction-Romanen, mit unsinnigen Recherchen im Internet, mit komplizierten Computerspielen oder mit fiktiven Chats. Immerhin konnte ich meine Alkoholexzesse auf gewisse Wochentage begrenzen, aber die Woche besass ja bekanntlich sieben Tage.

Wirksame beruhigende Medikamente, die mir der Vertrauensarzt meines früheren Arbeitgebers einmal verschrieben hatte, halfen mir, meine Stimmungsschwankungen einzudämmen. Dabei übersah ich, dass diese Chemiekeule mich noch weiter in die Einsamkeit und vor allem in eine neue Abhängigkeit trieb. Ich wurde zusehends lustlos. Langsam erstarb auch jedes Gefühl für Probleme der realen Welt, der Wirtschaft oder Politik und zu meiner unmittelbaren Umgebung. Ich verschloss mich vor allen Hilfeaufrufen von ausserhalb meiner kranken Welt. Die Schicksale meiner Mitmenschen prallten an mir ab. Mein ganzes Denken drehte sich nur noch um mich.

Glücklicherweise musste ich mir während meiner Krise keine grossen finanziellen Sorgen machen. Eine echte Suche nach einer neuen Beschäftigung wollte ich wohl frühestens in zwei

Jahren beginnen. So lange beschützte mich die Abfindung meines früheren Arbeitgebers. Und ganz bestimmt wäre dann ein Bankjob keine Alternative. Was ich dabei nicht überlegt hatte, war jedoch die spätere Erkenntnis, dass ich in meiner gegenwärtigen Verfassung auch keine besonders guten Jobaussichten gehabt hätte.

Den Anruf der Arbeitsvermittlungsstelle auf meinem Anrufbeantworter löschte ich umgehend. Ich verzichtete auf deren Dienste, weil mich diese Art von Hilfeleistung nie überzeugt hatte. Deren Bemühungen für eine Wiedereingliederung in den Arbeitsprozess waren meistens wenig erfolgsversprechend. Mein Vermögen, die Erbschaft meiner leider viel zu früh verstorbenen Eltern, war grundsolide investiert und warf ein jährliches Einkommen ab, das keine eigentliche Beschäftigung meinerseits erforderte. Zudem verfügte ich über die noch ausstehende Rückzahlung meiner Optionsscheine auf Aktien der *Bank Mischler*. Das kleine Stadthaus meiner Eltern stand momentan leer, ich hätte es jederzeit zu einem guten Preis verkaufen können.

Nach dem Abklingen der Lesephase, ich ackerte meine Bibliothek akribisch von A bis Z durch, war mein Lesebedarf für Romane einstweilen gestillt. Wenn ich ehrlich zu mir war, wusste ich nicht mal mehr, was ich gelesen hatte. Die Welt der Unterhaltungsliteratur wurde öde und viele der Storys wiederholten sich.

Durch meine früheren Reisen mit *Irene* verfügte ich über eine umfangreiche Reiseliteratur. Ich begann nun, meinen Fokus auf fremde Länder auszurichten. Leider waren die Berichte nicht mehr aktuell, deshalb plante ich mir aktualisierte Unterlagen per Internet zu beschaffen. Es hatte schleichend begonnen, aber ich organisierte inzwischen mein ganzes Leben von zu Hause aus und war in völliger Isolation gefangen.

Mein Hausarzt, *Dr. Urs Meier*, war meine einzige Bezugsperson zur Aussenwelt. Ich kannte ihn seit meiner Kindheit. Er war auch die letzte lebende Person, die meine Eltern gekannt hatte. Der weisshaarige stets gut gelaunte Arzt zeichnete sich durch seine ausserordentlichen diagnostischen Fähigkeiten aus. Als einer der wenigen seiner Zunft genoss er den Ruf eines patientenfreundlichen Arztes, der selbst in der heutigen hektischen Zeit noch Hausbesuche vornahm.

Sein Sekretariat hatte mich zum alljährlichen Gesundheitscheck aufgefordert und ich hatte, froh über die unerwartete Nachricht, telefonisch einen Termin vereinbart. Klar und deutlich konnte ich sein Entsetzen über meinen allgemeinen Gesundheitszustand erkennen. Offensichtlich hätte er mich am liebsten in eine geschlossene Klinik einliefern lassen. Seine diesbezüglichen Andeutungen wurden von mir mit einer abschätzigen Geste abgetan.

Der alte Profi zeigte sich jedoch von der verständnisvollen Seite, offensichtlich hatte er erkannt, dass eine Standpauke bei meiner labilen Verfassung nur wenig Aussicht auf Erfolg gehabt hätte. So riet er zur Vermeidung einer Verschlechterung meiner Situation:

»Du bewegst dich auf einem gefährlichen Pfad. Verleihe deinem Leben neue Strukturen. Viel frische Luft und Vitamine können nie schaden. Reduziere den Konsum von Alkohol und Nikotin, dein Körper wird es dir danken. Schaffst du Letzteres nicht allein, so gebe ich dir gerne die Adresse für eine Entgiftungskur.«

Der vertrauliche Umgangston entstammte einer über dreissig jährigen Patientenbetreuung und störte mich überhaupt nicht. Nicht dankbar war ich ihm jedoch für die klaren Worte. Ich fühlte mich angegriffen. Seine Feststellung, dass ich mich offensichtlich gefährlich nahe am Alkoholismus bewegte, liess ich so nicht gelten und begann mich zu verteidigen.

Er liess mich reden. Dank seiner geschickten Verhaltensweise überzeugte er mich, in zwei Wochen wieder zur Besprechung der Untersuchungsresultate in seiner Praxis zu erscheinen. Die temporär verschriebenen Pillen, vermutlich Antidepressiva, gelobte ich im Tagesrhythmus einzunehmen.

Bei der zweiten Konsultation konnte *Dr. Meier* feststellen, dass sich an meiner Situation nur wenig geändert hatte. Die starken Medikamente machten mich zu einer Art Marionette, zum Zombie. Der K.-o.-Schlag blieb zwar aus, aber die Ursachen meiner Situation wurden überhaupt nicht behandelt. Zudem lagen meine Analysewerte im Keller.

»Dein Herz wird deinen extremen Blutdruck nicht mehr lange ertragen«, fasste der sichtlich niedergeschlagene Mediziner zusammen.

»Du bist nicht in der Lage, deine Krankheit selbst zu heilen. Dabei musst du berücksichtigen, dass nicht der Alkoholkonsum dein eigentliches Problem ist: Deine Perspektivlosigkeit muss therapiert werden. Nichts tun wäre dein definitiver Untergang. Als beste Lösung empfehle ich dir eine stationäre Behandlung in der Klinik *Sonnenblick*. Rechne mit einem Aufenthalt von mehreren Wochen.«

Ich war entsetzt über die Endgültigkeit seiner Diagnose. Der alte Fuchs wusste jedoch genau, dass mein Ego, oder nennen wir es Sturheit oder Eitelkeit, einer diesbezüglichen Therapie nicht oder nur als letzte Lösung zustimmen würde. Offensichtlich hatte er deshalb noch einen weiteren Pfeil im Köcher:

»Ich habe auch gute Erfahrungen damit gemacht, dass Patienten ihre innere Leere durch einen grundlegenden Wandel ihres Lebens heilen konnten.«

Wie dieser Wechsel allerdings aussah, konnte er nicht beschreiben. Ich fragte auch nicht, da ich ziemlich aufgewühlt war.

»Misch dich unter die Leute. Du wirst neue interessante Menschen kennenlernen. Informiere dich über die Welt und du wirst wieder ein Teil des grossen Puzzles. Besinne dich auf deine frühere Leidenschaft, das Reisen, und du wirst Orte zum Träumen finden. Last, but not least: habe den Mut, dein Leben nachhaltig zu verändern.«

Mit diesen beinahe philosophischen Feststellungen erschöpfte sich allerdings seine Beratung. Ich konnte den Tiefgang seiner Worte nicht erfassen. Quasi als Antwort zu seinen Empfehlungen begann ich *Dr. Meier* von meinen Ängsten, mich unter den Menschen frei zu bewegen, zu erzählen. Ich schämte mich nicht, vor ihm mein Innerstes nach aussen zu kehren.

Er betrachtete mich lange und meinte nur:

»Beginne dein neues Leben Schritt um Schritt, wie ein Kind das Gehen lernen muss. Rom ist auch nicht an einem Tag erbaut worden. Bewege dich anfänglich in einer vertrauten Umgebung, aber nicht unbedingt in deinen Stammkneipen. Höre den Menschen einfach zu, und du wirst sie verstehen. Wenn sie dich etwas fragen, antworte ihnen. Du wirst die richtigen Worte finden. Lerne dein Gegenüber genau anzuschauen, dann wirst du fühlen, wem du vertrauen kannst. Hast du damit Erfolg, dann wirst du auch den richtigen Weg zurück ins Leben finden.«

Ungeachtet meines geringen Verlangens unter Menschen zu gehen, geschweige denn, jemanden näher kennenzulernen, nahm ich das Gespräch mit meinem Hausarzt nicht auf die leichte Schulter. Meine ersten Gehversuche begannen mit einer Art Frühstücksritual. Morgens, wenn viele Menschen unterwegs waren, würde ich eigentlich am wenigsten auffallen, hatte ich mir überlegt. Als in die Einsamkeit Getriebener fühlte ich mich ja ständig beobachtet und unsicher, ausserhalb meiner vier Wände. Ich bildete mir auch ein, dass überall über mich gesprochen würde, aber vermutlich nahm überhaupt niemand von mir Notiz.

Regelmässig um sieben Uhr verliess ich also, von nun an geduscht und in frischer Kleidung, meine Wohnung und freute mich auf einen Kaffee und ein Croissant in dem nur zwei Häuserreihen entfernten *Bistro Alain*.

Die Bedienung, eine junge Asiatin, brachte mir meine Bestellung und wünschte einen schönen Tag. Das Einkassieren erfolgte zentral an der Kasse beim Eingang. Da sich dieser Besuch seit einigen Tagen wiederholte, brachte mir die junge Dame das kleine Frühstück unaufgefordert und weiterhin immer höflich lächelnd an den Tisch.

Meistens blätterte ich beim Kaffeetrinken in der *TZ*, Zürichs renommierter Tageszeitung und meinem im früheren Leben täglich konsumierten Wirtschaftsblatt. Die neuesten Kommentare zum Weltgeschehen und detaillierte Wirtschaftsmeldungen berührten mich allerdings nur am Rande. Die Schwankungen der Börsenindizes, dieses Spiegelbild erratischer und unkontrollierter Kapitalströme, liessen mich kalt. Die aktuelle Ausgabe enthielt aber zwei Beilagen: ein Reisemagazin und eine umfangreiche Hochglanzstudie über Grundbesitz im Ausland. Ich nahm mir vor, diese Ausgabe beim nahegelegenen Zeitungskiosk zu kaufen, nur um in den Besitz der Beilagen zu kommen. Anschliessend würde ich diese Unterlagen in Ruhe zu Hause studieren.

Dort angekommen verflog die anfängliche Euphorie für die Planung einer nachhaltigen Veränderung sehr rasch, reale Dinge erforderten meine Aufmerksamkeit: *Dr. Petermann* hatte mir termingerecht sechs Monate nach der Trennung die Scheidungspapiere zugesandt. Sie waren bereits von *Irene* unterzeichnet. Einmal mehr wurde ich vor vollendete Tatsachen gestellt. Doch ich hatte genug von ihrer Selbstherrlichkeit. Zudem wollte ich mich ausschliesslich der Lösung meiner Probleme widmen. *Nur raus aus dieser Verbindung,* schoss es mir durch den Kopf. Ich konnte mit den verschiedenen kleinen und grösseren Bedingungen, auch wenn sie mich in der Tat sehr störten, trotzdem leben. Eigentlich war die Ablösung jetzt vollzogen. Für mich bestanden nach der güterrechtlichen Trennung keinerlei Verpflichtungen mehr. Selbst das Abtreten der hälftigen Bonuszahlungen – soweit hatte sich die Ehe für *Irene* materiell wenigstens gelohnt – verursachte bei mir keine Bauchschmerzen mehr. Und so setzte ich meine Unterschrift unter das Vertragswerk. Noch am gleichen Tag brachte ich den Umschlag zur Post.

Das Erledigen dieser unerfreulichen Formalitäten hätte mir eigentlich eine grosse Erleichterung verschaffen sollen – eine schwere Last war endlich von meinen Schultern genommen. Alles Wichtige zwischen *Irene* und mir schien nun abschliessend geregelt zu sein, sodass ich unbeschwerter in die Zukunft blicken durfte. Aber weit gefehlt! Genau das Gegenteil trat ein. Meine Anspannung fiel zusammen und riss mich erneut in ein noch tieferes Loch. Die ganze Welt präsentierte sich sehr düster, kein Silberstreifen am Horizont. Ich erkannte jeden Tag nur noch die negativen Seiten des Lebens. Mein beinahe krankhafter Pessimismus begann mich langsam zu zermürben. Ich musste raus aus dieser Tretmühle, sonst würde ich unweigerlich daran zerbrechen.

Von meiner verstorbenen Schwester *Isabelle* wusste ich, dass Neuseeland gut für Burn-out-Kandidaten war. Die weltoffene Lebensart der Kiwi, gepaart mit der magischen Welt der Maori, konnten wahre Wunder bewirken. Meine Schwester hatte diese heimtückische Krankheit mit einem langen Aufenthalt am Ende der Welt bereits an sich selbst positiv therapiert.

Doch bei mir handelte es sich nicht um ein Burn-out-Syndrom, sondern um eine Ground-Zero-Situation: Ich lag platt am Boden. Also wäre eine Reise zum Mond vermutlich das Richtige gewesen! Gemäss *Dr. Meier* musste ich jedoch zuerst das Gehen lernen, bevor ich Sprünge machen konnte.

Obwohl ich mich bemühte, seinen Rat zu befolgen, lag immer wieder irgendein Hindernis, das mich zu Fall brachte, im Wege. Meine verletzte Seele, das zerstörte Ego und die Perspektivlosigkeit bestimmten weiterhin den Tagesablauf. In zyklischen Wellen wurde ich von der tiefsten Betrübtheit zur euphorischen Überschätzung meiner Lage hochgespült. Selbst in dieser Phase zeigte ich nicht genügend Mut, den Sprung aus meiner verkorksten Welt zu wagen.

Es war auch bezeichnend für meinen Zustand, dass ich mir jeden Tag einredete, dass die Situation nicht so schlimm wäre. Ich fühlte mich in der Lage, eine Lösung selbst herbeizuführen. Die einzige professionelle Hilfe, die ich zugelassen hatte, war *Dr. Meier*. Aber auf seinen medizinischen Rat musste ich künftig verzichten. Eine Hirnblutung setzte seinem Leben, einem erfüllten Leben, ein jähes Ende. Seine letzten Worte – »Lerne selbstständig gehen!« – blieben mir bis heute präsent. In den wenigen lichten Momenten ertappte ich mich öfters, wie ich mir krampfhaft Gedanken machte, wie diese ersten Schritte aussehen könnten.

Eine Veränderung, weit weg von meinem gewohnten Umfeld, wäre in der Tat eine verlockende Möglichkeit für mich gewesen, hätten nicht meine Ängste das zu Ende Denken unterbrochen. Angst vor allem Unbekanntem, Angst vor dem erneuten Versagen, Angst vor einem Leben ohne Sicherheitsnetz, Angst vor meinen Mitmenschen … Was wollte ich in einem fremden Land unter fremden Leuten? Reisen alleine genügte bestimmt nicht, ich musste hinter mir einen Strich ziehen und meine Vergangenheit zurücklassen. Ich brauchte ein neues Lebensziel. Ein Traum wäre wenigstens ein Anfang für das Gelingen meines Rettungsplans gewesen. In meiner Situation waren aber die Träume schon längstens gestorben oder grösstenteils chemisch stillgelegt.

Ich erinnere mich nicht mehr an den Vorfall selbst. Als ich erwachte, war alles weiss und hell um mich herum. Vermutlich war ich im Himmel, aber das sanfte Klopfen an einer Tür brachte mich auf die Erde zurück. Ein jüngerer weiss gekleideter Mann und eine Frau begrüssten mich freundlich. Wie auf Kommando begannen nun Tausende von Teufeln in meinem Kopf zu hämmern. Ich konnte die beiden Personen nur noch undeutlich erkennen und hören. Sie nahmen meinen Arm für einen Moment und verliessen mich wortlos. Ich blieb mit meinen Teufeln allein im Raum zurück.

Ein paar Stunden später begannen sich die Nebelschwaden in meinem Hirn zu lichten und ich inspizierte meine Umgebung mit akribischer Genauigkeit. Jetzt sah ich deutlich, dass ich in einem sauberen weissen Bett lag. Die Zimmereinrichtung war spartanisch aber zweckmässig. Durch das Fenster drang diffuses Licht. Langsam dämmerte es mir: Mein gegenwärtiger Aufenthaltsort musste eine Klinik sein. Weshalb ich hier lag, musste mit dem Hämmern in meinem Kopf zusammenhängen.
In jedem Krankenhaus war für Notfälle irgendwo eine Klingel versteckt. Nach kurzem Suchen fand ich sie und betätigte diese umgehend. Eine Pflegerin kam hereingestürzt, in der vermeintlichen Meinung, dass ich dringend Hilfe benötigte. Als sie erkennen konnte, dass ich langsam wieder zu den Lebenden zurückgefunden hatte, telefonierte sie.
Kurz darauf erschien ein Mann in Weiss, vermutlich der diensttuende Arzt. Er stellte sich als *Doktor Weiss* vor. Ich musste über seinen Namen trotz meiner hämmernden Teufel schmunzeln.
Er erkannte meine Assoziation. Mit einer leichten Handbewegung winkte er ab und meinte kurz
»Ich kenne alle diesbezüglichen Witze. Also bitte unterlassen sie allfällige Wortspielereien.«

Endlich erhielt ich auch die notwendigen Informationen: Offensichtlich war ich im alkoholisierten Zustand auf dem Nachhauseweg gegen ein Auto gelaufen.

»Sie hatten Glück im Unglück. Kinder und Narren geniessen meistens dieses Privileg«, kommentierte *Doktor Weiss* die Situation.

»Eine Hirnerschütterung, verschiedene Schürfungen und ein verstauchter Knöchel sind die leichteren Verletzungen, welche sie von ihrer ungeschickten Aktion davongetragen haben.«

So erfuhr ich, dass ich nach einer hitzigen Diskussion in einer meiner vielen Stammkneipen gegen den Autoverkehr als *Killer der Natur* protestiert hatte. Quasi als Exempel hatte ich mich anschliessend im Abendverkehr vor ein fahrendes Fahrzeug geworfen. Das Resultat war bekannt.

Zum Schluss erwähnte er noch kurz:

»Die tiefer liegenden Verletzungen können wir nicht mit einigen Pflastern heilen, hier bräuchten wir eine kilometerlange Bandage.«

Am nächsten Vormittag erhielt ich Besuch von zwei Vertretern eines Amtes. An ihre Namen und Funktionen erinnere ich mich nicht mehr, aber an ihre Aussagen sehr wohl. So erfuhr ich, dass man prüfte, ob in meinem Falle weitergehende Massnahmen eingeleitet werden müssten. Formulierungen wie *fürsorgerische Betreuung* blieben in meinem Gedächtnis zurück. Solche Massnahmen wären zu meinem Schutz, versuchte mir mein Besuch beizubringen. Ich glaubte ihnen nicht; offensichtlich wollte man die Gesellschaft vor *mir* schützen. Ich nahm all meinen Mut zusammen und teilte ihnen mit, dass ich selbstverständlich bereit war, alle rechtlichen und finanziellen Konsequenzen meines Handelns zu tragen. Gegen ihre angekündigte mögliche, wenn auch nur zeitweilige Bevormundung, würde ich mich jedoch mit allen Mitteln zur Wehr setzen. Ich bat sie noch um eine Visitenkar-

te mit der Bemerkung, dass ich diese an meinen Anwalt wei-
terleiten würde.

Ich war immer schon ein guter Pokerspieler gewesen. Frei
nach dem Motto *Angriff ist die beste Verteidigung* wirkte ich
offenbar überzeugend. Die ohnehin überlasteten Sozialarbeiter
mussten erkennen, dass hier ein riesiger Berg zusätzlicher
Arbeit auf sie zukommen könnte. Aufgrund ihrer internen Informationen stellte ich keine Belastung für die öffentlichen Fi-
nanzen dar und somit entschieden sie sich für den einfacheren
Weg. Ich wurde verwarnt und darauf hingewiesen, dass ich im
Wiederholungsfalle auf keine wohlwollende Beurteilung ihrerseits hoffen durfte.

Im Verlaufe des kommenden Tages erfuhr ich, dass die Klinik
mit einer Therapie begonnen hatte. Offensichtlich wurde von
Amts wegen eine spezielle Behandlungsmethode vorgeschrieben, und zwar ohne meine Einwilligung. Ich akzeptierte diese
Anordnung.

In den ruhigen Minuten, und es gab viele davon, begann ich
meine Situation in meiner sterilen *Zelle* zu überdenken. Die
Entgiftungskur und die Psychotherapie waren okay, also liess
ich alles klaglos über mich ergehen. Die tägliche aufbauende
Gymnastik begann mir sogar allmählich Freude zu machen.
Mein Körper dankte mir für die regelmässigen Ertüchtigun-
gen. Unter den teilnehmenden Patienten konnte ich erkennen,
dass einige von ihnen mit Problemen zu kämpfen hatten, die
meinen nicht unähnlich waren. Die kontrollierte regelmässige
Ernährung vollbrachte wahre Wunder. Meine grauen Zellen
wurden aktiviert, mein verlotterter Körper zeigte eine erstaun-
liche Erholung.

Die mich regelmässig besuchende Psychologin, sie stellte sich
als *Doktor Angela Neureuther* vor, versuchte, mir die Hilfe zur
Selbsthilfe zu erklären:

»Niemand kann ihnen die Zukunft voraussagen. Sie müssen sich ihren künftigen Weg selbst planen, erkämpfen und bereit sein, laufend notwendige Umwege zu akzeptieren. Nur sie sind für ihr Tun oder Lassen verantwortlich. Suchen sie keine Sündenböcke für ihre künftigen Misserfolge, lernen sie daraus. Aber vor allem: Lassen sie die Vergangenheit als vergangen ruhen«.

Einmal forderte sie mich auf, neue Lebensziele zu formulieren. Deshalb bat sie mich in einem Brainstorming, alle für mich bedeutungsvollen Lebensziele aufzulisten. Anschliessend musste ich alle positiven und negativen Aspekte in meinem gegenwärtigen Leben aufschreiben.

Bei der Auswertung meiner Antworten, anlässlich unserer nächsten Sitzung, fasste sie zusammen:

»Ihre Lebensziele zeigen in irgendeiner Form immer einen Bezug zu materiellen Gütern. Gibt es in ihrem Wortschatz keine Begriffe wie zwischenmenschliche Beziehungen, Liebe, Vertrauen, Respekt, Glück oder Gesundheit?«

Offensichtlich waren mir diese Worte zwischenzeitlich abhandengekommen.

Doktor Neureuther erklärte mir weiter, dass jede Planung eine optimistische Beurteilung der Zukunft beinhalte. Hier wies ich offensichtlich das grösste Manko auf. Was sollte die Zukunft mir Positives bringen? Ich fühlte mich in einem grauen und leeren Alltag ohne ersichtliche Alternativen gefangen.

Die Psychologin schonte mich nicht und fuhr starkes Geschütz auf:

»Wenn sie von der psychologischen Betreuung absehen, dürfen sie auf keinerlei Hilfe meinerseits zählen. Sie selbst müssen einen Ausweg aus ihrer verworrenen Lage finden, die letztendlich von ihnen verursacht worden ist. Konzentrieren sie sich auf unser Brainstorming, und zwar auch auf die Liste mit den positiven Aspekten in ihrem Leben.«

Mit zittriger Hand ergriff ich die vor ihr liegenden Notizen, als hinge mein Leben davon ab. Alle negativen Aspekte waren auf der linken Seite vermerkt und ich fand zahlreiche Einträge. Auf der rechten Seite, im positiven Teil, stand nur ein Wort: *Fernweh.*

Reisen in ferne Länder planen und selbstverständlich unternehmen, dies war immer eine meiner Lieblingsbeschäftigungen gewesen. Ich spürte, dass von meinem früheren Enthusiasmus wenigstens ansatzweise noch etwas übrig geblieben war. Doch diesmal durfte es keine Vergnügungsreise sein, sondern sie musste eine grundlegende Veränderung bewirken. Mögliche Reiseziele waren deshalb nur Mittel zum Zweck.

Der Wandel, den ich plante, war sicherlich eine Flucht, aber nicht vor der Vergangenheit, sondern vor den negativen Auswirkungen vergangener Fehlentwicklungen. Ich war mit jeder Alternative zufrieden.

Nach zwei Wochen wurde ich aus der Klinik entlassen. Mein Medikamentenkorb war beachtlich. Die meisten dieser pharmazeutischen Hilfsmittel kannte ich nicht einmal dem Namen nach. Die Beipackzettel interessierten mich nicht. Ich musste mich schriftlich verpflichten, den Einnahmeplan strikt einzuhalten. Dieses schriftliche Einverständnis wurde auch an die zuständige Behörde weitergeleitet. Zusätzlich hatte ich mich verpflichtet, einmal wöchentlich zur Nachuntersuchung zu erscheinen.

Ich wollte dem tristen Alltag entfliehen, und zwar endgültig. Ich war bereit auf alle Annehmlichkeiten in meiner Vergangenheit zu verzichten. Quasi als Belohnung für meine Rückkehr aus der sterilen Umgebung der Klinik und meinen aufkeimenden neuen Lebensmut, beabsichtigte ich, ein kleines Abendessen in meinem neuen Stamm-Bistro einzunehmen. Das fernöstliche Mal aus der Mikrowelle, verfeinert mit Mayo und Ketchup, konnte ich mit bestem Willen nicht als kulinarisches Highlight bezeichnen. Dieses Lokal war definitiv kein Anwärter auf *Gault-Millau*-Punkte. Dessen ungeachtet empfand ich den heutigen Tag jedoch als einen sehr wichtigen auf dem Weg in ein anderes, ein neues Leben.

ooOOoo

Das Licht am Ende des Tunnels

Achte auf die Stille und bewahre sie, denn sie bringt alle Träume des Menschen.

Indianische Weisheit

Ich war nicht unzufrieden mit der gegenwärtigen Entwicklung meines Zustandes. Ich lernte, mich ausserhalb der geschützten muffigen Welt zu bewegen. Die Medikamente unterstützen mich dabei.
Dreimal täglich machte ich Übungen zur Stärkung meines Körpers. Dazu brauchte ich kein Fitness-Center – im nahe gelegenen Stadtwald begann ich mit einem regelmässigen Lauftraining. So konnte sich mein Körper langsam entgiften.

Immer wieder versuchten die Ereignisse der vergangenen Monate, von mir Besitz zu ergreifen. Ich suchte dann zuerst nach der Ursache, dem Schuldigen an meiner Krise. Diese waren dann in der Person meiner geschiedenen Ehefrau und des verantwortungslosen Bankchefs schnell gefunden. An mir selbst zweifelte ich nicht eine Minute, obwohl die Therapeutin in der Klinik mich eines Besseren belehrt hatte. Dass meine Interpretation mit Bestimmtheit falsch war, kümmerte mich erst mal sehr wenig. Ich war viel zu beschäftigt damit, mein eigenes Versagen zu verdrängen und mich vor einer imaginären Zuhörerschaft zu entschuldigen. Doch wen interessierte eigentlich meine Sicht der Dinge?

Die Argumente begannen zu bröckeln, als ich erkannte, dass schlussendlich eine Schuldzuweisung bedeutungslos war. All diese Ereignisse waren geschehen, unabhängig von meiner Sichtweise. Nichts konnte mehr daran verändert werden. Alles musste, so wie es war, akzeptiert werden. Ob ich es verschuldet hatte oder andere dafür verantwortlich waren spielte also schlussendlich keine Rolle. Ungeachtet meiner vielen Ausreden und Argumentationen, konnten die Ereignisse selbst weder korrigiert noch ungeschehen gemacht werden. So bitter die Enttäuschungen auch sein mochten, sie gehörten zu meiner ganz persönlichen Geschichte – und diese war geschrieben, in Stein gemeisselt, unauslöschlich.

Alles Unveränderbare, eben meine Vergangenheit, durfte mein gegenwärtiges Leben nicht mehr negativ beeinflussen. Ich musste lernen, mit den Tatsachen zu leben, und keinesfalls versuchen, sie zu verdrängen. Wegen meiner Misserfolge musste ich mich bestimmt nicht schämen. Jeder von uns besitzt seine ganz persönliche Geschichte – und in keiner Geschichte gibt es nur schöne und erfolgreiche Momente. Das Leben ist einem stetigen Wandel unterworfen. Es gab deshalb keinen Grund, auf dem steinigen Pfad liegen zu bleiben. Ich wollte mich ungehindert bewegen, und zwar in der einzigen möglichen Richtung, nämlich vorwärts.

Die nächsten Seitenhiebe trafen mich nur einen Tag nach dem mentalen Neubeginn. Sie kamen zwar völlig unerwartet, konnten jedoch keinen grösseren Schaden mehr anrichten; ein Absturz blieb aus. Per Einschreiben verlangte die Steuerbehörde, dass nach der Trennung von *Irene* eine Neueinschätzung meiner Einkommens- und Vermögenssituation vorgenommen würde. Ich wurde ultimativ aufgefordert, binnen Monatsfrist eine umfangreiche Einkommenserklärung einzureichen. Diverse Versicherungen forderten die Umschreibung der bestehenden Policen, dabei blieben die früher erworbenen Prämienrabatte auf der Strecke – vielleicht wurden sie auch *Irene* gutgeschrieben, sie verfügte ja über diesbezüglich exzellente Verbindungen. Auch der Vermieter pochte auf die Neuausfertigung des Mietvertrages. Selbstverständlich wurden gleichzeitig die vergangene Teuerung und die erstklassige Lage des Mietobjekts bei der neuen Mietfestsetzung ausgiebig berücksichtigt. Die Aufzählung liesse sich noch erweitern.

Ich wollte diesen Bürokleinkram umgehend erledigen. Erst einige Tage später fand ich deshalb wieder Zeit und vor allem Lust, die beiden Prospekte aus der *TZ* zu studieren. Ich begann mit der Hochglanzbroschüre mit der vielversprechenden Überschrift *Auslandsimmobilien – Eine rentable Investition in die Zukunft*. Gleich auf der ersten Seite war eine karibische Insel abgebildet, die mein besonderes Interesse weckte. Die Überschrift, dass ein *Leben mit der Natur* auf diesem bewaldeten Eiland irgendwo in der Karibik für alle erschwinglich wäre, erschien mir doch reichlich übertrieben. Diese ganzjährige Sonneninsel war gemäss Annonce nur per Schiff oder Wasserflugzeug erreichbar; das und der sechsstellige Kaufbetrag limitierten meines Erachtens den Interessentenkreis gewaltig.

Mir reichten im Moment die Assoziationen mit dieser einsamen Insel im blauen Meer. Meiner Fantasie waren keine Grenzen mehr gesetzt. Alleine der Gedanke an eine unverdorbene Natur war Balsam für meine gepeinigte Seele. Das war der Stoff, aus dem meine Träume geschmiedet werden konnten. Die bevorstehende Hurrikansaison wurde nur am Rande erwähnt und hatte keine Bedeutung für mich.

Die weiteren Angebote für eine Farm in der Nähe von Quebec, Halbinseln in den USA und Waldparzellen in Kanada steigerten mein Interesse. Die Studie umfasste alle wichtigen Märkte für Liegenschaften und Grundstücke weltweit. Selbstverständlich waren die Verfasser zugleich Verkäufer von entsprechenden Anlagefonds oder Direktanlagen. Irgendwie musste sich diese exklusive Hochglanz-Zeitungsbeilage ja rechnen. Unter den Hauptsponsoren und Mitverantwortlichen für den redaktionellen Teil war die *World Wide Bank AG* aufgeführt. Meine Erfahrungen hatten jedoch gezeigt, dass solche Anlagevehikel gigantische Geldmaschinen für deren Vertreiber waren, wenig bis keinen Ertrag für die Investoren abwarfen und sich in Wirtschaftskrisen als mörderische Instrumente entpuppen konnten.

Die gezeigten Objekte hätten meine finanziellen Möglichkeiten bei Weitem überstiegen und ich hegte keine Absichten, Immobilien in fremden Ländern zu erwerben.

Als könnte der Verfasser der Broschüre meine Gedanken lesen, wandte sich im weiteren Verlauf des Textes nun der Immobilienexperte an die Leserschaft: *Professor Albert Fischer*, allwissend lächelnd auf dem einleitenden Foto, zeichnete das ungeheure Ertragspotenzial dieses Marktsegmentes auf:

Die Kaufpreise sind inzwischen auf einem vernünftigen Niveau, das langfristig nur nach oben tendieren wird. Es ist ein Muss für jeden international orientierten Anleger. Die Renditen sind im zweistelligen Bereich angesiedelt.

So einfach war die Expertenmeinung. Soweit ich informiert war, fungierte dieser Experte auch als Mitglied des Anlageausschusses der *World Wide Bank*. Es war genau dieser Anlageguru, der vom *Bankhaus Mischler* für die Durchführung der Risikotransaktionen hinzugezogen wurde. Der Kreis begann sich allmählich zu schliessen. Mein Vertrauen war verschwunden und ich musste lachen über die Dreistigkeit dieser Finanzleute. Der Prospekt landete deshalb in hohem Bogen im Papierkorb.

Die zweite Zeitungsbeilage, die Reisebroschüre, offerierte Angebote von allen gängigen Touristendestinationen. Es waren vorwiegend günstige Reisearrangements, die jedoch einem

Leben mit der Natur nicht im Entferntesten entsprachen. Verbaute Strände, Hotelmonster, unabsehbare Touristenströme – kurzum: Fakten, die mich zurückschrecken liessen. Diese Angebotsliste des Horrors bot ebenfalls keine echte Alternativen für mich.

Kurz entschlossen suchte ich deshalb das nächstgelegene Reisebüro auf und erkundigte mich nach nachhaltigen Reisezielen, die meinem Traum am nächsten kämen.

»Für Ferienreisen«, meinte eine ältere Beraterin, »wären die Knüller des Jahres Thailand, die dominikanischen Inseln, Kuba und die Malediven.« Einige Reiseziele nannte sie offensichtlich in Anbetracht meiner Frage nach der Verfügbarkeit von Einzelzimmern.

Die Angebote waren verlockend – Sonnenschein und Meer, die Attraktion für Millionen von Menschen. Aber ich wollte mehr! Vor allem suchte ich keinen Kurzurlaub in Massen von sonnenhungrigen Touristen, sondern ich beabsichtigte, eine lange Reise in die freie Natur zu unternehmen.

Die clevere Reisefachfrau schaltete blitzartig und empfahl mir eine Schiffsreise. Sie händigte mir einen Stapel mit Reiseunterlagen für Kreuzfahren aus.

Entgegen meiner früheren Gewohnheit konnte ich mich für diesen Vorschlag nicht begeistern. Ich versprach, ihre Angebote zu studieren und mich wieder zu melden. Ich war unschlüssig, welche Reise für mich optimal wäre. Ein längerer Aufenthalt auf einem Schiff von drei bis sechs Monaten würde extrem teuer werden. Auch der perfekte Luxus auf diesen Kreuzfahrtschiffen stiess mich zurück. Viele Sonnendestinationen schieden ebenfalls aus.

Unfähig zu einer spontanen Entscheidung, fischte ich zu Hause wieder diese Immobilienbroschüre aus dem Papierkorb. Darin versprach der Experte, dass in Kanada das Einswerden mit der Natur nicht nur einen Slogan darstellte. Allerdings verband er ja seine Äusserungen mit dem Verkauf von Luxusimmobilien.

Einem inneren Impuls folgend, erwarb ich in der Reisebücherabteilung der *Interbook*, – einer der grössten Buchhandlungen Zürichs – Reiseführer, Karten und anderes Informationsmaterial über Kanada. Voller Vorfreude eilte ich nach Hause, um mit dem Studium der Unterlagen zu beginnen.

Meine Recherchen liessen mich meine schwierige Situation zeitweilig komplett vergessen. Ich war nur neugierig auf diese viel gepriesene unberührte Natur. Die Traumstrände der Malediven oder Karibik verschwanden im Dunkeln, während sich in Kanada das Bild einer neuen, bisher für mich unbekannten Welt abzeichnete. Die unermessliche Weite, die blauen Seen und Flüsse, die scheinbar grenzenlosen unberührten Wälder verleiteten mich zum Träumen.

Immer wieder wiesen die Autoren der Reiseberichte auf die andere Seite der Medaille hin, auf hektische Grossstädte, auf den umweltschädigenden Abbau der Bodenschätze, speziell der Erdölförderung, auf die hohe Arbeitslosigkeit und die Verarmung der Ureinwohner.

Die vielen Probleme schafften es nicht, mich auf den Boden der Realität zurückzubringen. Meine Fantasie meldete sich zurück. Ich wusste, dass meine Suche nach einem Paradies auf Erden recht naiv war. Dieses *Paradies* gab es nur in meinem Kopf, eben in meiner Welt. Dennoch wollte ich mir einen vertieften Einblick in mein Traumgebilde verschaffen.

Der Reiseführer schlug verschieden Routen vor. Eine der Empfehlung war, den westlichen Teil des Riesenlandes als Ausgangspunkt zu wählen. Dort lag Vancouver, die pulsierende Stadt an der Westküste. Die geografische Ausdehnung von Kanada, für einen Schweizer schwer erfassbar, war gigantisch.

Ich stellte mir vor, dass eine Reise von Sizilien ans Nordkap in etwa der Ost-West-Ausdehnung Kanadas entsprach.

In meinem Leben gab es oft Schnellentschlüsse, die ich meistens rational nicht begründen konnte, Fehlentscheidungen musste ich deshalb immer wieder in Kauf nehmen. Ich tröstete mich dabei mit der Erkenntnis, dass auch bei einer umsichtigen Planung Fehler auftreten konnten.

Ich liess keine Zweifel an der Richtigkeit meines Tuns aufkommen, denn ich brauchte unbedingt diese Veränderung. Meine Seele musste baumeln können. Dazu benötigte ich aber keine Touristenschlepper. Geführte Reisen schieden deshalb aus. Ich wollte den Kontakt zu den Einheimischen suchen. Individualreisen waren demnach angesagt. Ich war neugierig auf das ursprüngliche Leben und eine unverdorbene Natur. Vor allem brauchte ich viel Zeit und wollte mir diese auch nehmen.

Ich hatte erstmals seit Monaten ein Ziel vor Augen. Zur Feier meines Etappensieges, besuchte ich die früher oft frequentierte *Trattoria Alfredo*, meinen Lieblingsitaliener. Dort liess ich mich verwöhnen und genoss eine köstliche Speisefolge: Als Entrée genehmigte ich mir Flusskrebse mit grünem Spargel, als Hauptspeise bestellte ich die Kalbsleber nach venezianischer Art und die beiden Gläser *Brunello* schmeckten trotz aller Medikamente herrlich. Dieses gastronomische Erlebnis bewirkte wahre Wunder in mir, ich explodierte innerlich.

Ich meinte endlich erkennen zu können, nein, ich war davon überzeugt, dass das Licht am Ende des Tunnels *kein entgegenkommender Zug* war. Das Atmen fiel mir zusehends leichter. Die Farben meiner Umwelt meldeten sich langsam zurück.

ooOoo

Ohne Blick zurück

Der Friede stellt sich niemals überraschend ein. Er fällt nicht vom Himmel wie der Regen. Er kommt zu denen, die ihn vorbereiten.

Indianische Weisheit

Die Reisevorbereitungen nahmen noch einige Wochen in Anspruch, aber ich hatte eine neue Aufgabe gefunden. Meine Stimmung stieg täglich ein wenig an. Die schwarzen Wolken in meinem Hirn verdrängte ich in die hintersten Winkel. Der Arztbesuch bei *Dr. Weiss*, eine der eingegangenen Bedingungen, bestätigte mir, dass ich die richtige Entscheidung getroffen hatte.

Nun wollte ich mich noch von einigem Ballast trennen. Mein kleines Elternhaus stand seit einiger Zeit leer, weshalb ich kurzum einen Umzug vornahm. Ich kündigte meine Wohnung im *Seefeldquartier*. Ausser den persönlichen Gegenständen überliess ich den gesamten aus meiner Vergangenheit stammenden Hausrat einer gemeinnützigen Organisation und richtete mich in dem kleinen Einfamilienhaus gemütlich ein. Die alte Adresse wurde getilgt. Meine mexikanische Haushaltsperle, *Gloria Mendes,* behielt ich. Sie versprach mir auch, in meiner Abwesenheit das Häuschen in Schuss zu halten. *Hugo Steinegger*, mein Treuhänder, wurde mit der Verwaltung beauftragt.

Es war mittlerweile Ende Mai geworden, eine gute Reisezeit für Kanada, und ich sass im Flieger Richtung Westen. Trotz der grenzenlosen Müdigkeit beschlich mich auch ein Glücksgefühl, ein eigenartiges Kribbeln. Beim Abflug verspürte ich anfänglich wehmütige Gedanken, als würde eine Tür hinter mir endgültig geschlossen, aber ich liess nichts zurück.

Die aufwendige Reiseroute holte mich wieder auf den Boden der Wirklichkeit zurück: Von Zürich über Frankfurt und Montreal erreichte ich nach einer sehr, sehr langen Reise und komplizierten Flugzeugwechseln Vancouver, die westlichste Stadt Kanadas. Während des Fluges hatte ich viel Zeit mich mit Land und Leute auseinanderzusetzen. Die mitgeführten Reiseunterlagen beschrieben mein Traumziel nur von seiner besten Seite. Aufgrund meiner vielen Reisen in der Vergangenheit wusste ich jedoch genau, dass jeder Besucher seine eigenen Träume und Erwartungen hatte, die Realität sah dann meistens ganz anders aus. Ich wollte mir jedoch meine gute Stimmung nicht vermiesen lassen und unterdrückte diese Gedanken.

Ich sog förmlich alle Informationen aus der mitgeführten Literatur in mich auf. So erfuhr ich unter anderem, dass es in der zweiten Hälfte des 19. Jahrhunderts, ähnlich wie in den USA, auch in Westkanada einen Goldrausch gab. Er trug viel zur Zerstörung der Gesellschaftsstrukturen und des Wohlstandes der Bevölkerung bei. Die grenzenlose Besiedlungspolitik vertrieb die hier lebende indianische Bevölkerung in weiter entlegene Gebiete und wies ihnen genau begrenzte Territorien, die sogenannten *Reservate* zu. Feuersbrünste, Krankheiten und Wirtschaftskrisen versetzten der Region enorme Rückschläge. Westkanada hat seine Bedeutung erst durch die Erschliessung seines Territoriums durch die Eisenbahn wieder zurückgewonnen. Dank der vorherrschenden Meeresströmung war das Klima in den Küstengebieten eher mild.

Meine Recherchen wurden regelmässig durch den Bordservice unterbrochen – fade Mahlzeiten in Plastikgefässen wechselten sich mit Getränkedarreichungen und Süssigkeiten ab. Das Flugpersonal gab sich jede erdenkliche Mühe, einen die Reisestrapazen vergessen zu lassen. Freundliche Small Talks aber auch ernsthaftere Diskussionen verkürzten so den Aufenthalt an Bord.

Infolge der Zeitverschiebung von neun Stunden – ich flog nach Westen und musste deshalb meine Uhr dauernd zurückstellen – erreichte ich nach einer Reisezeit von über achtzehn Stunden gegen Abend Vancouver, mein erstes Etappenziel.

Als das Flugzeug der *Canadian International* zur Landung ansetzte, freute ich mich, endlich wieder festen Boden unter meinen Füssen zu spüren. Auch wenn die Flugzeugsitze genügend Raum liessen, ich erlaubte mir den Luxus, Business Class zu fliegen, empfand ich Langstreckenflüge immer als eine ausgesprochene Qual. Ich würde aber genügend Zeit in meinem Zielland haben, meine verrenkten Glieder wieder in die Originalposition zurückzubiegen. Bewusst hatte ich noch kein Rückflugticket gebucht.

Aus dem Fenster erhaschte ich den schemenhaften Blick auf eine beeindruckende Gebirgskulisse am Horizont. Da ich nur selten bei Tagesflügen schlafen konnte, war ich jedoch viel zu müde, um mich an diesem Anblick zu freuen. Ich sehnte mich nur nach einem weichen Bett.

Doch bis dahin waren noch einige Hürden zu nehmen: Die peinlich genauen Zoll- und Einwanderungsformalitäten, das lange Warten auf das Gepäck und schlussendlich das Beschaffen eines lizenzierten Taxis beanspruchten meine letzten Kraftreserven.

Die Taxifahrt ins *Hotel International*, Downtown, Westend, an der *West Franklin Street*, war kurz und angenehm. Der Fahrer kannte sich gut aus. Es war seine letzte Fahrt für heute und er freute sich sichtlich auf den bevorstehenden Feierabend. Sein Mitteilungsbedürfnis war deshalb gross. Es gestaltete sich allerdings als Monolog, da ich nur selten etwas zur Unterhaltung beitrug.

Das Hotel, ein moderner Bau mit viel Glas und einer fantastischen Aussicht auf den naheliegenden Park, war aufgrund der zentralen Lage ein idealer Ausgangspunkt für meine geplante Reise. Nach kurzem Einchecken und der Hinterlegung meiner Kreditkarte, bezog ich das Zimmer 327. Die langen Gänge waren weitläufig und dicke hochflorige Spannteppiche dämmten meine Schritte.

Wie üblich hatte ich einige Probleme mit dem Öffnungsmechanismus der Zimmertüre. Mein allzu schnelles Einschieben der Karte liess das dumme kleine Licht immer wieder rot aufleuchten. Langsam wurde ich ungeduldig, doch ein leises Klicken gewährte mir schlussendlich Einlass. Meine beiden Koffer standen bereits im Zimmer.

Nach einer oberflächlichen Abendtoilette liess ich mich erschöpft auf das einladende grosse Bett fallen und war binnen kürzester Zeit tief und fest eingeschlafen. Meine Abenteuer mussten noch etwas warten.

Nach beinahe neun Stunden im Tiefschlaf wurde ich durch leise Verkehrsgeräusche geweckt. Gedämpftes Hupen, Motorengeräusche von Trucks und Motorrädern drangen durch die mehrfach verglasten Scheiben ins Zimmer. Die Sonne versuchte sich ebenfalls einen Weg durch die getönten Scheiben, die teilweise durch schwere Vorhänge verdeckt waren, zu bahnen. Das leise Summen stammte von der Klimaanlage. Dunkle Holzeinbauschränke und weiche Teppiche rundeten das Bild dieses Fünfsterne-Zimmers ab. Im Badezimmer fand ich eine grosszügige Dusche, umgeben von einer Milchglaskabine. Boden und Wände waren mit beigefarbenen Fliesen ausgestattet. Viele versenkte Spotlampen – es erinnerte an den Sternenhimmel –, Wandlampen und eine Wärmelampe schufen eine angenehme Atmosphäre. Die verspiegelte Wand holte mich jedoch in die Realität zurück: Was ich sah, war nicht gerade der Aufsteller des Tages; eine Generalüberholung tat dringend Not.

Auf einem grossen Plakat wurden auch die Fitnesseinrichtungen, selbstverständlich gegen einen entsprechenden Aufpreis, angeboten. Diese Ertüchtigungsübungen erfolgten unter fachkundiger Leitung. Sauna, Dampfbäder und Jacuzzi vervollständigten das Angebot.

Nach einer ausgiebigen Dusche verspürte ich ein grosses Hungergefühl, war es doch über vierundzwanzig Stunden her, seit ich die letzte vernünftige Mahlzeit zu mir genommen hatte. Mit Wegweisern wurde ich zum Fünfsterne-Schlaraffenland gewiesen. Hier zeigte sich ein Frühstück der Superlative: Auf zwei zehn Meter langen Buffets gab es kalte und warme Gerichte. Es roch angenehm nach Kaffee und Toast, Spiegeleiern, Rühreiern, Pfannkuchen, Waffeln und Omelettes. Von kleinen Steaks bis zu den gemeinen Würstchen war alles vorhanden. Sekt, Mineralwasser und die unvermeidliche Cola standen zur Stärkung der Gäste bereit. Die *Vitamintheke* verlockte mit vielen Früchten, Säften und Obstsalaten. Die Müslifreunde kamen ebenfalls voll auf ihre Rechnung. Ich glaube, es fehlte nichts auf diesem *Tischlein deck dich*. Flinke Kellnerinnen füllten entstehende Lücken laufend nach.

Der Vergleich der hungrigen Geier, die sich auf das Aas stürzten, drängte sich beim näheren Betrachten der Touristengruppen auf. Hoch aufgeschichtete Teller – mindestens die Hälfte blieb am Schluss unberührt zurück – hektische Bewegungen, ungeduldiges Warten auf bestellte Extras und laute Reklamationen prägten die Stimmung im Speisesaal. Das An- und Abschwellen der Stimmen und Kindergekreische übertönte die leise Musik aus den Lautsprechern; irgendein Entertainment-Manager hatte *Verdi* ausgewählt.

An meinem Nachbartisch links sassen vier junge amerikanische Frauen. Beim Austausch von kleineren Informationen erfuhr ich, dass die Gruppe ihren Universitätsabschluss feierte und nach Alaska reisen wollte. *Joanne*, die Unternehmungslustigste und auch die Reiseleiterin, erklärte ihren Freundinnen das Tagesprogramm – Sightseeing in Vancouver! *Lorrie*, die kleine Brünette meldete ihre Wünsche bezüglich Museen und Ausstellungen an. *Mary* und *Barbara* waren die typischen Mitläuferinnen. Sie akzeptierten in Ermangelung eigener Initiative die Vorschläge der Wortführerin. Ich wünschte dem aktiven Quartett viele interessante Momente und wir verabredeten uns zu einem Drink vor dem Diner.

Nach einem ausgiebigen Frühstück, ich liess nur wenige Stationen am Buffet aus, hatte ich Zeit mich wieder zu sammeln. Einen Moment lang wusste ich nicht, wo ich mich genau befand. All das, was ich in der vergangenen Stunde erlebt hatte, gab es überall auf Erden: komfortable Zimmer, vorzüglicher Service, gutes Essen – zu horrenden Preisen – prägten weltweit die Spitzenhotellerie. In dieser Umgebung wusste man innerhalb einer Stunde nicht mehr, wo man sich eigentlich befand. War es Zürich, London, Paris, Berlin oder New York? Alles war austauschbar. Die grossen Hotelketten glichen sich wie ein Ei dem anderen. Die Dienstleistungen waren preisentsprechend und international kompatibel, auch wenn die Marketingkampagnen etwas Anderes behaupteten. Die Leute, die diesen Service erbrachten, hatten ebenfalls internationalen Standard.

Was wollte ich hier? War ich um die halbe Welt gereist, nur um den Luxus von zu Hause zu geniessen? War ich bereits so verdorben, dass alle landestypischen Eigenschaften mich nicht mehr interessierten? Die Antwort war ein eindeutiges *Nein!*

Kurzerhand beschloss ich, am nächsten Tag meine Zelte abzubrechen. Wenn ich meinen Traum verwirklichen wollte, so ganz bestimmt nicht hier. Leben in und mit der Natur hiess meine Devise.

Um die Umgebung zu erkunden, musste ich mir einen fahrbaren Untersatz besorgen. Der zuvorkommende Concierge empfahl mir eine Autovermietung nur eine Querstrasse vom Hotel entfernt. Bei *Cross the Country-National Car Rentals*, kurz *CTC Rentals*, empfahl man mir, ein etwas leistungsfähigeres Fahrzeug mit Allradantrieb zu wählen, natürlich eines aus der obersten Preisklasse – damit würden auch unbefestigte Strassen passierbar, meinte der fachkundige Vermieter. Beim Trick mit den limitierten Tageskilometern machte ich ihm allerdings einen Strich durch die Rechnung; die riesigen Distanzen hätten mich ruiniert und ihm eine fette Provision eingebracht. Ich konnte das Auto in allen grösseren Städten Kanadas zurückgeben, dafür lag die Mietgebühr etwas höher als bei lokalen Anbietern. Ein grosser Vorteil für mich, wusste ich doch nicht, wohin mich das Schicksal trieb. Nach kurzer Besichtigung der verfügbaren Modelle wählte ich einen roten Pick-up. Der Händler händigte mir noch eine sehr detaillierte Karte über das Strassennetz von *British Columbia* mit entsprechenden Detailkarten zu Vancouver und Umgebung aus.

Eine ausführliche Fahrt durch Downtown Vancouver liess mich erneut über die Dimensionen dieses Landes staunen. Schöne Parks luden zum Verweilen ein. Ich verbrachte den gesamten Tag im *Patterson Park*, einem grossartigen Park gegenüber von Vancouvers Nobelvorort, den gefragten Wohnlagen dieser herrlichen Stadt. Erst ein paar Kilometer weiter nordwärts fand ich jedoch das ursprüngliche Kanada, eine einzigartige Natur, den Reichtum dieses Riesenlandes.

Ich staunte über diese Stadt. Sie hatte eine exzellente Symbiose zwischen einer modernen Weltstadt und der Natur gefunden. Trotz vieler moderner Gebäude wurden die öffentlichen Grünflächen stetig erweitert. Unzählige Radfahrer, Skateboarder und Wanderer bildeten eine grosse Gemeinschaft. Jeder akzeptierte den anderen und verhielt sich entsprechend rücksichtsvoll. Dies empfand ich als eine der wichtigsten Tugenden des heutigen Kanadas. Jeder liess jeden leben und gemeinsam lebten sie mit einer einzigartigen Natur.

Vergnügt wanderte ich an der Küste entlang. Ich hatte alle Zeit der Welt und genoss die wärmenden Sonnenstrahlen in vollen Zügen. Die salzige Meeresluft schärfte meine Sinne. Ich genehmigte mir eine kurze Zwischenverpflegung in einem der Teehäuser im Park und kehrte anschliessend in mein Hotel zurück.

Nach einer ausgiebigen Dusche ging es in die Hotelbar, einem modernen Konstrukt, das keinerlei Atmosphäre ausströmte. Ein kleines Bier und die *Vancouver News*, eine der örtlichen Tageszeitungen, versöhnten mich mit der widerlichen Farbenwahl des Innenarchitekten bei der Ausgestaltung dieses Raumes.

Einige Zeit später hörte ich von Weitem die Ankunft der vier Amerikanerinnen. Auch ihr Ziel war die Bar. Die Neuigkeiten sprudelten nur so aus ihnen heraus. Ich wusste binnen Kürzestem, welche Sehenswürdigkeiten ein absolutes Muss darstellten. Als sie sich nach meinem Tagesprogramm erkundigten, erntete ich nur ein mitleidiges Lächeln.

»Ja, diese Europäer sind ein komisches Völkchen. Da fliegen sie um die halbe Welt, um einen Spaziergang im Park zu unternehmen«, war der allgemeine Tenor.

Das gemeinsame Diner nahmen wir im Frühstücksraum ein. Erst jetzt erkannte ich die Dimension dieses Saales. Die Speisefolge war jedoch gut gewählt: als Entree eine Tranche geräucherten Lachs, als Hauptspeise ein Hühnchen vom Grill mit Pommes und Gemüse und als Nachspeise ein Stück Eistorte. Dazu lud ich die fröhliche Runde zu einem trockenen leichten Rotwein aus Kalifornien ein. Meine Weinauswahl sollte eine Hommage an die amerikanischen Weinbauern sein. Lorrie war die Einzige der illustren Tafelrunde, die diesen spritzigen leicht gekühlten Wein genoss, die übrigen wechselten nach einem Höflichkeitsschluck umgehend zu Coke und anderen Süssgetränken.

Die vier Frauen waren nach ihrem Stressprogramm in Vancouver sichtlich abgekämpft, nur *Lorrie* begleitete mich anschliessend noch für einen Absacker in die Bar. Die warme Beleuchtung korrigierte einige der farblichen Ausrutscher des Raumes. Die tiefen Ledersessel waren sehr angenehm, passten aber überhaupt nicht zum übrigen Inventar.
Lorrie begann völlig übergangslos, aus ihrem Leben zu erzählen. Nach einer Jugend zusammen mit ihrer Mutter, ihren Vater kannte sie nicht und hegte auch keine Absicht ihn kennenzulernen, absolvierte sie alle Schullevels mit Auszeichnung. Sie erklärte mir, dass sie unter permanentem Leistungsdruck gestanden hätte und immer noch darunter litt, dafür gäbe es aber gute Medikamente. Das anschliessende Medizinstudium wurde in diesem Frühjahr beendigt. Sie schuftete wie eine Verrückte und lernte rund um die Uhr. Nach erfolgreichem Abschluss mit *summa cum laude* erhielt sie eine Assistenzärztinnenstelle in einem kommunalen Krankenhaus in Los Angeles. Ich hatte nach ihrem Bericht das Gefühl, dass sie es bereute, ihre Jugend nicht gelebt zu haben. Die wenigen schönen Momente hätte man an einer Hand aufzählen können, meinte sie bedrückt. Ihre Augen bestätigten mir eine gewisse Abgeklärtheit und nur selten verirrte sich ein Lächeln auf ihr schönes Gesicht.
Wir kamen uns nicht eigentlich näher. Übergangslos begann sie, sich nach meiner Geschichte zu erkundigen. Auf diesem eher seichten Niveau fühlte ich mich nicht bereit, allzu viel von meinen Sorgen und Zielen preiszugeben. Sie war zudem eine schlechte Zuhörerin, die mich dauernd unterbrach. Ich tat

ihr jedoch unrecht, musste ich doch nachträglich feststellen, dass sie meinen Gedanken immer ein wenig vorauseilte. Die Diskussionen mit der blitzgescheiten *Lorrie* gestalteten sich dadurch sehr mühsam.

Wir tranken zum Abschied noch ein Glas Prosecco und verliessen anschliessend gemeinsam die Bar. Ich begleitete sie bis zu ihrem Zimmer und wünschte ihr eine gute Nacht. Hier gestand sie mir leise, dass sie diese Nacht nicht alleine sein wollte.

Ihr biegsamer schöner Körper mit den festen kleinen Brüsten presste sich fordernd an mich. Als sie mich spürte, drängte Sie jedoch auf eine rasche Befriedigung. Ihre nervös-hektischen Bewegungen verunmöglichten jegliche Liebkosungen. Sie entzog sich auch jedem Versuch, sie zu küssen. Alle meine Aufforderungen zum genussvollen Erleben unserer Vereinigung verliefen im Nichts. *Lorrie* kam sehr rasch. Sie erduldete mich noch bis zu meinem Höhepunkt. Dann löste sie sich von mir, drehte sich um und murmelte noch beim Einschlafen, dass ich sie um sechs Uhr wecken sollte, da ihre Gruppe um sieben die Weiterfahrt geplant hatte.

Ich lag noch lange wach und dachte über das gerade Erlebte nach. Diese Art von Intimität war definitiv nicht erstrebenswert. Ich verspürte weder eine echte Befriedigung noch eine Wärme in mir. Im Gegenteil, ich fühlte mich missbraucht. Zugegeben, in meiner Beziehung mit *Irene* gab es auch Momente spontaner Vereinigungen, die aber meistens sehr genussvoll endeten. Aber hier offenbarten sich Gefühlsverirrungen. Ein Vergleich aus der Tierwelt fiel mir spontan dazu ein; dies wollte ich nie mehr erleben. Offensichtlich war *Lorrie* gar nicht fähig, Gefühle zu zeigen oder sie überhaupt zu erleben. Ich bezweifelte auch, dass sie Gefühle empfangen wollte. Sie lebte in einer Welt der kalten, nüchternen Realität. In ihrer Abkapselung gab es nur das egoistische Ich. Sie nahm was sie begehrte.

Das Frühstück verlief sehr schweigsam und wir wussten beide nicht, wie man sich in einer solchen Situation verhalten sollte. Was geschehen war, war einfach passiert. Zum Abschied kam kein Bedauern auf oder gar der Wunsch auf ein Wiedersehen. Unsere Ansichten und Lebensziele waren total gegensätzlich. So verabschiedeten wir uns, als wäre die letzte Nacht nie gewesen und wünschten einander eine erfolgreiche Zukunft. Wir tauschten unsere Adressen aus, wohl wissend, dass wir nie davon Gebrauch machen würden.

Die Frauengruppe drängte zum raschen Aufbruch, beabsichtigten sie doch eine Strecke von über 3500 Kilometern nach Anchorage in Alaska in mehreren Etappen zu bewältigen. Für mich eine unvorstellbare Distanz! Ich rechnete kurz, dass die Gruppe zwischen 40 bis 50 Autostunden unterwegs würde. Die Mädels hatten sich was vorgenommen!

Ich hatte bereits am Vortag beschlossen dem *Highway No. 1* ostwärts zu folgen. Zudem wollte ich der amerikanischen Gruppe nicht in die Quere kommen, da sonst unweigerlich ein Konflikt vorprogrammiert gewesen wäre. Mein Leben war bereits voller Konflikte, weshalb ich auf eine weitere Verkomplizierung verzichten konnte.

Mein weniges Gepäck war rasch auf dem Rücksitz verstaut. Vollgetankt und mit einem Karton mit Wasserflaschen, den ich im nahe gelegenen Supermarkt besorgt hatte, und einem Lunchpaket aus der Hotelküche war ich bereit für mein Abenteuer.

ooOOoo

Grenzenlos

Nimm Dir Zeit, den Himmel zu betrachten, suche Gestalten in den Wolken. Höre das Wehen des Windes und berühre das kalte Wasser. Gehe mit leisen behutsamen Schritten. Wir sind Eindringlinge, die von einem unendlichen Universum kommen und nur für kurze Zeit geduldet werden.

Indianische Weisheit

Als mein erstes Ziel wählte ich *Stockton*. Mit etwa 200.000 Einwohnern zählte sie zu einer der mittelgrossen Städte im Westen von Kanada, nördlich von Vancouver. Ich hatte jedoch nicht vor, die sechsstündige Fahrt auf direktem Wege zurückzulegen – ich wollte alles Sehenswerte auf meiner Hinfahrt kennenlernen. Die 500 Kilometer waren beinahe lächerlich, verglichen mit der geplanten Reisedistanz der Amerikanerinnen.

Die anfänglich eher flache Landschaft wurde von vielen Hügeln abgelöst. Im Hintergrund konnte ich eine gewaltige Bergkette erkennen. Verschiedene Flüsse teilten die grosse Ebene in kleinere Einheiten auf. Riesige Starkstromleitungen überspannten die vornehmlich landwirtschaftlich genutzten Landflächen. Leider hatte sich in der Zwischenzeit das Wetter zusehends verschlechtert. Es regnete, nein, es goss wie aus Kübeln.

Ich verliess die Autobahn und stoppte auf dem Parkplatz einer Farm. In der Hoffnung, dass niemand mich vom Hof vertrieb und mir keine Kugeln um die Ohren schwirren würden, entspannte ich mich hinter dem Steuer. Zwei der eingepackten Sandwiches und eine Flasche Mineralwasser vertrieben Hunger und Durst.

Sobald das Wetter aufklarte, fuhr ich zurück auf den Highway. Der Himmel war aufgerissen und leuchtet in tiefstem Blau. Die Luft war frisch. Grosse Wasserlachen zeugten von der Heftigkeit der Regenschauer. Seit meiner Abfahrt schien zudem die Temperatur deutlich gesunken zu sein.
Ich passierte einen grossen Steinbruch mit einer überdimensionierten Backsteinfabrik. Allerdings hatte ich das Gefühl, dass es sich teilweise um ungenutzte Produktionskapazitäten handelte. Diverse Bauruinen gaben mir recht.
Auf dem Highway zurück, musste ich mit Überraschung feststellen, dass offensichtlich die gesetzlich vorgeschriebene Höchstgeschwindigkeit – übrigens ähnlich wie in der Schweiz – nicht für alle Verkehrsteilnehmer Gültigkeit hatte. Ein Riesentruck, eine riesige Zugmaschine mit einem überdimensionierten Anhänger, bretterte an mir vorbei. Der entstandene Sog schüttelte mein vergleichsweise kleines Auto, als wäre es ein Spielzeug. Ich konnte noch die Aufschrift auf dem Anhänger – *Fisher Iron Works* entziffern, da war der Spuk auf acht doppelt bereiften Achsen schon vorbei. Nun, wie überall auf der Welt standen auch die kanadischen Lastwagenfahrer unter Zeitdruck. Unwillkürlich erinnerte ich mich an die *Roadtrains* in Australien – diese Vehikel lehrten mich damals das Fürchten.
Etwa zehn Kilometer weiter sah ich eben diesen Truck an der rechten Seite stehen. Beim Näherkommen erkannte ich jedoch, dass der Anhänger und die Zugmaschine gekippt waren. Ein Mast der Strassenbeleuchtung lag geknickt auf der Seite. Aus dem Kühler der Zugmaschine stieg eine kleine Rauchsäule auf.

Ich bremste hinter dem umgekippten Gefährt und machte die Warnblinker an. Dann eilte ich zum Führerhaus, was angesichts der Dimensionen des Trucks gewisse Kletterkünste voraussetzte. Nach einem kleinen sportlichen Einsatz erreichte ich das zertrümmerte Türfenster. Der Fahrer lag in seinen Gurten und der Airbag präsentierte sich schlapp auf dem Steuerrad. Bei meinem Versuch, den Verunfallten anzusprechen, erhielt ich umgehend eine klare Antwort. Der Mann erwiderte lakonisch, dass er die Arme und das linke Bein bewegen könne, das rechte Bein wäre jedoch eingeklemmt und ohne Gefühl. Auf den heutigen Tanzabend müsste er vermutlich verzichten. Ich konnte keine Blutungen erkennen, aber ich war weder Sanitäter noch Arzt. Meine Frage nach Schmerzen verneinte der Verunfallte.

Ein Heraushieven ohne Hilfsmittel war unmöglich, also kümmerte ich mich zuerst um die Rauchentwicklung. Mit dem Feuerlöscher des Lastwagens sprühte ich eine geballte Ladung Chemie in den Motorraum. Die kleinen Flammen erstarben sofort. Ich überlegte, was weiter zu tun wäre, und verhielt mich so wie in der Schweiz. Zuerst informierte ich die Highway Patrol und bat diese, eine entsprechende Ambulanz zu organisieren.

Binnen 30 Minuten waren die Hilfskräfte vor Ort. Mit einem speziellen Seilzug wurde der Fahrer aus der Kabine gezogen und auf eine Bahre der Ambulanz gelegt. Sie fuhren anschliessend mit Blaulicht und Sirengeheul ins nächstgelegene Krankenhaus. Zwei Polizisten nahmen ein Unfallprotokoll auf und baten mich zu warten, bis das Bergungsteam eintreffen würde.

Jetzt erst sah ich das gesamte Schlamassel: Der Lastwagen hatte rohe Eisenbarren geladen und aus irgendwelchen Gründen hatte sich die gesamte Ladung seitwärts verschoben. Dies musste unweigerlich zum Kippen des Anhängers führen, die

Zugmaschine wurde einfach mitgerissen. Ob dies aus Nachlässigkeit geschah oder einfach höhere Gewalt war, konnte ich nicht beurteilen. Im Grossen und Ganzen war jedoch dieser Unfall noch vergleichsweise glimpflich abgelaufen, abgesehen von den mir nicht bekannten Verletzungen des Fahrers.

Rund zwei Stunden später kam schweres Gerät. Die Ladung wurde mittels eines Radbaggers entfernt, sodass der Lastwagen wieder auf die Räder gestellt werden konnte. Die Zugmaschine und der Aufleger wurden getrennt und separat auf zwei Laster gezogen. Die Bergungsmannschaft dankte mir fürs Ausharren und wollte noch eine Bestätigung für die geleistete Arbeit. So konnte ich endlich meine Reise, mit einer Verspätung von über drei Stunden, fortsetzen.

Da es bereits später Nachmittag war, beschloss ich, eine Unterkunft für die Nacht zu suchen. Einer der Hilfskräfte informierte mich, dass sich in etwa 30 Kilometern ein kleines Motel namens *Devil's Cove* befände. Dort gäbe es gutes Essen und saubere Betten. Ich sollte mich nicht durch den Namen verwirren lassen, meinte er zum Abschied lachend.

Nun, 30 kanadische Kilometer messen meistens das Doppelte und so brauchte ich eine Stunde schnelle Fahrt, um die *Teufelshöhle* zu erreichen. Der dazugehörige Ort, *Patterson Hill*, bestand nur aus einer Handvoll Häusern und einer Lodge rechts der Strasse sowie einer Tankstelle mit Garage und einem verlotterten Wohnhaus. Weiter hinten konnte ich noch einige barackenähnliche Wellblechgebäude und viele Weidezäune erkennen. Rund herum wuchs dichter Wald.

Ich tankte mein Fahrzeug auf – eine Gewohnheit von früher, nach dem Verbrauch der Hälfte des Tankinhaltes bei der sich nächstbietenden Gelegenheit den verbrauchten Treibstoff aufzufüllen. Beim Zurückfahren betrachtete ich die *Teufelshöhle* etwas genauer. Die Fassade des Restaurants vermittelte in der Tat einen Furcht einflössenden Eindruck. Die unzähligen

Holzschnitzereien an der schwarzen Aussenwand zeigten hässliche Fratzen und teuflische Szenen. Offensichtlich hatte der Erbauer dieses Hauses versucht die Ureinwohner, die Indianer, mit diesen Figuren abzuschrecken.

Aber bereits beim Eintritt ins Lokal empfing mich eine angenehme, warme Atmosphäre. Heftige Diskussionen, Gelächter und zufriedene Menschen empfingen mich. Selbstverständlich hätten sie für mich ein Zimmer frei, meinte die Chefin mit der rauchigen Stimme und übergab mir den Zimmerschlüssel Nummer drei. Ich war eine Sorge los.

Die Unterkunft war einfach und sauber. Ein Schlüssel war nicht nötig – das Schloss funktionierte nämlich nicht. Offensichtlich spielte dies hier auf dem Lande keine Rolle. Diebstahl war weitgehend unbekannt.

Zum Essen gab es nur ein Menu: ein Rindersteak mit Kartoffeln und Sour Cream. Dazu bestellte ich ein grosses Bier. Als die Frau, sie hatte sich als *Edna Friedman* vorgestellt, meinte, das Essen sei bereits angerichtet, schaute ich etwas überrascht drein. Sie erwähnte noch nebenbei:

»Freunde von *Alistair* sind auch unsere Freunde«.

Ich erfuhr erst später am Abend, dass *Alistair*, der verletzte Lastwagenfahrer, vom Krankenhaus aus mit *Peter*, dem Mann von *Edna*, telefoniert und die Hilfeleistung eines Ausländers erwähnt hatte. In der Tat verkehrten nur wenige fremde Gäste in der *Teufelshöhle*. So fiel offensichtlich ein Fremdling sofort auf.

Es war das erste Mal, dass ich von dem gut funktionierenden Buschtelefon erfuhr, einem Informationsnetz, das dank Funkverbindungen und persönlichen Kontakten, vor allem in Restaurants und Bars, alle modernen Social Medias in dieser Region bei Weitem übertraf. Letztere funktionierten infolge von Verbindungsproblemen ohnehin sehr oft nicht einwandfrei.

Abends in der kleinen Bar erfuhr ich einiges über die Schwierigkeiten der Holztransporte auf den Flüssen, da der Wasserstand zu niedrig wäre. Erst letzte Woche sei ein Flösser bei der Durchfahrt durch ein Wehr gestürzt und anschliessend von den Bäumen erdrückt worden. Das Leben schien hier sehr hart zu sein. Leben und Überleben gehörten zu den wichtigsten Regeln. Der Tod wurde als ein natürliches Ereignis akzeptiert. Lokaler Tratsch über *wer mit wem* machte hier ebenso die Runde, wie die Kommentierung von unverständlichen Regierungsbeschlüssen aus Ottawa über neue Landerwerbsbestimmungen.

»Früher galt ein Handschlag und der Kauf war perfekt. Heute brauchst du einen Anwalt, um den Vertragsabschluss tätigen zu können«, war der einvernehmliche Tenor der Gesprächsrunde.

Ich verabschiedete mich mit dem Hinweis, dass ich am nächsten Morgen früh aufbrechen würde. Alle wünschten mir einen schönen Aufenthalt in ihrem Land. Dass die Kanadier unter früh *sehr früh* verstanden, realisierte ich anderntags. Ich begab mich um sieben runter in die Bar, um einen Kaffee zu trinken. Überraschenderweise sass ich alleine im Raum. *Peter* klärte mich auf, indem er lakonisch meinte:

»Meine Gäste stehen in der Regel um fünf in der Früh auf!«

Als ich zahlen wollte, sagte der Wirt nur, dass mein Aufenthalt auf Rechnung des Hauses ginge. Diese grosszügige Geste nahm ich dankend an. Trotzdem hinterliess ich ein grosszügiges Trinkgeld, wohl wissend, dass das Leben auch in Kanada sehr teuer war.

Ich konnte immer wieder in meinen Reiseprospekten von traumhaften Ferienresorts an einsamen Seen mitten in einer unverfälschten Natur lesen. Solche Unterkünfte waren für Ruhe suchende oder Naturfreunde, also Leute wie mich, gedacht.

Die Angebote umfassten alle Qualitätskategorien, von der einfachen Schutzhütte bis zur Luxushotellerie. Sehr beliebt waren Resorts für Reiter und Jäger.

Ich wollte unbedingt eine solche Ferienanlage kennenlernen. Deshalb nahm ich auf meiner Weiterfahrt auf dem *Trans Canada Highway*, der parallel zum *James River* verlief, die erste sich bietende Gelegenheit wahr. 50 Kilometer nördlich gab es eine Abzweigung zum *Kilinok Lake*, so war das Gewässer auf dem Schild bezeichnet.

Die Zufahrt gestaltete sich recht abenteuerlich. Ein kleines Betonband, eben die Strasse, durch eine gelbe Linie richtungsgetrennt, verlief mitten durch eine üppige Vegetation. Die Sträucher wuchsen dabei wild in das Strässchen hinein und hinterliessen mehrmals kratzende Geräusche an der Karosserie meines Autos. Die ganze Szenerie wirkte ungepflegt, verwildert.

Nach etwa fünf Kilometern erreichte ich den See und sah weiter hinten einen kleinen Hotelkomplex, ein Hauptgebäude mit je einem länglichen Anbau auf beiden Seiten. Beim Näherkommen erblickte ich noch sechs alleinstehende Bungalows, lieblose Behausungen, die zudem recht in die Jahre gekommen schienen; auf Backsteinfundamenten ruhende Holzwände, die mit grauen Faserzementplatten abgedeckt waren.

Das sumpfige Gelände an der Uferzone zeigte mir, dass der *Kilinok Lake* dieses Gebiet regelmässig unter Wasser setzte. Hier war zudem nichts mehr ursprünglich. Das Hauptgebäude lud nicht zum Verweilen ein. Einige der Fensterläden waren geschlossen. Bei der Aufgangstreppe sollte besser ein Schild mit dem Hinweis *Betreten auf eigene Gefahr* stehen! Der Aussenanstrich des Gebäudes war mehrheitlich abgeblättert und die blinden Fensterscheiben konnten nicht mehr gereinigt werden. Die angrenzende Wiese war mit Plastikflaschen, Holz und verrosteten Autobestandteilen übersät. Ein Lebenszeichen konnte ich nirgendwo entdecken, wenn man von einem

Pick-up mit eingeschalteten Motor, der direkt am Eingang parkte, absah.

In der unmittelbaren Umgebung wurde auf Teufel komm raus gebaut. Zwei Reihenhaussiedlungen waren im Entstehen begriffen. Ich zählte 20 lieblose, im Kasernenstil erbaute Baracken, die gemäss Verkaufsplakat noch hellblau gestrichen werden sollten. Sie passten überhaupt nicht in die Umgebung. Auf weiteren Schildern wurden kaufkräftige Investoren ultimativ eingeladen, diese Reihenbungalows zu erwerben, selbstverständlich zu äusserst günstigen Konditionen. Beim näheren Betrachten musste ich mich nicht mehr fragen, für wen diese Bedingungen vorteilhaft waren. Hier wurde der ursprüngliche Charakter der Landschaft, dieses schöne Seegebiet, systematisch zerstört. Irgendeine Immobilienfirma hatte die Grundstücke erworben und war nun bestrebt, sie nach allen Regeln der Kunst auszuschlachten. Ich konnte das Renditestreben förmlich riechen. Meinem ersten Gedanken folgend wendete ich mein Fahrzeug und verliess diese touristisch verdorbene Region. Was ich hier sah, entsprach in keiner Weise meinen Vorstellungen vom Leben mit der Natur. Diese verunstaltete Landschaft stimmte mich traurig.

Enttäuscht fuhr ich zurück auf den Highway. Auf dem Schild konnte ich erkennen, dass *Stockton* nur noch 250 Kilometer entfernt lag – ein Katzensprung in Kanada. So durchfuhr ich den geschichtsträchtigen *Steven Canyon*. Die Landschaft wurde zusehends ursprünglicher. Felsige Formationen überragten die Waldregion. Jeder nicht von Menschen genutzte Flecken war überwachsen mit Nadelgehölz und vereinzelt auch mit Ahornbäumen.

Der Highway verlief jetzt nur noch zweispurig, parallel zur Eisenbahntrasse. Kleine Siedlungen unterbrachen meine Fahrt. Bars, Sandwichshops, Drugstores, Tankstellen, Motels schufen mit der Zeit ein monotones Bild der Zivilisation. Diese teilweise bescheidenen Behausungen links und rechts der Strasse zeugten von einem geringen Wohlstand.

Je mehr ich mich *Stockton* näherte, desto karger wurde nun die Vegetation. Die Abhänge waren nur noch spärlich bewachsen, offensichtlich hatte man hier vor langer Zeit im grossen Stil die Bäume gerodet. Die Jungpflanzen gediehen zwar prächtig, allerdings brauchten sie noch viele Jahre, bis sie als richtige Bäume wahrgenommen werden würden.

Die Einfahrt in *Stockton* war unspektakulär. Viele Neubauten oder renovierte ältere Gebäude formierten sich entlang der Strasse. Immer wieder unterbrachen grosse industrielle Produktionsanlagen, Sägereien und Baustoffbetriebe die Wohnquartiere. Verschiedene Einkaufszentren und der Backsteinkomplex eines grossen Krankenhauses fielen mir sofort auf. *Stockton* präsentierte sich als eine schnell wachsende Metropole im Nordwesten Kanadas. Die neuen Wohnquartiere auf der anderen Flussseite frassen sich unaufhaltsam in die unberührte Natur.

Sowohl das Gewerbe als auch der Einzelhandel offerierten hier alles für den täglichen Bedarf. Büchereien, Museen, Kinos, Theater, Parks, Restaurants, Hotels mit und ohne Sterne waren vorhanden. Das Leben war hektisch. Der starke Autoverkehr liess den Schluss zu, dass er in den Rushhours vermutlich kollabierte. Die Goldgräberstimmung in der letzten Aussenstelle der Zivilisation war überall spürbar. Hunderte von Kilometern irgendwo in der Wildnis hatte mich die Zivilisation wieder eingeholt.

Bevor ich ein Hotel auswählte, fuhr ich die *Mainstreet* entlang und hielt Ausschau nach verschiedenen Übernachtungsmöglichkeiten. Schlussendlich kehrte ich über die *Gardenstreet* wieder an meinen Ausgangspunkt zurück. Rechts von mir entdeckte ich ein altes dunkles Backsteingebäude, das sich deutlich von der neuen und modernen Architektur der Nachbarliegenschaften unterschied. Die Aussenfassade war allerdings gut gepflegt, aber eben einem Baustil der Pionierzeit entstammend. Wie ich später erfuhr, hatte das *Old Castle Inn* eine lange Tradition und auch eine ruhmreiche Vergangenheit.

ooOOoo

Freunde

In meinem Leben gibt es keine schlechten Tage. Auch wenn die Zeiten noch so schwierig sind. Jeder Tag ist gut. Weil du am Leben bist, ist jeder Tag gut!

Indianische Weisheit

Ich parkte mein Auto vor dem Eingangstor und begab mich in die etwas düstere Vorhalle zur Rezeption. Aus einer Ecke vernahm ich eine angenehme Stimme:
»Ich komme gleich, Mister, einen Moment bitte«.
Dann tauchte vor mir eine blonde Frau mittleren Alters auf. Sie war eine attraktive Erscheinung, etwa ein Meter achtzig gross, von kräftiger sportlicher Statur. Sie erkundigte sich, was mein Anliegen sei.
Etwas burschikos gab ich zur Antwort:
»Ich brauche ein Zimmer und ein gutes Abendessen. «
»Kein Problem! Du findest nirgendwo ein besseres Restaurant in *Stockton*. Ich heisse *Susan Crawford*, für meine Gäste und Freunde bin ich nur *Sue*!«
»Ich heisse *Mark*«, meinte ich lakonisch und reichte *Sue* meinen Pass und die Kreditkarte für die Registrierung.
Auf ihre Frage »Wie lange möchtest du hier wohnen?« hielt ich keine vernünftige Antwort bereit und schlug ihr deshalb vor, dass sie immer Ende der Woche eine Abrechnung erstellen sollte. Sie schaute mich lange an und nickte. Sie stellte keine Fragen. Ich erhielt ein sehr schönes Zimmer im dritten Stock. Der alte Lift mit der Gittertür, der an längst vergangene Zeiten erinnerte, brachte mich sicher und geräuschlos auf meine Etage.

Sie rief noch beim Einsteigen »Abendessen ist um neunzehn Uhr.«

Frisch geduscht und mit einem Riesenhunger begab ich mich nach unten ins Speiserestaurant im ersten Stock. Zwei Seiten waren reine Fensterfronten mit Blick auf die *Mainstreet*, wo ein reges Treiben herrschte.

In mehreren grösseren Wandkästen waren die Gedecke, Gläser und das Besteck untergebracht. Eine kleine Pendeltür führte direkt in die Küche. Ein freundlicher Kellner stellte sich als *Fred* vor und wies mir einen kleinen Tisch am Fenster zu. *Fred* war sehr modisch gekleidet: Eine schwarze Hose und ein bordeauxrotes Hemd mit schwarzer Krawatte zeigten die dezente Handschrift einer Frau, vermutlich der Wirtin.

Das Restaurant war gut besetzt. Ich zählte etwa 20 Gäste. Mir gegenüber sass ein elegantes Ehepaar mittleren Alters. Weiter hinten ass eine Familie mit zwei Kindern und rechts von mir waren zwei Geschäftsleute, die lautstark über den Zerfall der Gebrauchtwagenpreise diskutierten. Die übrigen Gäste konnte ich nicht einzeln wahrnehmen. Es war eine gemütliche Atmosphäre, lebhaft und dennoch dezent. In einem Kamin loderte ein Holzfeuer und auf jedem Tisch befand sich ein Glaswürfel mit einer brennenden Kerze. Die Tische waren alle mit einem blütenweissen Tuch bedeckt, obenauf lagen dunkelblaue unifarbene Stoffservietten. Die Kristallgläser und die Gedecke, ich kannte das Design, stammten aus Deutschland und waren von edler Qualität. Alles in allem gewann ich einen überaus positiven Eindruck vom *Old Castle Inn*. Ohne grosses Aufsehen wurde hier eine Gastronomie zelebriert, die auch in Luxuslokalen nicht besser sein konnte.

Als Vorspeise gab es eine Lachsforellenmousse auf Toast, als Hauptspeise wurde ein T-Bone-Steak, stark angebraten aber innen schön rosa, angerichtet an einer pikanten Pfeffersauce und mit Brokkoli als Beilage serviert. Wer noch mochte, bestellte als Nachspeise ein Vanilleeis mit einem selbst gemachten Himbeerkompott. Ein Glas aromatischen kalifornischen Chardonnays sorgte für den perfekten Abschluss. Zum ersten Mal genoss ich den Wein ohne irgendwelche Medikamente.

Die Stimmung war heiter und alle schienen sehr angetan von dieser ausgezeichneten Küche und dem gepflegten Umfeld. Als *Sue* sich nach Befinden ihrer Gäste erkundigte, erntete sie überall Komplimente. Sichtlich stolz auf ihre überzeugende Küche, fragte sie mich, ob ich mit ihr noch einen Kaffee trinken wolle. Ich freute mich auf etwas Gesellschaft.

Sue war schnörkellos und fragte ohne grosse Umschweife:

»Machst du Urlaub in Kanada?«

»So etwas Ähnliches. Ich versuche, mich neu zu positionieren. Um ehrlich zu sein, ich suche nach einem neuen Lebensinhalt.«

Sie war überrascht von so viel Offenheit in meiner Antwort.

»Und gibt es eine *Frau Vollmer*?«

»Es gab eine *Frau Vollmer*. Sie hat sich jedoch entschieden ihr Leben alleine weiterzuführen. Ich stand ihrer Selbstverwirklichung im Wege.«

»Das tut mir leid, *Mark*«, murmelte *Sue* verlegen. Ich konnte erkennen, dass sie sich ihrer Neugier wegen schämte.

Ich erklärte ihr, dass nicht nur meine Exfrau zum Kollaps geführt hätte, sondern berufliche Fehlschläge dafür mitverantwortlich waren.

Es herrschte ein Moment der Stille, dann nahm *Sue* meine Hand und erklärte im Brustton der Überzeugung:

»Ich bin froh, dass du gerade hier dein neues Leben beginnen möchtest.«

Ich fand zwar, dass ihre Interpretation meiner Lebensumstände nicht ganz korrekt war, verkniff mir angesichts der Ehrlichkeit ihrer Worte aber eine Bemerkung.

Sue erzählt mir viel aus ihrem Leben, das mehr oder weniger in vorbestimmten Bahnen verlief. Sie war nicht unglücklich, doch konnte ich erkennen, dass sie unter der Einsamkeit litt. Ihre Eltern waren bei einem Lawinenunglück ums Leben gekommen, als sie gerade mal 21 Jahre alt geworden war. Seit fast 20 Jahren führte sie das *Old Castle Inn* mit grossem Erfolg.

Zu ihrer persönlichen Situation meinte sie lakonisch:

»Abgesehen von ein paar Bekanntschaften, war ich diesbezüglich nicht besonders erfolgreich. Entweder wollten sich die Männer ins gemachte Nest legen oder sie suchten einfach nur das Vergnügen. Ich konnte keinen finden, der sich ausschliesslich für mich interessierte und mit mir am selben Strang ziehen wollte.«

Diese Erkenntnis war bitter.

»Zum Glück habe ich aber einige echte Freunde, die mir helfen, wenn ich mich nicht gut fühle. Übrigens hast du zwei davon schon gesehen. Vielleich ist dir das elegante Ehepaar aufgefallen. Das waren *Guy Fielding* und seine charmante Gattin *Selinda* – meine besten und ältesten Freunde. Du wirst sie sicherlich noch kennenlernen. Sie zählen zu meinen Stammgästen. *Guy* betreibt hier eine renommierte Anwaltskanzlei.«

Im Verlaufe des Gesprächs fragte mich *Sue*, ob ich morgen Zeit hätte ihrem Office etwas Ordnung zu verleihen, nachdem sie erfahren hatte, dass ich in meinem früheren Leben einen Bürojob hatte.

»Nicht dass etwas nicht korrekt ist, aber die gesamte Administration überfordert mich«, fügte sie hinzu.

»Selbstverständlich werde ich dir morgen beim Aufräumen helfen«, antwortete ich ohne weiter zu überlegen, wobei genau ich ihr eine Hilfe sein konnte. Sie verabschiedete sich und wünschte mir einen erholsamen Schlaf.

Ich hatte mich bereits an die kanadischen Verhältnisse angepasst und sass schon um sechs Uhr in der Früh bei einem Kaffee im Restaurant. Diesmal war ich nicht der einzige Gast.
Nach einem weiteren Kaffee servierte mir *Fred* gebratenen
Speck mit Spiegelei und Toast. Ich stürzte mich auf das herrlich duftende Frühstück, als hätte ich seit Tagen gehungert.

Ein wenig später klopfte ich gut gestärkt an die Tür des Office,
wohl wissend, dass ich mich etwas ausserhalb der üblichen
Bürozeiten zur Arbeit meldete.

Sue, in einer beigefarbigen Bluse mit Bluejeans, wirkte sehr
frisch und gut aufgelegt.

»Guten Morgen, *Mark*. Fühl dich wie zu Hause. Du kannst
überall reinschauen, der PC ist an. Wenn du Fragen hast: Ich
bin in der Küche.«

Zum ersten Mal seit Monaten befand ich mich wieder in
einem Büro, welches nicht im Entferntesten Ähnlichkeit mit
meinem früheren Arbeitsplatz aufwies. Eingeengt zwischen
den Ablagegestellen, einem alten Holzpult und dem riesigen
Fotokopierer, wusste ich eigentlich nicht, was ich hier sollte.
Die zwei altmodischen Lampen spendeten nur ungenügend
Licht, der hölzerne Bürostuhl wies zudem arge Gebrauchs-
spuren auf, sodass ich Angst hatte, mich beim Sitzen zu ver-
letzen. Last, but not least, sogen die vergilbten Wände das al-
tersschwache Licht ausserhalb des Arbeitsplatzes gänzlich
auf.

Die chaotisch herumliegenden Akten mussten dringend geordnet werden, also begann ich mir zuerst einen Überblick über
das Ablagesystem zu verschaffen – dieses war in der Tat un-
ordentlich, ich zweifelte am sinnvollen Nutzen für einen raschen Zugriff auf die Geschäftsunterlagen. Also besorgte ich
mir im nahegelegenen Shoppingcenter verschiedenfarbige
Ordner, Register und Ablagemäppchen.

Im Büro begann ich dann mit dem Aufbau einer übersichtlichen Dokumentation. Mit Schrecken stellte ich fest, dass auch in Kanada eine unwahrscheinliche Bürokratie wütete. Kleinbetriebe wie das *Old Castle Inn* ertranken beinahe im administrativen Sumpf. Die alten, teilweise nicht mehr brauchbaren Ordner entsorgte ich umgehend im grossen Abfallcontainer, der im Hinterhof des Hotels stand. Nach Jahren und Sachgebieten geordnet, in alphabetischer Reihenfolge, legte ich die allgemeinen Belege ab. Für die Steuern und Banken reservierte ich spezielle rote Dossiers.

Sue verfügte über eine relativ moderne Software der nationalen Berufsvereinigung, ich erkannte dies an der Jahreszahl des letzten Release, aber verstanden hatte ich die umfangreichen Programme nicht. Hier musste sie sich persönlich schulen lassen oder die Benutzung jemand anders anvertrauen. Ich hielt mich vom Computer fern und schloss ihn von meinem *Frühjahrsputz* kategorisch aus. Ich verfasste eine kurze Notiz, dass ich morgen mit meiner Arbeit fortfahren würde, und verschloss das Büro. Den Schlüssel deponierte ich an der unbesetzten Rezeption.

Am Nachmittag erkundete ich die nördliche Umgebung von *Stockton*. Mein Ziel war *Russell Creek*, eine 5000-Seelen-Gemeinde, etwa einhundert Kilometer nördlich von *Stockton*. Die Fahrt dorthin verlief problemlos.

Die Landschaft war anfänglich karg; links und rechts der Strasse lagen viele abgestorbene, angekohlte oder stark beschädigte Bäume. Doch allmählich änderte sich die Vegetation wieder und gesunde Waldformationen beherrschten das Landschaftsbild.

In der unmittelbaren Umgebung von *Russell Creek* forderte ein Schild die Besucher auf, die herrlichen Wasserfälle zu besuchen. Solche Naturschauspiele übten auf mich immer wieder eine besondere Anziehungskraft aus, also beschloss ich, den Wegweisern zu folgen.

Nach einem halbstündigen Fussmarsch hörte ich ein gewaltiges Donnern, wie es von stürzenden Wassermassen erzeugt wurde. Der Wasserfall ergoss sich über eine dicht bewaldete vulkanische Felsformation 140 Meter in die Tiefe. Von einer Plattform aus verfolgten die wenigen Besucher fasziniert das Naturspektakel. Die Gischt wurde glücklicherweise vom Wind weggetrieben, sodass ich mit trockener Haut davonkam.

Bevor ich mich auf den Heimweg machte, trank ich noch einen Kaffee und verschlang ein Schinkensandwich in einem am Highway gelegenen Motel mit dem vielsagenden Namen *Paradise Inn*. Vermutlich bezog sich das *Paradies* auf die Natur und weniger auf das Motel.

Ich erreichte kurz vor dem Dunkelwerden *Stockton*. Mein Auto parkierte ich im Hinterhof des *Old Castle Inn*. Anschliessend zog ich mich auf mein Zimmer zurück, in freudiger Erwartung auf ein warmes Bad. Ich war echt überrascht, als ich in meinem Zimmer eine Flasche schottischen Single Malt vorfand. Ich hatte *Sue* gegenüber einmal kurz erwähnt, dass ich ein Liebhaber dieses Getränkes war. Unter der Flasche steckte ein Zettel mit den Worten *Vielen Dank, Sue*.

Ich freute mich auf das Abendessen, obschon ich mir vorgenommen hatte das zu reduzieren. Jeden Abend eine solche Vielfalt von Köstlichkeiten dürfte sich längerfristig auf mein Körpergewicht auswirken. So bestellte ich nur einen gemischten Salat und eine frische Lachsforelle. Dem weissen Wein vom letzten Abend blieb ich jedoch treu.

Beim Kaffee hatte ich die Gelegenheit genutzt, mit meinen beiden Nachbarn ein kurzes Gespräch zu führen. Sie luden mich an ihren Tisch ein und wir stellten uns ganz offiziell vor. So erfuhr ich auch, dass sie Eltern von zwei Söhnen waren: *Jamiro*, der ältere war neun, und *Keanu*, erst sieben Jahre alt.

Ich erlaubte mir die Bemerkung: »Diese Namen sind in der Schweiz eher unbekannt.«

Selinda zeigte Verständnis dafür und klärte mich umgehend auf: »Das sind indianische Namen. *Keanu* war bei der Geburt ein äusserst aktives Kind, weshalb wir ihm den Namen *Wirbelwind* gaben.«

Guy erkundigte sich nach den Zielen meiner Reise. Ich umschrieb meine Situation sehr oberflächlich, gewann während des Gespräches jedoch den Eindruck, dass *Sue* sie längstens aufgeklärt hatte. *Guy* war ein guter Zuhörer und *Selinda* erkundigte sich zwischendurch über bestimmte Gebräuche in der Schweiz. Die Zeit verging im Nu.

Urplötzlich entschuldigten sich die beiden, sie müssten sich auf den Heimweg machen. *Guy* meinte:

»Die Familie ruft, unsere Nanny ist nur bis zweiundzwanzig Uhr gebucht.«

Sue kam wie gestern mit zwei Espressos an den Tisch. Sie bedankte sich nochmals für meine Arbeit in ihrem Chaos. Ich besänftigte sie und erklärte, dass ich am Computer nichts verändert hätte, einfach deshalb nicht, weil ich ihre Programme nicht kannte.

Sie erwähnte beiläufig, dass ein Ausbildungskurs nächste Woche begänne und wir ja gemeinsam dorthin gehen könnten. Als Sie meine Überraschung erkannte, reagierte sie sofort:

»Das war nur ein Scherz.«

Ich war mir sicher, dass dieser Vorschlag sehr ernst gemeint war, trotzdem ging ich nicht näher darauf ein. Für den nächsten Morgen verabredeten wir uns im Möbelmarkt, um einen neuen Bürostuhl und neue Schreibtische zu kaufen. Die beiläufige Frage nach einem Budget fegte sie mit einer Handbewegung beiseite.

Im *Stockton Office Point* empfing uns ein Verkäufer, der *Sue* offenbar kannte. Auf unser Anliegen hin zeigte er uns verschiedene Stuhlmodelle und *Sue* und ich probierten sie alle aus – Lauf der Rollen, Ergonomie, Sitzkomfort und vieles mehr. *Sue* wollte sich für einen Stuhl entscheiden, doch ich hielt sie zurück. Die präsentierte Auswahl begeisterte mich nicht. Abrupt stand ich auf und erklärte dem etwas gelangweilten Verkäufer, dass diese Stühle nicht meinen Anforderungen entsprächen. Wenn er keine professionelleren Möbel auf Lager hätte, würden wir uns anderswo umtun. Das wirkte! Sofort zeigte er uns verschiedene bessere, aber auch teurere Alternativen. *Sue* verliebte sich sofort in das Modell *Office 3000*: ergonomisch richtig mit einem Lederbezug und diversen Möglichkeiten der individuellen Anpassung. Als ich den Verkäufer noch bat Rollen für Parkettböden anzubieten, kam er nicht mehr aus dem Staunen heraus. Vermutlich wusste er nicht einmal, dass es so etwas gab.

Zu *Sue* bemerkte ich:

»Du wirst etwas mehr bezahlen müssen, dafür ist dieses Modell für dich perfekt.«

Sie stimmte lachend dem Kauf zu. Beim Schreibtisch hatte ich genaue Vorstellungen: Ich brauchte zwei rechteckige Tische mit Kunststoffplatten und anpassbaren Chromfüssen. Ich nannte einige Hersteller, die der Verkäufer allerdings nicht kannte. Offensichtlich waren diese Lieferanten nur auf dem europäischen Markt tätig. Wir wurden trotzdem schnell fündig und der Liefertermin wurde für den Nachmittag vereinbart.

»Im Preis inbegriffen ist auch die Entsorgung der alten Möbel«, meinte der zufriedene Verkäufer beim Abschied.

Zurück im Hotel schlug ich *Sue* vor, auch die elektrischen Installationen inklusive der Lampen zu erneuern, die Wände zu streichen und den Boden abzuschleifen.

»Neue Vorhänge wären kein Luxus«, erlaubte ich mir, zu bemerken. Anschliessend präsentierte ich ihr einen kleinen Kostenvoranschlag, den ich am Morgen erstellt hatte.

Sie war etwas erstaunt darüber, meinte jedoch, dass dies wohl nötig sei. Sie wusste genau, dass in den vergangenen 20 Jahren kein Dollar in das Büro investiert worden war. Aber ich überliess die Entscheidung *Sue*.

Nach rund drei Wochen war ein komplett neuer Arbeitsplatz entstanden, hell, freundlich und ergonomisch richtig konzipiert. Die Ablage war inzwischen aktualisiert und präsentierte sich übersichtlich und sehr farbenfroh.

Sue freute sich so über die gelungene Sanierung, dass sie die Stammgäste zu einem Eröffnungsaperitif einlud. Mit einem Glas Champagner in der Hand zeigte sie den interessierten Gästen ihren kleinen Umbau. Ganz nebenbei erwähnte sie mir gegenüber:

»Ich habe mich zum Computerkurs angemeldet.«

Ich überreichte ihr noch ein Geschenk, ein kleines Ölbild aus den Anfängen von *Stockton*, welches ich am Vortag in einem der vielen Einkaufszentren gefunden hatte. Sinnvollerweise war das *Old Castle Inn* darauf verewigt.

Sie war überwältigt, bedankte sich überschwänglich und verschwand, um kurz darauf mit Hammer und Nagel zu erscheinen. Das Hotel wurde von zwei lauten Hammerschlägen erschüttert und das Geschenk hing fein säuberlich an der Wand.

Als *Sue* mir anschliessend eine Lohnabrechnung zukommen liess, war ich wirklich überrascht. Hatte ich ihr nicht deutlich zu verstehen gegeben, dass ich ihr gerne helfen würde? Und für Hilfeleistungen nahm ich bestimmt kein Geld! Also schrieb ich auf diese Abrechnung: *Abgelehnt, als kleines Geschenk an dich zurück.*

Nach dem Abendessen nahmen wir den obligaten Kaffee. *Sue* wusste nicht recht wie sie beginnen sollte, so übernahm ich den Anfang:

»*Sue*, ich musste deine Abrechnung zurückweisen, aber ohne dich beleidigen zu wollen. Ich habe dir gerne geholfen und du bist mir in keiner Weise verpflichtet. Ich habe Zeit und es hat mir grossen Spass gemacht, einen kleinen Beitrag an dein schönes Hotel zu leisten.«

Sue lächelte, stand auf und nahm meinen Kopf in ihre Hände – sie küsste mich in aller Öffentlichkeit herzlich. Es war ein warmer sanfter Kuss, und ich spürte ihre kleine feine Zunge. Ihr Dankeschön drückte ihre ehrlichen, innersten Empfindungen aus. Endlich jemand, mit dem sie sich verstand, der auch geben konnte und nicht nur nahm. Ich war jedoch unfähig diese Geste zu erwidern. Mir wurde in diesem Moment jäh bewusst, dass *Sue* mehr von mir erwartete, als ich bereit war zu geben. Ich hatte mich wieder einmal unbewusst äusserst blauäugig in eine heikle Situation hineinmanövriert. Ich musste mit *Sue* unbedingt und schnellstens klären, dass ich noch nicht bereit war für eine neue Beziehung. Für einen kurzen Flirt war sie mir viel zu wertvoll. Aber sie hatte sich schon zurückgezogen und ich nahm mir vor, gleich nach dem Frühstück mit ihr zu sprechen.

Guy und *Selinda* hatten den Gefühlsausbruch von *Sue* genauestens beobachtet. *Selinda* meinte beim Abschied nur: »Entschuldige meine Einmischung, aber sei bitte ehrlich mit ihr. Sie ist ein wundervoller Mensch und hat es verdient, nicht belogen zu werden.«

Ich fühlte mich durchschaut. Hatte diese Frau meine Gedanken erkannt? Wusste sie von meinem Dilemma? Offensichtlich war ich ein schlechter Schauspieler, wenn Aussenstehende so leicht in meinem Innersten lesen konnten.

Am nächsten Morgen war *Sue* nicht auffindbar. In der Küche hiess es, sie wäre zum Einkaufen weggefahren.

Nach dem Frühstück spazierte ich durch *Stockton*, um meine Gedanken wieder ein wenig zu ordnen. Auf dem Wege zu einer nahegelegenen Shoppingmall passierte ich viele kleine Ladenlokale. Ein einstöckiges Holzhaus, weiss gestrichen mit schwarzen Fensterläden, hob sich von den eher moderneren Steingebäuden ab. Ich konnte auf dem Schild lesen, dass dies das Office der *BC Real Estate Ltd.*, einem lokalen Immobilienagenten war.

Neugierig studierte ich die diversen Angebote, die übersichtlich in zwei Schaukästen präsentiert wurden. Auffallend viele Häuser standen zum Verkauf, wobei sich das Preissegment zwischen den beiden Extremen bewegte. Auf den Bildern konnte ich erkennen, dass sich ein Teil der Liegenschaften in einem äusserst schlechten Zustand befand. Das raue Klima und die billige Bauart forderten in kürzester Zeit ihren Tribut. Einige interessante Grundstücke, ich würde eher von *Ländereien* sprechen, wurden zu Preisen angeboten, die auch in der teuren Schweiz alles anders als günstig gewesen wären. Ich war überzeugt, dass es sich dabei nicht um eigentliche Verkaufspreise, sondern eher um eine Verhandlungsbasis oder ein Wunschdenken handelte. Offensichtlich gestaltete sich in Kanada der Immobilienhandel wie der Viehhandel: Es musste gefeilscht werden. Das absolute Sahnehäubchen in der Auslage war ein Grundstück um den *Black Water Lake*, irgendwo in der Umgebung von *Russell Creek* gelegen, weit weg von jeglicher Zivilisation. Das Areal umfasste eine Fläche von etwa vier Quadratkilometern. Man stelle sich das vor: mehr als vier Millionen Quadratmeter! In der Schweiz waren wir stolze Grundstückbesitzer mit 500 bis 1000 Quadratmetern. Als Preis gab der Vermittler die runde Summe von zehn Millionen Dollar an. Ich sagte nur *Wow*.

Da hingen zwei Fotos des Gebietes; ein verträumter See inmitten eines Waldes. Die zwei Bilder übten einen magischen Einfluss auf mich aus und weckten meine Neugier. Weshalb mochte der Besitzer ein solches Juwel verkaufen? Ich war schlicht überfragt und fand keine plausible Erklärung dafür. Antworten erhielt man immer nur dann, wenn man fragte. Also trat ich ins Büro ein.

Ein hagerer, schlecht rasierter Mann schaute mir mit stechenden Augen entgegen. Die aufdringlich pomadisierten Haare verstärkten meine Abneigung ihm gegenüber. Der Mann begrüsste mich oberflächlich und bat Platz zu nehmen. »Ich bin gleich für sie da, ich heisse *John Milhouse*«, meinte er und tippte seelenruhig auf seinem Mobilephone weiter.

Nach einigen Minuten hatte ich das Warten satt, also musste ich den Anfang machen …

ooOOoo

Wo liegt das Paradies?

Ich bin das Land. Meine Augen sind der Himmel. Meine Glieder sind die Bäume. Ich bin der Fels, die Wassertiefe. Ich bin nicht hier, um die Natur zu beherrschen oder sie zu nutzen. Ich bin selbst Natur ...

Indianische Weisheit

Ich stellte mich als Vertreter eines Immobilienfonds vor und bat um nähere Informationen zum Grundstück mit dem See. Der schleimige Typ legte sofort sein Telefon zur Seite. Ich war überzeugt, dass er mich ohne diesen kleinen Schwindel abgewimmelt hätte, aber so war er gezwungen sich mit meinem Anliegen zu beschäftigen. Ich erhielt eine kleine Mappe mit diversen Fotos, detaillierten Plankopien und einer Strassenkarte wie dieses Grundstück erreicht werden konnte. Ich musste den Empfang quittieren und gleichzeitig bestätigen, einen möglichen Kauf nur über seine Firma abzuwickeln. Ebenso forderte er eine Erklärung, dass ich auf eigene Rechnung handelte.

Ich versprach ihm binnen Wochenfrist entweder die Unterlagen zurückzugeben oder mit ihm in Verkaufsverhandlungen zu treten. Nach einer knappen Verabschiedung bewegte ich mich Richtung Ausgang. Bevor ich die Tür erreicht hatte, rief er mir noch zu, dass der Verkaufspreis selbstverständlich Verhandlungssache wäre. Mit einem Kopfnicken quittierte ich seine Mitteilung und verliess das Büro.

Eigentlich wollte ich nichts kaufen, aber das Grundstück interessierte mich, nein, es faszinierte mich, es spukte in meinem

Hirn und verhinderte jeden vernünftigen Gedanken. Der Preis war zum aktuellen Zeitpunkt für mich unerheblich. Es war leicht erkennbar, dass die geforderte Summe unrealistisch war. Ich wusste in der Zwischenzeit, wie viel hier für einen Quadratmeter Bauland, voll erschlossen, bezahlt werden musste. Damit sein Verkaufspreis überhaupt gerechtfertigt wäre, müsste es sich bei diesem Grundstück um eine überbauungsreife Parzelle handeln.

Die Bilder im Dossier und der mitgelieferte Plan zeigten etwas Anderes. Aus den vorliegenden Unterlagen konnte ich ersehen, dass schätzungsweise die Hälfte der Grundstücksfläche vom See bedeckt war. Rund um den See erstreckten sich felsige und hügelige Gebiete. Diese gab es meistens zum symbolischen Preis von einem Dollar. Um ein besseres Bild zu gewinnen beschloss ich, das Grundstück am nächsten Tag genauer unter die Lupe zu nehmen.

Auch am Abend sah ich keine Spur von *Sue*, weshalb ich mir erlaubte, sie in der Küche aufzusuchen. Doch der Hilfskoch informierte mich, dass seine Chefin für zwei Tage verreist sei. Ich war enttäuscht, weil ich mit ihr gerne ein ausführliches Gespräch geführt hätte. *Guy* und *Selinda* waren heute auch nicht beim Abendessen, weshalb ich mich doch recht einsam fühlte.

Nach einem kurzen Bier in der Bar und ein wenig Small Talk mit anderen Gästen verabschiedete ich mich. Auf dem Zimmer wollte ich in Ruhe meine gegenwärtig etwas verworrene Situation überdenken. Wie konnte ich *Sue* schonend beibringen, dass ich rund zehn Monate nach dem Scheitern meiner Ehe keine neue Beziehung suchte? Wäre es sinnvoll, morgen einfach abzureisen? Ich entschied mich dagegen, wollte ich doch unbedingt vor meiner Weiterreise ein klärendes Gespräch führen.

Bereits um acht Uhr morgens fuhr ich Richtung *Russell Creek* los. Der geringe Verkehr ermöglichte ein äusserst zügiges Vorankommen. Im ersten Kreisel am Ort musste ich links abbiegen in den *Mountain Lake Highway*, eine kurvenreiche Strasse. Hier dominierte die Natur. Links und rechts des Asphaltbandes gab es nur Bäume, Nadel- und Laubbäume.

Ich folgte der Strasse ungefähr fünf Kilometer. Ein kleiner Wegweiser zeigte eine Abfahrt Richtung *Black Water Lake* an. Dieser Wegweiser war recht unprofessionell angebracht und stammte vermutlich von der *BC Real Estate*. An einem Holzpfahl war eine eingeschweisste Fotokopie mit einem Richtungspfeil befestigt. Rechts führte eine Abzweigung in die *Reservation Road*.

Nach der Strassenüberquerung folgte ich dem kleinen unbefestigten Waldweg. Die tiefen Spurrillen würden vermutlich ein Befahren nach einer längeren Regenperiode verunmöglichen.

Nach etwa 500 Metern war der befahrbare Weg zu Ende und der Wald öffnete sich. Mein Blick erfasste ein beinahe unreales, kitschiges Bild eines traumhaft gelegenen Gewässers, dem *Black Water Lake*. Die satten Farben betörten meine Sinne. Der See hatte die Form einer Schildkröte. Eine kleine Insel war in der Nähe des nördlichen Ufers erkennbar. Ich schätzte die Länge auf gut und gerne zwei Kilometer. Die Ausdehnung an der breitesten Stelle betrug bestimmt über 500 Meter.

Der Anblick war unbeschreiblich, einfach unsagbar schön. Im dunkelblauen Wasser spiegelte sich das Sonnenlicht und die vorbeiziehenden weissen Wolken zeichneten Gemälde. Wenn man in die Sonne blickte, erschienen die Wälder rundherum beinahe schwarz, die dunkle glatte Wasseroberfläche übte dann eine magische Anziehungskraft auf mich aus. Ein leises Plätschern, fast nur ein Murmeln, vermutlich ein Zufluss zum See, spielte seine beruhigende Melodie. Am Geschiebe links und rechts des Bachbettes konnte ich jedoch erkennen, dass nach einem starken Regenguss, oder im Frühjahr während der Schneeschmelze, mit diesem Gewässer nicht zu spassen war. Am westlichen Ende des Sees floss das Wasser über wilde Stromschnellen, um sich weiter unten in einem beruhigten Flüsschen still zu entfernen. Drei junge Bären benutzten diese natürliche Wassertreppe zum Fischfang.

Im Westen reichte der Wald vom Highway bis zum felsigen Seeufer. Das Ufer lag etwa einen Meter über dem Wasserspiegel. Eine beinahe unüberwindbare Waldbarriere umgab das südliche und westliche Ufer. Natur ohne Grenzen!

Noch nie zog mich ein solcher Anblick derart in seinen Bann. Ich konnte nur staunen. Diese Eindrücke hatten sich im Nu in meinem Hirn verankert und hinterliessen tiefe Spuren. Die würzig riechende Luft und ein leises Rauschen in den Bäumen verstärkten meine Empfindungen. Das Summen von Tausenden von Bienen ergänzte das Klangbild der Natur. Meine Sinne wurden mit Reizen bis zur Unerträglichkeit überflutet.

Zu Fuss bewegte ich mich am Nordufer des Sees, dem eher flachen Teil des Grundstückes. Dieses Ufer bestand aus Kieselsteinen, die im Sonnenlicht glitzerten, als wären es Diamanten. Überall lag Schwemmholz herum. Ich war unfähig, meine Augen von diesem Gewässer zu lösen. Nur wer einmal, von magischen Kräften verzaubert, in den Bann eines Naturschauspieles gezogen wurde, konnte meine Gefühle verstehen.

Nach einiger Zeit liess diese Verzauberung etwas nach. Zögernd versuchte ich, mit meiner kleinen Orientierungshilfe die westliche und nördliche Grenze abzuschreiten. Dies war nicht einfach, da mir eine felsige, sehr hügelige Landschaft den Zutritt verunmöglichte. So gab ich mein Ansinnen auf und beschloss entlang dem Highway der Grundstücksgrenze zu folgen.

Nach einer Stunde fand ich die kleine Schneise, die Grundstückeinfahrt, ins *Paradies*. Von Weitem sah ich mein rotes

Fahrzeug am Wegesende leuchten. Ich war überrascht über die Ausdehnung des gesamten Areals, dabei hatte ich nur einen Teil der Grenze gesehen. Ermüdet setzte ich mich ans Seeufer. Wenn es auf Erden ein Paradies gab, so musste es hier sein. Ich hörte Vogelgezwitscher, Laute von wilden Tieren, roch das Harz der unzähligen Bäume und wurde verzaubert durch das Summen von Insektenschwärmen.

Drohende Gewitterwolken zwangen mich, weitere Erkundungen auf der West- oder Südseite erst mal einzustellen, aber der erste Eindruck hatte sich unauslöschlich in mein Gedächtnis eingeprägt.

Ich war sehr nachdenklich auf der Rückfahrt nach *Stockton*. Hatte ich dieses Stück einer Traumlandschaft nur geträumt oder hatte ich es wirklich erlebt?

Nach gut zwei Stunden Fahrt erreichte ich das *Old Castle Inn* und parkte mein Auto direkt vor dem Eingang des Hotels. Ich sah, dass *Sue* endlich da war. Ihren roten SUV konnte ich zwischen allen übrigen Fahrzeugen leicht erkennen. War ich vorher noch von meiner heutigen Entdeckung total beseelt, so musste ich schnellstens wieder auf den Boden der Realität zurückkommen. Ein wichtiges Gespräch stand mir bevor.

Im Hotel hörte ich sie von Weitem in der Küche mit ruhiger aber bestimmter Stimme ihre Anweisungen erteilen. Obwohl ich wusste, dass dieser Moment der schlechteste aller Momente war, zögerte ich keinen Augenblick, sie an ihrem Arbeitsplatz aufzusuchen. Als sie mich sah, verschleierten sich ihre Augen, sie zog ihre weisse Kochjacke aus und kam zu mir, nahm mich sanft am Arm und drängte mich in ihr renoviertes Büro. Dort schloss sie die Türe sorgfältig. Ich erkannte, dass sie die Tränen nur mit Mühe zurückhalten konnte.

»*Mark*, bitte entschuldige mein Verhalten. Es war völlig falsch von mir dich in eine Ecke zu drängen. Ich empfinde sehr viel für dich und bitte dich deshalb um Verzeihung. Ich habe nur an mich gedacht und deine Situation vollkommen unberücksichtigt gelassen.«

Kommentarlos legte ich ihr meinen Arm um die Schultern und sagte ruhig:

»*Sue*, du bist eine wundervolle und begehrenswerte Frau. Du hast alles, was einen Mann glücklich machen kann. Es tut mir leid, dass ich dich enttäuschen musste. Ich kann nicht von einer Beziehung zur nächsten wechseln. Und für eine kurze Affäre bist du mir viel zu schade, dafür mag ich dich zu sehr. Bitte lass uns echte Freunde sein.«

Sie umarmte mich und zeigte mir, dass wir uns gegenseitig verstanden hatten. Die Zeit würde ihre Wunden heilen.

Eine grosse Last fiel mir von der Seele, als ich erkennen konnte, dass *Sue* es aufrichtig meinte und wir von nun an Freunde sein würden.

Nach einem exzellenten Abendessen setzte *Sue* sich wie gewohnt zu mir an den Tisch, um den Espresso gemeinsam zu geniessen. Diesmal waren auch meine Tischnachbarn mit dabei. *Guy* strahlte Zufriedenheit aus und *Selindas* Augen leuchteten. Sie nickte mir kurz zu, als Einverständnis zu meiner Aussprache mit *Sue*.

Im Verlaufe der Diskussion fragte ich *Guy*, an wen ich mich wenden müsste, um eine Verlängerung meines Touristenvisums zu erhalten.

»Gib mir bitte deinen Pass und das alte Visum. Du wirst beides in Kürze zurückerhalten.«

Sue erkundigte sich über meinen Tag. Ich erzählte meinen Freunden, dass ich das Paradies gesehen hätte:

»Der See funkelte wie Diamanten, die grünen Wälder dufteten nach Honig und die vielen Tierstimmen erzählten mir Geschichten.«

Es war *Guy*, der nun zu lachen begann; es war ein befreiendes glückliches Lachen.

»Hier hat sich einer in unser Land verliebt. Wo liegt dann deiner Ansicht nach das Paradies«, fragte er spitzbübisch.

Ich erzählte vom *Black Water Lake*. Schlagartig verstummten die schelmischen Bemerkungen und *Selinda* fragte leise:

»Wie kommst du in diese abgelegene Region? Steht denn das Grundstück immer noch zum Verkauf?«

Ich war überrascht von der Tatsache, dass jedermann dieses Gebiet zu kennen schien.

Sue beantwortete meine nicht gestellte Frage:

»*Mark*, du musst wissen, dass dieses Gebiet an das *Black Water Village*, ein Reservat der *Black Water First Nation* grenzt und früher einmal diesem Stamm gehört hatte. Die Regierung hat es ihnen vor vielen Jahren gestohlen. Seitdem ist dieses Gebiet ein Spekulationsobjekt.«

Ich fragte mich, weshalb ich wissen musste, wem das Areal mal gehört hatte. Indianerreservate interessierten mich nicht. Aber so einfach wollte ich meinen Traum, mein Paradies, nicht aufgeben.

Sue kam mit einer Flasche kalifornischem Merlot, einem herrlichen trockenen Rotwein. Sie schenkte uns allen ein Glas von diesem erdigen Tropfen ein und wir wünschten einander Glück und Segen.

Guy fragte mich völlig unvorbereitet mit einer unerschütterlichen Ruhe: »*Mark*, bitte erzähle mir, wie du auf dieses Gebiet aufmerksam wurdest.«

Ich erwähnte den Aushang der *BC Real Estate*. Er bemerkte leise und trotzdem hörbar »Gauner« und erkundigte sich nach den Umständen. Ich schilderte ihm kurz meinen Besuch bei dem Immobilienmakler.

»Dieses Grundstück ist schon viermal verkauft worden und niemand will es besitzen. Der aktuelle Eigentümer, vermutlich die Firma selbst, hat es für weniger als eine Million Dollar aus dem Konkurs des letzten Eigentümers erworben.«

Ich hustete verlegen und nannte den geforderten Verkaufspreis. Das Lachen von *Guy* schien gequält.

»Ich hoffe, du hast nicht so viel Geld, um diesen Wucher zu finanzieren«, schloss er das Thema.

Im Verlaufe des Abends erfuhr ich noch viele Details zum Grundstück:

»Der westliche Teil ist ein heiliger Ort für unsere *First Nation*. Dieses Gebiet darf nie überbaut und von Fremden nicht betreten werden. Alle vorangegangenen Eigentümer wollten aber genau dort grosse Projekte realisieren. Der letzte beabsichtigte sogar, ein Kasino zu eröffnen. Keiner hat es je geschafft. Und keiner wird es je schaffen.«

Der letzte Satz entsprang aus einer inneren Überzeugung. Er hatte irgendetwas Endgültiges, beinahe Bedrohliches an sich.

Ein Wort von *Guy* hatte sich in meinem Hirn festgesetzt: *Unsere First Nation.* Ich wollte *Sue* später darauf ansprechen.

Meine Erinnerungen an die mystische Atmosphäre, als ich am See lag und meinen Gefühlen freien Lauf liess, zwangen mich, weiter zu erzählen:

»Ich war wie verzaubert, als ich dieses Land betrat«, sagte ich schlicht.

Alle schauten mich an, als sei ich ein Geist aus einer andern Welt. *Guy* stellte ruhig fest:

»Du bist einer der wenigen Fremden, die diese Ausstrahlung spüren können. Komm bitte morgen Nachmittag in meine Kanzlei, dann weiss ich mehr über die Visaverlängerung. Wir können dann auch über den *Black Water Lake* sprechen.«

Das Thema war für heute erledigt und wurde nicht mehr diskutiert.

Ich wollte mehr zu den vorangegangenen Eigentümern und deren Verkaufskonditionen in Erfahrung bringen. Internet und öffentlichen Registern sei Dank! So konnte ich relativ schnell alle wichtigen Daten eruieren: Viermal wechselte der Eigentümer innerhalb der vergangenen fünf Jahre. Jedes Mal war die *BC Real Estate* beziehungsweise *John Milhouse* als Vermittler vermerkt. Er kassierte offensichtlich vier Mal die happige Provision von vier Prozent. Allerdings gingen die Verkaufspreise rapide zurück. Vom anfänglichen Betrag von zehn Millionen Dollar schrumpfte die Summe auf drei Millionen. Der letzte Eigentümer machte Bankrott und der clevere *Milhouse* übernahm das Grundstück zum Preise von 850.000 Dollar. Dies entsprach vermutlich den Gesamtschulden des Pleitiers bei irgendeiner kanadischen Bank.

Nun begann ich zu rechnen. Ein Drittel des Grundstücks bedeckte ein heiliger Ort, die Hälfte beanspruchte der See und die restliche Fläche war mehrheitlich felsig und unerschlossen. Nahm ich einen Basispreis von einem Dollar, so läge der Geldwert für das gesamte Land bei etwa 600.000 kanadischen Dollar. Dies wäre ein fairer Preis für ein unerschlossenes hügliges Grundstück. Telefonisch verabredete ich mich mit *John Milhouse* zu einer ersten Gesprächsrunde.

Gleich zu Beginn des Gespräches merkte ich, dass ihm jegliches Verkaufsgeschick fehlte. Er begann ohne Einleitung gleich mit der Preisdiskussion. Vermutlich wollte er eine positive Einstiegsatmosphäre schaffen, als er mir mitteilte: »Grosszügigerweise kann ich Ihnen dieses einmalige Grundstück für fünf Millionen Dollar anbieten.«
Er lobte die Lage und den guten Boden. Damit erschöpfte sich bereits sein Wissen.
Ich wusste, ich würde ihm mit meinem Gegenangebot den Schock seines Lebens versetzen. Auch auf professioneller

Ebene wollte ich ihn massiv attackieren. Aber das war mir jetzt egal. Im schlimmsten Fall konnte er die Verhandlungen abbrechen. Also begann ich mit seiner systematischen Demontage.

Die *Zückerchen* zuerst: Ich lobte ebenfalls die einmalige Schönheit, die exklusive, etwas abgelegene Lage. Nebenbei verwies ich auf sein Exposé, wo ich lesen konnte, dass das gesamte Gebiet frei von irgendwelchen Auflagen zur optimalen Nutzung verfügbar sei. Er bestätigte mir dies erneut. Nun kam mein erster Hammerschlag, die *Peitsche*:

»Lieber *John*, Sie wissen, dass rund ein Drittel mit einem Überbauungs- und Durchgangsverbot belegt ist, da es sich um den heiligen Ort der benachbarten *First Nation* handelt. Diese Tatsache wurde im Prospekt bewusst verschwiegen. Auch in unserer Diskussion unterliessen Sie jeden Hinweis darauf. Sie behaupteten noch vor einer Minute genau das Gegenteil. Dies ist gesetzeswidrig und widerspricht auch der Ethik Ihres Berufsverbandes«

Eigentlich sollte ich ihm hier eine Denkpause gönnen, doch ich fuhr gnadenlos fort, ohne ihm Zeit zum Atemholen zu gewähren:

»Zudem bedeckt der See etwa die Hälfte des Grundstücks. Die restliche Fläche ist unerschlossen, felsig und nur zu einem kleinen Teil nutzbar.«

Johns Gesicht hatte nun die Farbe einer Tomate und er rang sichtlich nach Luft.

Unerbittlich fuhr ich fort:

»Ihre Firma hat das Grundstück aus dem Bankrott mit der Seligman Financial Incorporation für weniger als eine Million Dollar erworben. Wenn ich die Provisionen der vergangenen vier Verkäufe zusammenzähle und sie ihrem Erwerbspreis gegenüberstelle, so erhielten Sie das Grundstück quasi umsonst. Ein wahrlich gutes Geschäft.«

Er war sichtlich erschlagen von den Fakten, die ich in so kurzer Zeit zusammentragen konnte, und sank immer tiefer in seinen Sessel. Nur langsam gewann er ein wenig von seiner ursprünglichen Fassung zurück und fragte mit flacher Stimme: »Wie lautet ihr Angebot?«

Ich wollte dieses Grundstück gar nicht kaufen, aber es sprudelte einfach aus mir heraus – immer noch aufgewühlt über das unprofessionelle und perfide Verkaufsgespräch, fasste ich den Mut und warf ihm entgegen:

»Ich bezahle ihnen sechshunderttausend Dollar, und zwar für ein voll ausgemessenes markiertes Grundstück inklusive aller Abgaben und Steuern. Eine Provision entfällt, da ihre Firma der Eigentümer ist.«

Cool, er warf mich nicht aus seinem Büro, sondern bat mich um ein wenig Geduld, da er dies nicht selbstständig entscheiden könne. Das nahm ich ihm nicht ab, da der durchtriebene Kerl vermutlich den Deal ausserhalb der Firma machen wollte. Ich schlug ihm vor, für morgen einen Termin zu vereinbaren. Doch er bat mich zu warten, bis er sich mit seinen anonymen Auftraggebern telefonisch besprochen hätte. Vermutlich musste er dreimal leer schlucken und tief Luft holen.

Ich nahm an, dass sich *John Milhouse* endlich von diesem unsäglichen Grundstück trennen wollte, und zwar endgültig. Er hatte in den vergangenen Jahren einen schönen Profit erzielt. Mit diesem Preis wäre die Rendite zwar geringer, dafür würde er sich einen grossen Klotz vom Halse schaffen. Zudem spürte er, dass seiner Firma und vor allem ihm grössere Unannehmlichkeiten vonseiten des Berufsverbandes erwachsen könnten, sollte ich meine versteckte Drohung bezüglich einer Klage wahr machen. Die möglichen strafrechtlichen Konsequenzen, hatte er doch eine arglistige Täuschung vorgehabt, schwächten seine Verhandlungsposition enorm.

Nach seiner Rückkehr hatte John den Tiefschlag verdaut und meinte kurz:

»Wir sind damit einverstanden; der Kaufvertrag liegt morgen bereit.«

Ich fixierte unser Meeting auf zehn Uhr und fügte hinzu, dass ich den Vertragsentwurf gerne meinem Anwalt vorgängig zur Prüfung vorlegen wollte. Er hatte keine Einwände. Seine Frage nach dem Namen des örtlichen Rechtsbeistandes überhörte ich geflissentlich und verliess die *Arena*.

ooOOoo

Magie der Verführung

Behandle einen Stein wie eine Pflanze, eine Pflanze wie ein Tier und ein Tier wie einen Menschen.

Indianische Weisheit

Somit war ich nun Eigentümer eines grossen, nein, eines sehr grossen Gebietes in der Weite Kanadas. Die Nutzungsmöglichkeiten waren sehr eingeschränkt und das gesamte Gebiet unerschlossen, also Natur pur. Ich gab also etwa 450.000 Schweizerfranken für ein qualitativ minderwertiges Bauland aus, dessen Wert durch Bauverbote und Wegerechte zusätzlich gemindert wurde. Allerdings war die gekaufte Fläche beinahe grenzenlos und das Gebiet unbeschreiblich schön.

Der Magie erlegen, war ich offensichtlich unfähig gewesen, ökonomisch korrekte Entscheidungen zu treffen. Naturschönheiten zahlen sich in der Regel nicht aus. Eine innere Stimme hämmert mir laufend ein, dass das erworbene Stück Natur für meine Zukunft bestimmend sein würde. Die Details verheimlichte mir mein Einflüsterer. Wenn also nicht ökonomische Aspekte für den Kauf entscheidend waren, was war es dann? Wer oder was manipulierte mich? Wer hatte mich verzaubert, dass ich alle meine früher gemachten Erfahrungen beim heutigen Immobilienerwerb über Bord warf? Ich konnte selbstverständlich unter Zahlung einer kleinen Konventionalstrafe noch von diesem Handel zurücktreten, und ich war nahe daran, meinen Zweifeln zu folgen und *John Milhouse* meinen Rückzieher sofort mitzuteilen. Aber diese Genugtuung wollte ich diesem schleimigen Typen nicht geben. Meine Gedanken und die einmaligen Bilder der traumhaften Landschaft wischten alle Einwände gegen den Handel beiseite. Ich liess nicht zu, dass die Realisierung meines Traumes durch wirtschaftliche Einwände gefährdet würde.

Pünktlich um 16 Uhr trat ich in *Guys* Kanzlei. Das Mobiliar war sehr geschmacksvoll. Ein modernes Design in hellbraunem Holz und Chromstahl dominierte den Empfangsbereich. Zwei grosse Blumengestecke zeigten die Handschrift von *Selinda*. An den Wänden hingen Holzschnitzereien indianischer Herkunft. Der Parkettboden bestand aus versiegeltem hellen Fichtenholz. Diese warme Atmosphäre wurde durch die dezente Beleuchtung unterstützt.

Claire Bloomfield, die rechte Hand von *Guy*, führte mich in sein Büro. Das stilvolle Interieur des Empfangsbereiches wurde hier noch übertroffen. Der grosse Schreibtisch und ein Sideboard waren in dunklem Holz gehalten. Die Besprechungseinheit mit den sechs Stühlen und einem ovalen Tisch war aus demselben dunklen Holz gefertigt. In diesem Raum war der Boden zusätzlich mit einem Teppich mit indianischen Mustern belegt. *Claire* erkundigte sich, ob ich ein Mineralwasser, Kaffee oder Whisky wünschte. Ich erbat einen Kaffee, klein und schwarz.

Guy begrüsste mich herzlich. Seine frohe Botschaft kam umgehend:

»Hier, *Mark*, hast du die Verlängerung deines Visums, und zwar um ein Jahr.«

Ich war erleichtert, gewann ich nun Zeit, meine Zukunft ohne jeglichen Druck planen zu können. Ich bedankte mich für den Superservice und verlangte die Rechnung für seine Bemühungen. Nun zeigte sich *Guy* leicht düpiert. Er meinte, solche Dienste unter Freunden würden nicht berechnet. Ich war stolz, dass er mich bereits in seinen Freundeskreis aufgenommen hatte.

Auch ich platzte mit meiner Neuigkeit heraus.

»*Guy*, ich habe einen wichtigen Auftrag für dich. Du sollst morgen einen Vertrag überprüfen und anschliessend einen Treuhandauftrag übernehmen.«

Er sah mich fragend an. Ich spannte ihn noch etwas auf die Folter:

»Ich habe mir einen Traum erfüllt. Du weisst ja, dass ich bis heute auf der Suche nach einem neuen Ziel in meinem Leben war. Ich lernte in dieser Zeit viele wertvolle Menschen und eine fantastische Natur kennen.«

Guy wurde zusehends nervöser und ich wollte nun seine Geduld nicht überstrapazieren:

»Ich habe das *Black-Water-Lake-Territorium* gekauft.«

Ich schaute in das ungläubige Gesicht meines Gegenübers. Er schluckte zweimal und bat mich, die ganze Geschichte von Anfang an zu erzählen.

Im Verlaufe meines Vortrages, den ich bewusst blumig verfasste, entspannten sich seine Züge und er begann zu lachen, und zwar so laut, dass *Claire* ohne anzuklopfen ins Büro stürmte. Als sie jedoch sah, dass wir beide ausgelassener Stimmung waren, entschuldigte sie sich und wollte wieder gehen.

Guy sagte: »Bleiben Sie bitte hier, *Claire*, organisieren Sie eine Flasche Champagner und bitten Sie *Selinda* und *Sue* in mein Office. Sie sind selbstverständlich ebenfalls eingeladen.«

Zum Abendessen trafen wir uns dann wieder wie gewöhnlich im *Old Castle Inn*. Es wurde ein lustiger und langer Abend. Offensichtlich hatte *Guy* die Nanny über Nacht verpflichtet. Mit Freude konnte ich erkennen, dass auch *Sue* ihre Sorgen zur Seite gelegt hatte.

Zwischen der *BC Real Estate* und mir wurde nun ein Verkaufsvertrag erstellt. Die Formalitäten des Landerwerbes waren jedoch komplexer als in der Schweiz. Ich war besonders vorsichtig, da ich meinem Vertragspartner in keiner Weise traute. Vor der Unterzeichnung liess ich deshalb den Vertrag durch *Guy* begutachten.

»Du kannst die beiden Exemplare getrost unterzeichnen, dieser Vertrag ist einwandfrei und entspricht den kanadischen Gepflogenheiten.«

Dies tat ich unverzüglich und ging zurück ins Büro von *John Milhouse*. Er nahm die beiden Schreiben wortlos entgegen. Den von mir bezeichneten Treuhänder nahm er kommentarlos zur Kenntnis.

Die Bezahlung der Kaufsumme musste nun innerhalb zweier Wochen auf einem Konto des Treuhänders in der *Interlink Bank* erfolgen, ansonsten wäre der Verkauf ungültig. Ich wusste von früher, dass solche Transfers nur drei bis fünf Arbeitstage in Anspruch nahmen. Per E-Mail verkaufte ich einen Teil meiner Aktien und gab die Expressüberweisung in Auftrag. Vorsichtshalber kontaktierte ich meine Bank in der Schweiz, um zu bestätigen, dass alles seine Richtigkeit hatte. *Franz Bucheli*, mein Bankbetreuer, gratulierte mir zum Grundstückskauf. Ich versprach, ihm beim nächsten Besuch einige Fotos mitzubringen.

Nach erfolgtem Transfer wies *Guy*, mein Treuhänder, den von der *BC Real Estate* beauftragten Notar an, die Garantieübertragungsurkunde, die nochmals alle Vertragsbestimmungen beinhaltete, zu erstellen. Diese wurde anschliessend beim kanadischen Grundbuchamt eingetragen.

Nach der Eintragung im Grundbuch erstellte der Notar ein spezielles Zertifikat. Damit wurden mir die vollen Eigentumsrechte bestätigt. Ich erhielt beide Dokumente innerhalb einer Woche. *Guy* als Treuhänder überwachte den Verkauf peinlich genau, denn auch er misstraute dem Immobilienagenten.

Eine wichtige Vertragsbestimmung sah vor, dass die genaue Vermessung des Grundstücks von einem amtlichen Geometer der Provinz durchgeführt werden sollte. Der noch aus den 50er- Jahren des vorigen Jahrhunderts stammende Vermessungsplan musste aktualisiert werden. Der neue Plan würde die Lage, Fläche und den Grenzverlauf des Grundstücks mit Koordinaten versehen genauestens dokumentieren. Ich forderte auch noch Informationen über die Eigentümer der benachbarten Parzellen.

Am nächsten Morgen flog ich mit einem Hubschrauber der Vermessungsfirma an den *Black Water Lake*. Eine faszinierende Welt der Technik eröffnete sich mir. Wir begannen mit dem genauen Erfassen der Masse auf der Nordseite. *Phil Morton*, der leitende Architekt erklärte mir, dass mittels GPS-Daten das Grundstück zentimetergenau bestimmt werden konnte. Vier aus *Russell Creek* aufgebotene Waldarbeiter legten Vermessungsschneisen an und bohrten Löcher in die Erde, in die Alurohre einbetoniert wurden. Mit seinem GPS-Gerät konnte *Phil* die Grenzmarkierungen fixieren. Einige Problemzonen – von Bäumen überwachsene Eckpunkte – mussten mittels einer kleinen Sprengung freigelegt werden.
Nach vier Stunden war die Aufgabe erledigt. Phil demonstrierte mir auf seinem Laptop, wo die Markierungen verlegt waren und wie genau die Grenzen meines Grundstücks verliefen. Das Programm zog automatisch eine Verbindungslinie zwischen den einzelnen Messpunkten und mir präsentierte sich eine zentimetergenau ausgemessene Fläche meiner Parzelle.
Er versprach mir diese Grafik per E-Mail zu senden.
»Eine offizielle Ausfertigung werde ich deinem Treuhänder in *Stockton* zustellen.«
Somit waren alle Verkaufsauflagen erfüllt und ich fühlte mich als stolzer Eigentümer eines Traumgrundstücks.

Ich genoss den halbstündigen Rückflug, zeigte er doch die mir inzwischen vertraute Landschaft aus einer vollkommen anderen, nicht weniger interessanten Perspektive. Ich war so begeistert, dass ich beschloss, am nächsten Tag einen ausgedehnten Rundflug zu unternehmen.

Doch vorher wollte ich noch meine Freunde in *Stockton* über den erlebnisreichen Tag informieren. Enttäuscht musste ich feststellen, dass sowohl die *Fieldings* als auch *Sue* abwesend waren.

ooOOoo

Apokalypse

Eines Tages wird die Erde weinen, sie wird um ihr Leben flehen, sie wird Tränen von Blut weinen. Ihr werdet die Wahl haben ihr zu helfen oder sie sterben zu lassen, und wenn sie stirbt, stirbt ihr auch.

Indianische Weisheit

Um neun Uhr fuhr ich los. Der kleine Flughafen lag etwa 20 Kilometer nordöstlich von *Stockton*, direkt am *Trans Canada Highway*.

Etwa ein Dutzend Propellermaschinen standen säuberlich aufgereiht auf dem Parkfeld. Leicht erkennbar waren zwei rot lackierte zweimotorige Maschinen der *Canadian Fire Patrol*, jener legendären Truppe zur Bekämpfung von Waldbränden. Eine Art Schalter für Flugtickets gab es nicht. Deshalb versuchte ich mein Glück in der angebauten Kantine.

Hier ging es drunter und drüber. Die harten Kerle hatten das Sagen, aber es herrschte eine angenehme, freundliche und keinesfalls aggressive Atmosphäre. Am Tresen stand ein etwa vierzigjähriger Pilot. Er stellte sich als *Joshua Foot* vor. Ich konnte leicht erkennen, dass er wütend war. Er fluchte lauthals und beklagte sich über die Unzuverlässigkeit seines Begleiters, der nicht zur Arbeit erschienen war. So erfuhr ich von einem neben mir stehenden Piloten, dass *Joshua* eine kleine Transportfirma leitete. Er musste dringende Ersatzteile zur *Eccom*-Ölsandabbaustelle am *Front River* bringen. Ein etwa zweistündiger Flug mitten ins Ölfördergebiet war geplant gewesen.

Konnte er diesen Auftrag nicht ausführen, so würde er vermutlich seinen Kunden verlieren.

Ich überlegte mir blitzartig, dass sich hier eine Gelegenheit bot, einen kleinen Rundflug zu unternehmen. Ich hatte keine Ahnung, wo dieser *Front River* lag, geschweige denn von der bevorstehenden Arbeit, aber aus dem Bauch heraus schlug ich ihm vor, die Arbeit seines Mitarbeiters zu übernehmen, solange nicht fliegerisches Können erforderlich war. Joshua fackelte nicht lange und verlangte meinen Personalausweis. Dann meldete er dem Tower meinen Namen und den Wohnsitz in *Stockton*.

Fünfzehn Minuten später starteten wir Richtung Nordosten. Die offensichtlich schwere Fracht forderte alles von der zweimotorigen Cessna – sie hob erst am Ende der Piste ab. Wir überflogen das beeindruckende Massiv der *Rocky Mountains* mit ihren über 4000 Meter hohen verschneiten Gipfeln. Aus der Schweiz war ich an den Anblick hoher Berge gewohnt, aber die Ausmasse dieser Gebirgskette hinterliessen einen nachhaltigen Eindruck.

Pünktlich nach zwei Stunden landeten wir auf dem kleinen Flugfeld am *Front River*. Es war eine trostlose Gegend. Das Flugfeld lag im baumlosen Niemandsland. Ein kleiner Hangar aus Wellblech und der einfache Tower zeigten uns, dass wir die richtige Landestelle gefunden hatten. Keine weiteren Flugzeuge waren zu sehen. Joshua funkte kurz den Tower an und fragte nach den Trucks zum Entladen. Wie auf Kommando erschienen ein Kranwagen und ein niederwandiger Laster der lokalen Ölfirma. Schon beim Aussteigen konnten wir erkennen, dass der Vertreter leicht ungehalten war, die Vorwürfe wegen der Verspätung prallten an *Joshua* jedoch ab. Er verwies auf technische Probleme, was auch im weitesten Sinne korrekt war.

Später erklärte er mir, dass die Explorationsfirmen unter einem enormen Leistungsdruck ständen. Sie arbeiteten 24 Stunden am Tag, an sieben Tagen in der Woche. Jede verlorene Stunde kostete Tausende von Dollar.

»Alles zum Wohle der Kapitalgeber«, meinte er trocken.

Das Ausladen des Bohrkopfes und verschiedener elektronischer Gegenstände gestaltete sich komplizierter als vorgesehen. Trotz des Kranwagens waren Handarbeit und Fingerspitzengefühl gefragt. Wir vier brauchten über eine Stunde, bis alles auf dem Lastwagen verstaut und gesichert war. Unverzüglich fuhr dieser los zu den Sandabbaustellen. Der Kranwagen brachte uns zum Tower, wo *Joshua* das Auftanken anordnete. Ich versprach ihm, innert einer halben Stunde wieder zurück zu sein. Damit hatte ich genügend Zeit mich in der Umgebung etwas umzuschauen.

Ich erklomm einen kleinen Hügel hinter dem Hangar. Der Anblick war schockierend, absolut abstossend, apokalyptisch: Überall waren breite Seen aus Ölschlamm sichtbar, Eisenschrott lag in einem grossen Loch herum. Hier war der Tagebau des Teersandes vor längerer Zeit eingestellt worden, vermutlich erwies sich das Lager als nicht mehr ausbeutungswürdig. Die Explorationsfirma machte sich nicht einmal die Mühe, die nicht mehr funktionierenden Geräte korrekt zu entsorgen. Alle Abfälle wurden kurzerhand in die riesigen Gruben geworfen.

Viel schlimmer war jedoch die Tatsache, dass praktisch alle Bäume in der Umgebung abgestorben waren. Die Restlichen, die noch aufrecht standen, mussten aufgrund ihrer Braunfärbung als im Sterben begriffen betrachtet werden. Die einstmals grünen Wiesen waren nun überwiegend braun. Viele der Abhänge präsentierten sich schon vollständig versteppt. Jeder Regen erodierte die wertvolle Humusschicht und schwemmte sie direkt in die giftigen Ölschlämme. Keine Tierlaute, kein Vogelgezwitscher waren zu vernehmen. Als wäre dies nicht schon genug, verpestete ein grauenvoller Gestank von den verdunstenden Ölrückständen die Luft. Es stank dermassen, dass ich fürchtete, einen irreparablen Lungenschaden davonzutragen.

Irgendetwas war hier komplett aus dem Ruder gelaufen. Mit meiner Kamera machte ich viele Aufnahmen, als wollte ich der Nachwelt die Umweltsünden meiner Generation dokumentieren.

Nach meiner Rückkehr zum Flugzeug erkannte *Joshua*, wie schockiert ich auf dieses Horrorszenario reagierte. Er hatte sich damit arrangiert und meinte niedergeschlagen:

»Dies sind die Folgen unseres Wohlstandes und einer umweltunfreundlichen, rein kapitalistisch orientierten Wirtschaftspolitik. Die Dividenden sind wichtiger als Bäume und Vögel.«

Mit einer Verspätung von einer Stunde, das Auftanken wurde zur mühseligen Handarbeit, traten wir den Rückflug an. Die Stimmung im Flugzeug war gedrückt. Ich fand keine Worte zu dem eben Erlebten und meine Kleidung stank fürchterlich. Dieser Anblick würde mich bis an mein Lebensende verfolgen. Den einmalig schönen Rückflug, der untergehenden Sonne entgegen, realisierte ich nur am Rande. *Joshua* verstand meine Niedergeschlagenheit ohne viele Worte.

Ich hatte vor dem Abflug eine E-Mail an *Sue* gesandt und ihr mitgeteilt, dass ich mich zum Abendessen verspäten würde. *Okay*, kam umgehend zurück, *ich werde dir eine Portion beiseitestellen. S.*

»Deine Frau?«, frage *Joshua*.

Ich verneinte, wollte jedoch keine weiteren Informationen preisgeben. Er fragte nicht weiter, schliesslich war dies mein Leben.

Zurück am Boden spendierte er mir noch ein Bier und fragte, ob ich wieder einmal Lust hätte mit ihm zu fliegen.

»Wenn es nicht wieder ein Flug in dieses Ölcamp sein muss, sofort.«

Ich gab ihm meine Telefonnummer und er versprach, mich bei Bedarf anzurufen.

Zum Abschied schob er mir 100 Dollar zu.

»Dein Lohn für die Mithilfe«, erklärte er mir.

Ich gab ihm die Note umgehend zurück.

»Danke, aber ich hatte trotz allem grossen Spass am Flug und du bist ein exzellenter Pilot. Ich hoffe, wir sehen uns bald wieder.«

Als ich gegen 21 Uhr im Speisesaal eintraf, ich hatte zuvor noch eine dringende Dusche nötig gehabt, war etwa die Hälfte der Gäste schon gegangen. Meine Freunde erwarteten mich mit Ungeduld. Sie waren gespannt auf meinen Tagesbericht. Das leichte Nasenrümpfen von *Sue* zeigte mir, dass der Gestank des Ölschlammes, trotz Dusche und Eau de Toilette, immer noch an mir haftete.

Niedergeschlagen erwähnte ich, dass ich einen kurzen Abstecher in den Nachbarstaat unternommen hätte. Sie waren erstaunt über meine ungewohnte Reiselust, konnten jedoch erkennen, dass irgendetwas schiefgelaufen war.

»Ihr könnt es sicher noch riechen, wo ich mich heute aufgehalten habe. Ich wäre glücklicher, ich hätte diese Umweltverschmutzung nie gesehen.«

Anschliessend schilderte ich ihnen die Katastrophe, die ich erlebt hatte. Die Stimmung war gedrückt.

Ich wechselte das Thema und es sprudelte aus mir heraus:

»Mein Land ist vermessen. Ich bin nun offizieller Eigentümer des *Black Water Lake*. Ich lade euch morgen alle zum Diner im *Seven Stars Inn* ein.«

Ich wusste, dass sich *Sue* schon immer mal ein Essen im No-bellokal von *Stockton* gewünscht hatte, allerdings kannte ich den eigentlichen Grund dafür nicht.

ooOOoo

Nachbarschaftliche Verhältnisse

Beurteile nie einen Menschen, bevor du nicht mindestens einen halben Mond lang seine Mokassins getragen hast.

Indianische Weisheit

Der Abend im *Seven Stars Inn* wurde zu einem Event der Superlative. Qualität und Preis bewegten sich auf höchstem Niveau. *Herb*, der Chefkoch, bediente uns persönlich. Perfekt aber etwas verspielt, präsentierte er uns ein Fünf-Gänge-Menü. Mir fehlten jedoch die persönliche Note und die Schnörkellosigkeit der Speisen. So erlaubte ich mir zum Abschluss zu erwähnen:
»Trotz allen Lobes für dieses Fünf-Sterne-Lokal fühle ich mich nur im *Old Castle Inn* zu Hause. Liebe *Sue*, deine Küche und auch der Keller bewegen sich bezüglich Qualität und Zubereitungsart auf absolut gleichem Level.«
Alle stimmten meinem ehrlich gemeinten Lob zu. *Sue* schenkte mir ein Lächeln. Sie war stolz auf ihr alt ehrwürdiges Hotel.

Als Landbesitzer brauchte ich ein paar Geräte. So kaufte ich im nahen Baumarkt eine Axt, eine Schaufel und eine kleine Motorsäge. Letztere war eher für den hobbymässigen Gebrauch gedacht, es war keine echte Alternative zu den Profisägen. Ein Benzinkanister und ein grosses Messer vervollständigten meine Grundausrüstung. Von einem Gewehr nahm ich vorerst Abstand, da ich keinerlei Jagdabsichten hegte. Ich fühlte mich nicht bedroht von den wilden Tieren, sie würden vermutlich immer Bestandteil meines Grundstückes bleiben.

Gegen Mittag erreichte ich mein *neues Zuhause*, das bis jetzt nur aus Wald, Wiesen, Fels und Wasser bestand – und den Tieren, die sich hier seit ewiger Zeit heimisch fühlten.

Ich war eben im Begriff, mich auf einen grossen Felsbrocken am Rande des Sees zu setzen, als plötzlich eine Gestalt hinter den Bäumen hervortrat. Als Fan von *Karl May*, dem bekannten deutschen Schriftsteller und Erfinder der Indianersagengestalt *Winnetou*, brachte ich unwillkürlich die vor mir stehende Person mit dieser Romanfigur in Verbindung: Der Mann war gross gewachsen, sein Gesicht geprägt von einer markanten Nase, die Haut war wettergegerbt und er hatte einen gebieterischen Ausdruck. Seine schwarzen Haare trug er nach hinten gekämmt, die Kleidung war eher untypisch für einen Indianer meiner Fantasie, denn sie bestand aus Bluejeans und einem braunen Hemd. Selbstbewusst zeigte er mit der Hand auf mich und sagte laut und deutlich: »Fremder, geh nach Hause.«

Im ersten Augenblick war ich sprachlos und geschockt, rechnete ich doch nicht mit dieser Erscheinung. Doch dann fand ich meine Fassung wieder. Eigentlich wollte ich ihm erklären, dass er sich auf meinem Grundstück befände und deshalb verschwinden sollte, aber irgendetwas hielt mich zurück. Falsche Worte im falschen Moment konnten viel zerstören. Vielleicht war dieser Mann verzweifelt, dass das schöne Land wieder einen neuen Eigentümer hatte. Bevor ich jedoch antworten konnte, war er verschwunden, genau so lautlos wie er gekommen war. Weder ein Rascheln noch irgendwelche Fussabdrücke zeugten von seiner Existenz.

Zuerst glaubte ich an einen Spuk, eine Sinnestäuschung. Doch dieser Indianer war echt und seine Botschaft sonnenklar. An einen Scherz konnte ich deshalb nicht richtig glauben.

Ich verdrängte jedoch den Vorfall und begann mit dem Sammeln von Steinen. Damit erstellte ich eine kleine Feuerstelle –

ich hatte gelesen, dass man mit offenem Feuer in der kanadischen Wildnis sehr vorsichtig sein sollte. Ich zerkleinerte anschliessend herumliegendes Holz und schichtete es in meiner Feuerstelle zu einem Stapel auf. Es brannte wie Zunder.

Am lustig knisternden Feuer überdachte ich meine Situation. Es waren nun mehrere Monate verstrichen, seit ich die Schweiz verlassen hatte. Ich fühlte mich wohl und die vergangenen Ereignisse lagen Tausende von Meilen zurück. Ich hatte ein Land kennengelernt, das mich vorbehaltlos akzeptierte, wenn man vom Indianer absah. Neue Freunde waren in mein Leben getreten, die nicht klammerten, aber immer als Stütze bereitstanden. Last, but not least, hatte ich mich aus irgendeiner Laune heraus zum Kauf eines Stückes einmaliger Natur hinreissen lassen. Obwohl ich nicht wusste, was ich mit diesem Juwel anfangen sollte, hatte ich erstaunlicherweise nie das Gefühl gehabt, dass ich eine Fehlinvestition getätigt hätte. Ich war überzeugt, dass ich meine Parzelle jederzeit zum selben Preis verkaufen konnte.

Die warme Sonne und das knisternde Feuer übten einen so beruhigenden Einfluss auf mich aus, dass ich einschlief. In meinem Traum befand ich mich mitten in einem fürchterlichen Kampf zwischen Weissen und Indianern. Es roch nach Pulverdampf und verbrannten Leibern. Fürchterliche Schreie der Sterbenden und Verletzten, wildes Schlachtengetümmel und das laute Donnern der Kanonen und Gewehre dominierten das Geschehen. Der Kampf war jedoch einseitig: Gewehre und Kanonen gegen Pfeile, Säbel gegen Messer, Hinterlist gegen Mut sorgten für ein schnelles Ende dieses Massakers. Viele tote Indianer lagen herum und wurden von den nachrückenden Trappern, Goldsuchern und Glücksrittern gefleddert, mit üblen Schimpfworten eingedeckt und bespuckt. Diese mörderische Nachhut zeigte kein Erbarmen und tötete die Verwundeten mit einem Pistolenschuss oder durchtrennte ihnen kurzerhand mit dem Messer die Kehlen. Die wenigen verzweifelten Überlebenden sammelten sich und rannten unter der Führung eines jungen Häuptlings nun auf mich zu. In ihren Gesichtern konnte ich keine feindlichen Absichten erkennen. Der Häuptling sagte unter Aufbietung seiner letzten Kraft –ich sah, dass er an der linken Seite stark blutete – zu mir:

»Ich bin *Schwarzer Elch* und bitte dich um Schutz für meine Brüder.«

Urplötzlich erwachte ich. Es war inzwischen sehr kühl geworden. Das Feuer glomm nur noch, alles Holz war niedergebrannt. Die wärmenden Sonnenstrahlen waren ebenso hinter den Bergen verschwunden. Am Himmel zeigten sich die ersten Anzeichen der einbrechenden Nacht. Für eine Rückkehr nach *Stockton* schien es mir zu spät zu sein, weshalb ich beschloss, die Nacht in *Russell Creek* zu verbringen.

Von *Russel Creek* aus informierte ich meine Freunde in *Stockton* über mein nächtliches Fernbleiben.

Die einfache, moderne schnörkellose Unterkunft im *Western Hotel* war sauber und offerierte einen traumhaften Ausblick auf die nahen Berge mit ihren verschneiten Gipfeln. Das angegliederte Restaurant bot allerdings nur chinesische Speisen. Zuerst dachte ich, dass diese Spezialisierung für die kanadische Wildnis eher unüblich wäre, doch die vielen Gäste zeigten mir, dass der Wirt, ein kleiner eingefallener Chinese mit einem ewigen Lächeln im Gesicht, die richtige Entscheidung getroffen hatte.

Meine Rückkehr zum *Black Water Lake* wurde zum weiteren Highlight dieses Abends. Ich wollte mein Grundstück einmal nachts kennenlernen. Der Mondschein beleuchtete den Highway bis zur Abzweigung. Diesmal liess ich mein Auto an der Einfahrt stehen und ging den restlichen Weg zu Fuss.

Welch eine Stimmung! Ein wolkenloser Himmel präsentierte Myriaden von Sternen. Der fast volle Mond spiegelte sich im See und ein leichtes Plätschern war zu vernehmen. Die bekannten Geräusche waren alle verstummt, dafür gab es neue, urige Töne. Deren Herkunft oder Distanz konnte ich nicht feststellen, da die klare Luft diese Geräusche oftmals meilenweit vor sich hertrug. Das Tiergebrüll, ich meinte wenigstens, es als solches identifiziert zu haben, hatte anfänglich etwas Furchterregendes, Fremdartiges an sich. Leicht beunruhigt beschloss ich deshalb, aber auch in Ermangelung einer genaueren Ortskenntnis, heute keine Spaziergänge zu unternehmen. Also sass ich einfach am Seerand und genoss das Szenario.

Millionen von kleinen Plagegeistern versuchten meinen Blutpegel zu senken. Die aggressiven kleinen Biester attackierten mich von allen Seiten. Ich nahm mir vor, gleich am nächsten Morgen entsprechenden Mückenmittel in *Russell Creek* zu besorgen. Den Genuss dieser einzigartigen Stimmung liess ich mir trotzdem nicht verderben und fuhr erst spät in mein Hotel zurück. Ich sah nicht die Augen im Wald, die meine Anwesenheit genauestens verfolgten.

Vor dem Einschlafen grübelte ich nochmals über den Vorfall vom Nachmittag nach. Ich hatte keine Furcht, denn bedrohlich wirkte diese Person, dieser Indianer nun wirklich nicht. Aber er hinterliess eine deutliche Message: Alles Fremde sollte von diesem Ort verschwinden. Ich überlegte mir, wie ich mich künftig verhalten sollte. Im ersten Moment fielen mir nur einige extreme Verhaltensweisen ein: Ich konnte den Vorfall einfach ignorieren, die Polizei informieren oder aber ihm das nächste Mal persönlich eine Lektion erteilen. Aber all diese Handlungsweisen waren nicht mein Stil. Sie ziemten sich nicht für einen Gast in diesem schönen Land. Ich musste also versuchen, seine Beweggründe zu erfahren und mit ihm ein Ge-

spräch zu führen. Ich nahm mir daher für den nächsten Tag
vor, das nahe gelegene Dorf, eine Siedlung im Indianerreser-
vat, zu besuchen. Vielleicht war dies auch die Heimat von
Guy. Dann könnte er mir sicherlich ein paar Ratschläge geben.
Während ich meine Verhaltensstrategie entwarf, schlief ich
ein.

Die Nacht war erholsam, mein Schlaf musste sehr tief gewesen sein, da ich beim Aufwachen nicht wusste, wo genau ich
mich befand. Als Erstes begann ich, mich an den Traum mit
den Indianerkämpfen und den Schutz suchenden Überlebenden zu erinnern. Die grauenvollen Bilder waren immer noch
präsent.
Erst allmählich dämmerte es mir, dass ich fernab jeder Zivilisation unter die Landbesitzer gegangen war. Ich wusste immer
noch nicht, weshalb ich überhaupt dieses Grundstück erworben hatte. Wollte ich nach Gold schürfen, Häuser bauen oder
mich einfach dort verkriechen?
Erneute Zweifel an meiner überstürzten Aktion kamen auf.
War ich durch mein Umfeld manipuliert worden oder hatte
mich die schamlose Offerte der *BC Real Estate* herausgefor-
dert? Mir fielen keine Antworten ein. Dafür erinnerte ich mich
an einen weisen Spruch meines Vaters:

*Wer in der Sonne steht, sollte nicht zurückblicken, denn dort
sieht er nur Schatten.*

Von *Russell Creek* folgte ich dem Highway bis zur *Reservation Road.* Auf einem Schild war der Name des Dorfes erwähnt: *Black Water Village.* Diese Siedlung befand sich im
Reservat der *Black Water First Nation.* Klein gedruckt konnte
ich lesen, dass sich hier das Territorium des Stammes der

Key'as befand. Meinen Reiseunterlagen konnte ich entnehmen, dass auf einem rund 400 Quadratkilometer grossen Territorium gerade mal 1500 Einwohner sehr zurückgezogen lebten. Die Tankstelle an der Dorfeinfahrt, die zugleich als Bushaltestelle diente, schien gegenwärtig unbesetzt. Beim näheren Hinsehen kamen mir echte Zweifel an deren Funktionstüchtigkeit auf.

Ich fuhr weiter und entdeckte nach ein paar 100 Metern das Dorf. Es präsentierte sich auf den ersten Blick in einem eher ärmlichen Zustand. Rechts befand sich eine weiss gestrichene lange Baracke, aufgebockt auf sechs Betonsockeln, weiter hinten erkannte ich ein grösseres Gebäude, vermutlich das Gemeindehaus. Auf dem schwarzen Haus rechts davon war ein rotes Kreuz angebracht, offensichtlich handelte es sich hier um die Sanitätsstation – von einem Krankenhaus konnte man beim besten Willen nicht sprechen.

Ich fuhr auf einer Strasse mit rissigem Zementbelag und behelfsmässig ausgebesserten Schlaglöchern, die zum Gemeindehaus führte. Links und rechts dieser Zufahrt lagen Plastikabfälle herum. Einige Hunde suchten verzweifelt nach verwertbaren Nahrungsmitteln. Eine Gruppe von etwa fünf Jugendlichen stand hinter der weissen Baracke und diskutierte heftig, andere Jungs spielten Fussball. Sie schauten kurz zu mir herüber, als ich mein Auto vor dem Eingang des weissen Gebäudes parkte. Erst beim Näherkommen konnte ich erkennen, dass es sich hier offenbar um ein Schulhaus handelte. Gleich dahinter gab es zwei schlecht unterhaltene Sandplätze.

Aus einem der kleinen Fenster leuchtete mir ein Licht entgegen. Wie eine Motte steuerte ich auf den Eingang zu und befand mich kurz darauf in einem Vorraum, der offensichtlich als Garderobe für die gesamte Schülerschaft diente. Ich klopfte an die einzige Tür. Ein freundliches »Hier bin ich« forderte mich zum Eintreten auf.

Vor mir präsentierte sich ein grosser Schulraum, der zwei Reihen von Zweierpulten aufwies. Hier konnten gut und gerne 40 Schüler unterrichtet werden. Dann sah ich die Person mit der freundlichen Stimme, vermutlich die Lehrerin, eine hübsche quirlige kleine Person mit weissen Jeans und einem bunten T-Shirt. Ihr leicht bronziertes Gesicht wurde von schwarzen Haaren umrahmt, die zu einem Pony zusammengebunden waren. Ich hatte das Gefühl, dass es sich hier um eine Erscheinung aus einer anderen Welt und nicht um eine lebende Person handeln musste; es war, als schwebte sie auf mich zu. Ich war noch nie in meinem Leben so sprachlos. Kalt und heiss lief es mir den Rücken herunter, als mein Gegenüber mich mit zwei dunklen Augen eingehend fixierte. Ihr Blick brannte in meinem Gesicht und ich fühlte, dass der Boden unter mir zu schwanken begann.

Sie näherte sich mit elastischen Schritten und begrüsste mich herzlich mit einem energischen Händedruck.

»Ich heisse *Shy* und bin hier die Lehrerin.«

Wenn ich schon beim Anblick wie verzaubert auf diese Erscheinung starrte, so gab mir ihre leicht rauchige, präzise aber einschmeichelnde Stimme den Rest. Eigentlich wollte ich mich vorstellen, brachte aber nur »*Mark*« heraus, etwas krächzend. Mein Hals fühlte sich sehr trocken an und meine Stimme versagte ihren Dienst. Wie gelähmt stand ich da, unfähig einen klaren Gedanken zu fassen.

Es dauerte eine gefühlte Ewigkeit, vermutlich jedoch nur Bruchteile einer Sekunde, bis ich mich wieder sammeln konnte und mich als ihr neuer Nachbar vorstellte.

Sie erwiderte nur: »Aha, du bist das also. Wir haben schon von dir gehört.«

Ich war überrascht. Als sie meinen erstaunten Gesichtsausdruck sah, begann sie zu lachen und meinte, dass das Buschtelefon in der Wildnis perfekt funktioniere. Ich erlaubte mir nicht zu fragen, ob eventuell die Buschtelefonisten *Guy* oder *Selinda* hiessen.

Mein Puls hatte sich soweit beruhigt und die Atmung funktioniert wieder einigermassen, sodass ich mich nochmals vorstellte: »Ich heisse *Mark, Mark Vollmer*. Ich bin Schweizer und seit gestern Eigentümer der Black-Water-Parzelle.«

»Mein Name ist *Shania Yara Frazer*, aber für alle bin ich nur *Shy*.«

So erfuhr ich, dass sie die alleinige Tochter von *Jeremy* und *Enola Frazer* war. *Jeremy* war der Ratspräsident. Nach der Grundschule in *Russell Creek* und der Highschool in *Stockton* hatte sie die Möglichkeit, ein Masterstudium in Geschichte und Pädagogik in Vancouver zu absolvieren. In einem Austauschjahr durften die besten Studenten ihres Jahrganges an der Universität *Erfurt* ihre Studien vertiefen.

Als ich mich überrascht zeigte, dass sie hier als einfache Lehrerin fungierte, meinte sie mit ernstem Unterton, dass sie diese Entscheidung nie bereut habe:

»Es war mein freier Willen meinen Leuten zu helfen. Sieh mal, *Mark*, wir sind eine arme Gemeinschaft, aber meine Familie ermöglichte mir eine sehr gute Ausbildung. Sie hoffte, damit eine Investition in die Zukunft zu tätigen. Wenn wir nicht zusammen diesen Weg beschreiten, zerbrechen unsere Familien. Ohne unsere Familien werden wir untergehen.«

Da ich keine Familie besass, hatte ich noch nie über solch fundamentale Aspekte nachgedacht. Beeindruckt war nicht der richtige Ausdruck für meinen Zustand, ich war erschlagen von der ehrlichen Überzeugung, die offensichtlich das Leben in diesem Dorf bestimmte.

Shy erzählte von den 35 Schülern, die sie in zwei Stufen unterrichtete. Sie lud mich ein, sobald die Sommerferien vorüber wären, also Ende September, am Unterricht teilzunehmen.

»Sofern du dann immer noch hier bist«, fügte sie leise hinzu.

Da ich aber noch keine konkreten Pläne hatte und tatsächlich mehr über das Leben dieser verschworenen Gemeinschaft erfahren wollte, sagte ich spontan zu – vielleicht etwas übereilt. Ohne Übergang erzählte sie mir mehr von ihrer nicht immer ganz einfachen Arbeit. Sie zeigte mir auch das eingesetzte Schulmaterial in der Grundstufe. So erhaschte ich einen Einblick in die Wandkästen. Es gab nur wenige Farbstifte, Kreiden und Zeichenpapier, aber alles war fein säuberlich geordnet und abgezählt auf den Regalen abgelegt. Die beiden Wandtafeln waren richtig speckig und zeugten von jahrelangem Gebrauch.

Sie erkannte meine kritischen Blicke und sagte mit leicht entschuldigendem Unterton:

»Wir müssen an allem sparen. Unser Budget ist klein und die Unterstützung von der Administration in Vancouver versandete in der Vergangenheit oft auf dem Weg in die Wildnis.«

Urplötzlich wechselte *Shy* das Thema und meinte:

»Bitte entschuldige, *Mark*, ich spreche immer nur von mir und von meinen kleinen Sorgen. Was treibt dich eigentlich in diese verlassene Ecke Kanadas«?

Ich war ganz in meinen Gedanken versunken und grübelte darüber nach, wie ich *Shy* von einigen Sorgen entlasten könnte. Um etwas Abstand zu gewinnen, beantwortete ich ihre Frage mit einer Gegenfrage: »Gibt es in deinem Dorf ein Café oder Restaurant«?

»Bei *Eliza Whittacker* könnten wir etwas trinken. Sie betreibt ein kleines Hotel mit zwei Gästezimmern«, meinte sie verschmitzt.

»Komm, lass uns was Essen gehen. Ich komme um vor Hunger. Du bist mein Gast.«

Sie fügte sich kommentarlos meiner Aufforderung.

Wir gingen zu Fuss zu *Elizas* Restaurant. Es gab praktisch keinen Verkehr und Gehsteige waren nicht vorhanden. Deshalb bewegten wir uns auf der Fahrbahn. Wir besprachen nicht nur Fragen, die die Schule betrafen. Ich erzählte ihr von einem eher unerfreulichen Zusammentreffen mit einer Person – ich nannte ihn der Einfachheit halber *Indianer* – auf meinem Grundstück.

Sie starrte beschämte auf den Boden und sagte:

»Entschuldige bitte diese Begrüssung. Es ist nicht unsere Art, aber ich werde dir später einmal die Geschichte unseres Stammes erzählen, vielleicht verstehst du dann die Verzweiflung, die in dieser nicht akzeptablen Geste ausgedrückt wurde. Der Mann wird sich bei dir entschuldigen.«

Sie wusste offenbar genau, um wen es sich handelte. Ihre Aussage drückte auch eine gewisse Kompetenz in Gemeinde- oder Stammesangelegenheiten aus. Ich erinnerte mich urplötzlich an eine Dorfgemeinschaft in der Südsee – ich war einmal mit *Irene* auf *Fidschi*, in einem anderen Leben –, wo die Gelehrten die Honoratioren waren. Sie bestimmten das Leben in der Gemeinschaft. Gab es hier etwa ähnliche Strukturen?

Vor uns befand sich ein altes zweistöckiges Holzhaus, zwar massiv gebaut, aber mit einer verwitterten Fassade. Es hing kein Schild über dem Eingang, welches auf das Vorhandensein eines Restaurants oder gar eines Hotels hinwies. Am Fenster klebte lediglich ein runder Sticker mit der Inschrift *Lizenz zum Essen und Trinken*.

Shy bemerkte meinen kritischen Blick, lachte und bemerkte schelmisch:

»Wir erhalten damit bestimmt keine Auszeichnung für innovatives Marketing. Wir haben auch selten Gäste. Lass es uns trotzdem probieren!«

In der kleinen Schankstube mit Querbalken, die tief herunterhingen, setzten wir uns an einen dunklen Holztisch in der Nähe der beiden Fenster. Auf den Holzstühlen waren dicke Kissen, auf dem Tisch lag eine rot-weiss karierte Decke – man fühlte sich auf Anhieb wohl in dieser kleinen Gaststube. In der Ecke dominierte ein grosser Kamin, offensichtlich die einzige Heizung im kalten Winter. Der Raum war blitzsauber und es roch aus der Küche nach einer guten Mahlzeit.

Shy beobachtete mich sehr genau. Als sie sah, dass ich mich hier wohlfühlte, liess ihre Anspannung etwas nach. Sie bestellte sich eine Cola, ich wollte ein Bier. Anders als beispielsweise in Australien bei den Aboriginal, durfte hier in den Reservaten der *First Nation* jedermann, der eine Lizenz besass, alkoholische Getränke ausschenken, auch an Einheimische.

Shy platzte vor Neugier; schliesslich fragte sie mich erneut, weshalb ich in diese Einsamkeit gekommen sei.

»Willst du wirklich eine triste Geschichte hören? Ich bin auf dem Weg, meine Vergangenheit zu begraben.«

»Doch, doch«, drängte sie mich. »Wenn du mir so viel Vertrauen entgegenbringst«, setzte sie leise hinzu.

So begann ich, meinen Scherbenhaufen aufzuarbeiten. *Shy* war eine aktive Zuhörerin, die mich immer wieder mit kleinen Zwischenfragen aufforderte, tiefer in die Materie einzudringen. Mein Bericht wurde nur durch die gute Hausmannskost unterbrochen – wir begannen mit einer Hühnersuppe; anschliessend servierte uns die Tochter von *Eliza, Merle*, je eine gebackene Forelle mit Bratkartoffeln und einem Tomatensalat.

Shy hatte ein ausgezeichnetes Gedächtnis. Sie diskutierte Details, die ich nur am Rande erwähnt hatte. Dabei bezog sie weder Stellung noch kritisierte irgendeinen Tatbestand. Alles war gegeben und es gehörte zu meiner Geschichte. Sie bedankte sich für meine Offenheit und war sichtlich erfreut über die Vertrautheit, die ich mit meinen Worten geschaffen hatte.

Merle stellte unaufgefordert zwei Stück Pflaumenkuchen auf den Tisch. *Shy* freute sich wie ein Kind und begann die Nachspeise zu geniessen. Ich fragte mich ernsthaft, wo die schlanke

Person diese Portionen überhaupt hintat. Ich konnte leicht erkennen, dass sie sich hier zu Hause fühlte.

»*Mark*, wie sieht dein Programm aus? Fährst du heute noch zurück nach *Stockton*?«, erkundigte sich *Shy*.

Überrascht realisierte ich, dass ich *Stockton* mit keiner Silbe erwähnt hatte. Offensichtlich wusste sie eine ganze Menge über mich.

ooOOoo

Der Wandel

Ich sitze wie ein Vogel auf dem Zweig. Ich schaue mich um und weiss nicht wohin. Lasst mich daher auf den Boden herunterkommen.

Indianische Weisheit

Ich korrigierte *Shy*, indem ich ihr mitteilte, dass ich mein Logis im *Old Castle Inn* aufgegeben hätte – spürte ich hier eine gewisse Erleichterung bei ihr?
»Ich habe im *Western Hotel* in *Russell Creek* vorübergehend ein Zimmer gemietet. Ich würde aber sehr gerne hierher wechseln.«
Shy erhob sich und ging in die Küche. Nach fünf Minuten kam sie mit einem Zimmerschlüssel zurück. Sie erklärte mir, dass dieser Schlüssel nur symbolischen Charakter hätte, da in diesem Lokal die Türen immer offen stünden, weil es überhaupt keine Schlösser gab. Sie fragte mich, ob ich am späteren Nachmittag Zeit hätte, sie wollte mich einer guten Freundin vorstellen. Ich bejahte, wollte jedoch noch meine Sachen aus dem *Western Hotel* holen und meinem See einen kleinen Besuch abstatten. Sie schaute mich verständnisvoll an.
Als die Rechnung von *Eliza* präsentiert wurde – sie erkundigte sich noch persönlich nach unserm Wohlbefinden – hatte ich etwas Hemmungen, den sehr bescheidenen Betrag zu begleichen. Ich bezahlte bar und fügte dem Betrag noch ein angemessenes Trinkgeld für *Merle* bei. *Shy* quittierte meine Aktion mit einem kaum wahrnehmbaren Kopfnicken. Wir verabredeten uns für vier Uhr im Schulhaus.

Im *Western Hotel* hatte ich wieder Handyempfang und kontaktierte den *Office Point* im *Bluelake Shoppingcenter* in *Stockton*. Der Verkäufer erinnerte sich noch an meine eher ungewöhnliche Bestellung für *Sues* Büro. Ich erkundigte mich bei ihm, ob er auch Schulbedarf im Angebot hätte. »Selbstverständlich«, war seine kurze Antwort.

Ich bestellte viel, aber die kompetente Firma zeigte keinerlei Engpässe. Farbstifte für 40 Schüler, Kreide, Zeichenpapier und weiterer Bürobedarf wurden notiert und bestätigt. Auf meinen Hinweis, dass ich morgen die Bestellung abholen wollte, gab es keine Einwände, nur den ergänzenden Hinweis, dass die Bestellung bereits heute Abend lieferbereit wäre. Was für ein Service!

Ich informierte *Guy* über meine Pläne, die Schule von *Black Water Village* quasi mit einem Begrüssungsgeschenk unter Nachbarn etwas aufzupeppen. Er war begeistert von meinem Plan, bat jedoch, mich mit der örtlichen Schulleitung abzusprechen. Am Ton, mit dem er dies sagte, konnte ich erkennen, dass dieser schlitzohrige *Guy* genau wusste, dass ich *Shy* bereits kennengelernt hatte.

Bevor ich ins Dorf zurückfuhr, begab ich mich nochmals auf meinen Grund und Boden, um mich weiter mit den örtlichen Gegebenheiten vertraut zu machen. Diesmal beabsichtigte ich, am östlichen Ufer einen kleinen Spaziergang zu unternehmen.

Doch dieses Unterfangen gestaltete sich als unmöglich: Nach etwa 500 Metern bog eine Landzunge in den See, hier gab es kein Durchkommen mehr. Dichtes Unterholz und dornige Pflanzen machten den kleinen Pfad unpassierbar. Das Ufer fiel etwa einen Meter steil ins Wasser ab.

Die Umgehung der Halbinsel brachte ebenfalls nicht viel. Jeden Meter des Weges musste mühsam durchs Dickicht erkämpft werden. Viele Tierspuren verrieten mir zwar die regelmässige Durchquerung dieses Geländeteiles, für meine Ausmasse war der Durchgang aber eindeutig zu eng.

Nach einer Stunde gab ich erschöpft auf und machte mich auf den Rückweg. Ich nahm mir vor, den überwucherten Trampelpfad demnächst auszuholzen und zu reinigen.

Pünktlich um vier Uhr erreichte ich das Schulhaus. Drinnen erkannte ich *Shy*, die sich intensiv mit dem Unterrichtsplan beschäftigte. Sie schob die farbigen Magnetschilder, vermutlich die Lektionen, hin und her. Mit den Lösungen gab sie sich jedoch nicht zufrieden.

Eigentlich wollte ich nicht stören, aber als sie mich sah, überzog ein Strahlen ihr Gesicht und sie rief:

»Einen Moment bitte, ich komme gleich raus.«

Gemeinsam spazierten wir zum Gemeindeplatz. Ich stand vor dem Gemeindehaus, einem lieblosen Steingebäude mit einem relativ grossen Saalanbau. Es hatte schon bessere Zeiten gesehen. Böse Zungen würden behaupten, dass dieses Backsteingebäude noch aus der Zeit der Indianerkämpfe stammen könnte. Der Verputz war teilweise abgeblättert und die Fenster hätten einen Anstrich dringend nötig gehabt. Da ich niemanden beleidigen wollte, übersah ich geflissentlich den desolaten Zustand der Fassade.

Shy dirigierte mich zum Nebengebäude mit dem roten Kreuz. Stolz erklärte sie mir, dass ihr Dorf eine eigene Krankenstation mit einer Ärztin und zwei ausgebildeten Pflegerinnen besass. Ihre Dienste würden auch *Sandvalley*, dem Nachbardorf, zur Verfügung gestellt. Sie trat auf die Eingangstüre zu. Völlig überrascht sah ich, wie sich die beiden Flügeltüren geräuschlos zur Seite schwenkten und Einblick in eine topmoderne Empfangshalle bot. Diese war hell und sehr sauber. Links gab es einen Empfangstresen mit PC und Telefon. Ich befand mich in einer anderen Welt: Eben noch stand ich vor einem verlotterten Gebäude, jetzt umgab mich die sterile funktional-moderne Welt eines kleinen Krankenhauses.

In Gedanken versunken registrierte ich, dass sich die Eingangstür erneut öffnete und eine gross gewachsene schlanke Frau mit ausgestreckten Armen auf uns zukam:

»Herzlich willkommen in meiner kleinen Welt. Ich bin *Ayana Pope*, die leitende und einzige Ärztin dieser Station.«

Dabei lächelte sie, sehr stolz auf das erfolgreiche Projekt, das sie hier aufgebaut hatte.

»Hallo kleine Schwester«, begrüsste sie *Shy*.

Diese knurrte, dass die paar Jährchen Unterschied ihr kein Recht gäben, die Grosse und Weise zu spielen. Beide lachten und umarmten sich.

Ayana betrachtete mich lange, drückte meine Hand und meinte scherzhaft: »Wir hatten schon schlimmere Nachbarn.«

Sie übernahm ohne weiteren Kommentar die Führung in ihrem Krankenhaus. *Shy* erklärte mir, dass *Ayana* 35 Jahre alt war, also fünf Jahre älter als sie.

»Sie ist die Tochter unseres Dorfschamanen, Medizinmannes, Kräuterdoktors oder Experten in Glaubensfragen«, meinte sie scherzhaft.

»*Ayana* wird demnächst *Angus McFairland* heiraten. So kriegen wir einen zweiten Doktor, und zwar zum Nulltarif. Meine Freundin wird sich dann vermehrt mit der Gewinnung von Arzneien aus Kräutern beschäftigen können, zusammen mit ihrem Vater.«

Dabei erfuhr ich, dass die Pharmaindustrie ihr Interesse bereits angemeldet hatte. Sie schlugen ihr eine enge Kooperation vor. *Ayana* misstraute jedoch den teilweise recht plumpen Annäherungsversuchen der Pharma-Multis, deshalb hatte sie sich noch nicht entschieden.

Stolz zeigte uns die Ärztin ihr Arbeitsumfeld. Ein kleiner aber gut ausgerüsteter Operationssaal mit einem Aufwachzimmer

und ein grosser Raum für fünf Patienten standen ihr zur Verfügung. Der Laborraum überraschte besonders. Jede Klinik würde über dessen Ausstattung vor Neid erblassen. Mit modernster Technik analysierte *Ayana* hier die pflanzlichen Wirkstoffe und ihre Auswirkungen auf bestimmte Krankheiten. Ein Röntgen- und ein Ultraschallgerät komplettierten die Ausrüstung. Sie ergänzte emotionslos: »Letzteres ist allerdings altersbedingt unzuverlässig und steigt oft aus. Ein Neues können wir uns aus finanziellen Gründen nicht leisten.«
Ihren Jeep hatte sie umgebaut um Patienten transportieren zu können. Schwierige Behandlungen wurden in *Stockton* durchgeführt. Für Notfälle stand ihnen der kleine Flugplatz in *Russell Creek* zur Verfügung.

Ich war sichtlich beeindruckt, was die engagierte Ärztin erreicht hatte. Ich bedankte mich für die kurze aber äusserst interessante Führung und wollte mich in das kleine Hotel zurückziehen, *Shy* dirigierte mich jedoch gezielt ins Gemeindehaus.
Der düstere Eingang sah wenig vertrauenerweckend aus.
»Jemand möchte dich kennenlernen«, erklärte *Shy* und musste ihr Lachen unterdrücken.
Sie klopfte an eine der vielen Türen und öffnete sie. Sie trat mit einem »Guten Abend« ins Zimmer ein. Ich war ehrlich überrascht, als ich hinter einem grossen Schreibtisch voller Akten *meinen Indianer* sah.
Gut gelaunt erhob er sich und begrüsste mich.
»Der Indianer möchte sich entschuldigen und heisst dich in unserer kleinen Gemeinschaft herzlich willkommen.«
Ich war sprachlos. Der vermeintliche Wilde, den ich vor ein paar Tagen kennengelernt hatte und eigentlich von meinem Grundstück prügeln wollte, entpuppte sich als scharfsinniger aber auch als sehr feinfühliger Mensch.

»Ich heisse *Jeremy Frazer* und bin der Vater unserer Lehrerin. Mein zweiter Name, in unserer Sprache, ist *Hehaka Sapa* – ich bin das Oberhaupt unserer Familie. Man nennt mich unter anderem auch Häuptling, Chief oder Ratspräsident. Die Anrede hängt hauptsächlich von der Stellung meines Gegenübers oder von der Wichtigkeit seines Anliegens ab.«

Er fuhr fort: »Praktisch alle unsere Gemeindemitglieder haben noch einen zweiten Namen. Diese Zweitnamen besitzen eine besondere Bedeutung. Schau dir meine Tochter an: Vielleicht weisst du nicht, dass *Shy* oder *Shania Yara* in unserer Sprache *die Herrscherin* heisst.«

Leise fügte er an: »Und so gebärdet sie sich manchmal auch.«

Shy wurde rot im Gesicht und dieses Mal musste ich mir ein Lachen verkneifen.

»*Mark* kannst du mir verzeihen, dass ich dich fortjagen wollte?«, begann *Jeremy* seine Entschuldigung.

Ich meinte nur lakonisch:

»Es gibt nichts zu verzeihen. Du warst nicht sehr erfolgreich. Im Übrigen verstehe ich dich sehr gut. Fünf Eigentümer in den vergangenen paar Jahren können ganz schön nervenaufreibend sein.«

In seinem Büro konnte ich eine ganze Wand mit Dossiers der Rechtsstreitigkeiten mit meinen Vorgängern erkennen. Alles war gesagt und wir hatten einen guten Anknüpfungspunkt für künftige Scherze.

ooOOoo

Ein lebenswertes Leben

Die Erde liebt uns. Sie freut sich, wenn sie uns singen hört.
Indianische Weisheit

Ich deponierte meine beiden Koffer in *Eliza Whittackers* Hotel. Das Zimmer war klein aber sauber. Die Zimmergrösse war nicht wichtig, da ich nur wenig Zeit in meinen vier Wänden verbringen wollte.

Früh am nächsten Morgen fuhr ich nach *Stockton*. Der Lunch war bei *Sue* geplant. *Guy* versprach mir, ebenfalls anwesend zu sein.

Im grossen Einkaufscenter war der Verkäufer im *Office Point* sehr aktiv gewesen. Neben den schon platzierten Bestellungen überzeugte er mich von der Notwendigkeit weiterer wichtiger Schulutensilien.

Ich wollte *Shy* am nächsten Tag mit meinem Begrüssungsgeschenk überraschen. Auch für sie suchte ich ein Präsent. Ich fand, dass ein kleiner silberner Ring mit Perlmuttintarsien gut zu ihr passen würde. Auf dem Ring war ein indianisches Motiv, ein schwarz-rot-weisser Rabe abgebildet.

Das Mittagessen verlief wie üblich unkompliziert und fröhlich. Der Eintopf mit Polenta schmeckte köstlich. Mein Bericht beim Kaffee erfolgte sehr humorvoll. Dabei kam die Episode mit dem *Indianer* besonders intensiv zur Sprache. *Guy* kam nun endlich aus seiner Deckung heraus und erzählte, dass sein Vater in sehr jungen Jahren die *Black Water First Nation*, also den Stamm der Key'as verlassen hatte, um seine französische

Mutter *Georgette Bonneau* zu heiraten. Die Beziehungen zu seiner grossen Familie im *Black Water Village* blieben aber immer bestehen. Heute war *Guy* die Aussenstelle des Clans und dessen Rechtsberater. Er hatte seine Wurzeln nie verleugnet oder gar vergessen.

Wir alle lobten *Sue* für das köstliche Essen. Bescheiden und etwas nervös meinte sie:

»Ich habe diese Mahlzeit nicht alleine zubereitet. *Herb Parker* vom *Seven Stars Inn* hat mich unterstützt. Er wird ab nächstem Monat bei mir im *Old Castle Inn* die Küche übernehmen.«

Was sie jedoch nicht erwähnte, und was ich schliesslich als Letzter erfuhr, war die Tatsache, dass sich zwischen *Sue* und *Herb* eine Liebesbeziehung anbahnte.

Am nächsten Morgen fuhr ich zurück nach *Black Water Village*. Die ganze Fahrt über regnete es in Strömen, weshalb eine defensive Fahrweise angezeigt war. Die Strassen waren recht glitschig, da viel Erde auf die Fahrbahn gespült wurde. Spurrinnen und Schlaglöcher verlangten meine vollste Konzentration. So benötigte ich beinahe die doppelte Fahrzeit. Der Verkehr hatte aber sichtlich nachgelassen.

Nirgendwo in der Schule sah ich Licht. Meine freudige Erwartung *Shy* zu sehen, wurde deshalb arg enttäuscht. Da ich keine private Adresse von ihr hatte, fuhr ich zu meinem Hotel. Dort erhielt ich zuerst mal ein kräftiges verspätetes Frühstück mit einer Tasse Kaffee.

Überrascht konnte ich feststellen, dass in diesem kleinen Hotel mein Handy funktionierte, also begann ich, meine Mails zu checken. Den grössten Teil konnte ich löschen; Werbung und tonnenweise Spam blockierten mein Postfach. Mein Treuhänder in der Schweiz, *Hugo Steinegger* wollte, dass ich ihn zurückrief. Er musste eine Steuererklärung abgeben, hatte jedoch von mir keine Vollmacht erhalten. Ich nahm mir vor dies umgehend zu erledigen, sobald ich das nächste Mal in *Stockton* weilte.

In Gedanken versunken hörte ich das Öffnen der Eingangstür nicht. Erst als ich das dezente Eau de Toilette von *Shy* roch sprang ich freudig auf und begrüsste sie herzlich. Vielleicht fiel diese Begrüssung etwas zu überschwänglich aus, denn ich sah eine leicht gefurchte Stirn bei *Shy*. Ich entschuldigte mich umgehend mit einer versöhnlichen Geste und sie quittierte dies mit ihrem charmanten Lächeln. Ich lud sie zu einem Obstsaft ein und erzählte ihr die letzten Neuigkeiten aus *Stockton*. Als aufmerksame Zuhörerin unterbrach sie mich nicht. Ich realisierte erst später, dass ich selbst zum Bestandteil des Buschtelefons geworden war.

Wir fuhren anschliessend zur Schule. Dort bat ich sie, mich im Schulzimmer mit verdeckten Augen zu erwarten. Voll beladen mit vielen Kartons taumelte ich in den Raum und stellte alles auf den Boden. Dies wiederholte ich noch zweimal. Leicht ausser Atem sagte ich:

»Du kannst jetzt deine Augen öffnen.«

»Sind die alle für mich?«

»Ja und nein«, erwiderte ich, »aber öffnen darfst du sie alle.«

Der Inhalt entlockte *Shy* Freudenschreie. Sie konnte es nicht glauben, dass Weihnachten schon vorgezogen wurde. Ihre Schüler erhielten Zeichen- und Schreibmaterial für ein ganzes Schuljahr. Sie nahm mich in den Arm, drückte ihre Wange an meine und sagte nur: »Danke, danke, danke.«

Ich half ihr beim Verstauen in den Kästen. Am Schluss blieben nur noch zwei grosse dünne Pakete übrig. Als sie deren Inhalt erkannte, traten Tränen der Freude in ihre Augen – ich hatte ihr zwei neue Schreibtafeln auf Aluminiumfüssen geschenkt. Sie ergriff immer wieder meine Hand und führte Freudentänze auf.

Wir verabredeten uns zum Abendessen bei *Eliza*. Schliesslich hatte ich noch ein kleines Geschenk für sie privat.

Im Hotel kamen mir erste Zweifel an meinen Aktivitäten. Unbestritten war ich über beide Ohren in *Shy* verliebt, doch die Realität sah wesentlich ernüchternder aus: Ich sah nur die traumhafte verzaubernde *Shy*, ihre warmherzige Erscheinung – ihr Umfeld konnte ich nicht mal annähernd abschätzen. Was wollte ich in den Weiten Kanadas, fernab von jeder Zivilisation? Endete mein Weg in diesem kleinen Dorf? Eins war sonnenklar: *Shy* würde ihre Familie nie verlassen.

Ich schob diese Gedanken beiseite, denn ich liebte *Shy* ohne Wenn und Aber.

Pünktlich um sieben Uhr erschien sie. Diesmal hatte sie ein indianisches Kostüm an. Sie trug ein reich verziertes Lederhemd und eine eng anliegende Hose, ebenfalls aus sehr weichem Leder. Sie erklärte mir, dass ihre Gemeinschaft noch einen Gerber besass, der auch fähig war das schöne Leder des Wapiti-Hirsches zu bearbeiten. Keine industrielle Produktion, sondern nur echte Handarbeit könnte dieses Wunder vollbringen.

Sie sah hinreissend aus. Geschmeidig setzte sie sich an den Tisch und begann ohne grosse Vorrede: »*Mark*, weshalb machst du der Schule und mir so grosse Geschenke?«

Ich erwiderte, dass zwischen Nachbarn ein gutes Verhältnis herrschen sollte.

Das liess sie nicht gelten und drang weiter in mich.

»Wir möchten dir einen Teil der Kosten zurückerstatten.«

Da ich wusste, dass die Gemeindefinanzen äusserst knapp waren, wies ich ihr Anliegen energisch zurück:

»Geschenke kommen von Herzen.«

Etwas burschikos ergänzte ich leise: »Und mein Herz gehört dir.«

Sie schaute mich mit grossen Augen an, sagte aber kein Wort.

Nun fügte ich noch hinzu: »*Shy*, alles was ich dir gebracht habe, ist für die Schule, für die vielen Schulkinder, die eure Zukunft darstellen.«

Verstohlen schob ich den kleinen Lederbeutel über den Tisch.

»Ich möchte dir auch etwas Persönliches geben. Nimm es bitte an.«

Da ich ihr Zögern erkannte, ergänzte ich noch:

»Es ist eine Kleinigkeit. Sie verpflichtet dich zu nichts.«

Der Ring passte ausgezeichnet an ihren kleinen Finger. Sie erkannte auch sofort das Symbol des Raben, der bei ihrem Volke immer eine besondere Bedeutung gehabt hatte. Tränen traten in ihre Augen, aber es fiel kein Wort.

Das Essen verlief eher schweigsam. Wir schauten uns einfach an. Ich hatte Angst, *Shy* überrumpelt zu haben. Dies war nie meine Absicht gewesen. Ich wollte ihr einfach meine Gefühle zeigen.

Ich nahm allen Mut zusammen und machte ein Geständnis:

»Männer sind bekanntlich feige, wenn sie über ihre Gefühle sprechen sollten«, hörte ich mich schwerfällig sagen.

»*Shy*, du musst nicht antworten, aber du musst wissen, dass ich, seit ich dich das erste Mal gesehen habe, komplett aus dem Häuschen bin, unfähig klar zu denken und nur noch einen Gedanken in meinem Kopf habe: dich!«

Ich hatte Angst, dass sie jetzt gleich aufstehen und das Lokal verlassen würde. Aber sie schaute mich nur verträumt an.

»*Mark* wir kommen aus zwei komplett unterschiedlichen Welten. Ich habe Angst, dass einer von uns zu viel aufgeben muss und seine Identität verlieren könnte. Am Ende bliebe von unseren Gefühlen nur ein Scherbenhaufen übrig. Gib uns noch ein wenig Zeit, um zu prüfen, ob diese Gefühle auch echt sind und hier bestehen können … Ich fühle wie du.«

Ich wollte *Shy* alle Zeit dieser Welt geben, gleichzeitig sehnte ich mich nach ihr. Am liebsten wollte ich sie in meine Arme schliessen, doch damit hätte ich vermutlich mehr zerstört als gewonnen. Also liess ich es bleiben und fügte mich schweren Herzens der Vernunft.

Ich musste mich entscheiden, ob ich den Winter in Kanada verbringen wollte. Hatte ich überhaupt eine Alternative? *Eliza* versprach, mir einen Elektroofen ins Zimmer zu stellen, sodass ich es immer schön warm hätte, also beschloss ich, in ihrem kleinen gemütlichen Hotel zu bleiben, und bat *Shy*, mit mir in den nächsten Tagen in *Stockton* Wintereinkäufe zu tätigen. Sie wusste genau, was man hier in der Wildnis alles brauchte.
Wir unternahmen zum ersten Mal einen gemeinsamen Ausflug in die verschiedenen Shoppingcenter von *Stockton*. Der Besuch im *Old Castle Inn* war für mich deshalb Ehrensache. *Guy* liess uns mitteilen, dass bei so hohem Besuch auch er und *Selinda* anwesend sein wollten.
Die Winterausrüstung war komplett. Von der warmen Jacke, der Thermounterwäsche, mehreren Paar Handschuhen bis zu den Schneeschuhen: Alles war rutschsicher im Pick-up verstaut. Hier wollte ich noch eine bessere Lösung und so beschloss ich, bevor wir *Stockton* verliessen, einen winterfesten Pick-up zu kaufen. Meinen Mietwagen beabsichtigte ich zurückzugeben.
Zuerst hatten wir aber viel Spass im *Old Castle Inn*. Unsere Freunde warteten gespannt auf den üblichen Bericht. Ohne uns abgesprochen zu haben, verhielten wir uns sehr zurückhaltend. *Shy* erzählte vom bevorstehenden Schulbeginn und dass ich vorhatte, den Winter in *Elizas* Hotel zu verbringen. Die Anwesenden wollten mehr Informationen und waren schlussendlich enttäuscht von der spärlichen Ausbeute ihrer Nachfragerei. Dafür überraschte uns *Sue*: Sie kündigte bei der Nachspeise ihre Verlobung mit *Herb* an. Wir alle waren begeistert von dieser freudigen Nachricht.

Mit ihrer natürlichen Zurückhaltung dankte *Shy* unseren Freunden für die schönen Stunden. Dann küsste sie mich das erste Mal in der Öffentlichkeit und bedankte sich für meine Einladung. Ich sah *Guy* schmunzeln. Dieser warmherzige, durchtriebene Bursche erhielt durch den Kuss von *Shy* mehr Informationen, als er erwartet hatte.

Ohne Niederlassungsbewilligung konnte ich kein eigenes Auto erwerben. Deshalb schlug *Guy* vor, dass *Shy* den wintertauglichen Occasions-Pick-up erwarb, den ich mir ausgesucht hatte, und an mich vermietete. Als stolzer indirekter Eigentümer eines Autos schlug ich ihr dann eine kleine Spritztour vor. *Shy* zeigte grosses Interesse an diesem Fahrzeug, weshalb ich sie spasseshalber zu meiner privaten Chauffeuse beförderte.

Das Umladen der Einkäufe in den bordeauxroten Wagen, er war übrigens vom selben Hersteller wie mein Mietauto, nahm einige Zeit in Anspruch. Ein Spaten, ein Paar Schneeketten und ein Kabel für die Stand- und Ölheizung gehörten zur Standardausrüstung. *Shy* erledigte ihrerseits noch diverse Einkäufe, sodass wir uns erst spät am Nachmittag auf den Rückweg machten. Ich hatte das Gefühl, dass sie den Zeitpunkt des Abschiednehmens bewusst so lange wie möglich hinauszögerte.

Gegen neun Uhr abends erreichten wir das Dorf. *Shy* drückte sich lange an mich, löste sich aus meiner Umarmung und entschwand dann meinem Blick.

Am nächsten Morgen liess mich der Chief rufen. *Jeremy* hatte offensichtlich ein dringendes Anliegen. Er erkundigte sich ganz direkt nach meinen Plänen mit dem neu erworbenen Grundstück.

»Ganz offen und ehrlich«, gestand ich ihm, »ich habe keine Ahnung, was ich damit anfangen soll. Zuerst will ich einfach die herrliche Natur geniessen.«

Er überlegte lange und machte mir dann ein Angebot. Seine Offerte beinhaltete den Kauf eines Teils der Parzelle. Ich lehnte umgehend und endgültig ab. Erstens wusste ich, dass die Gemeinde kein Geld besass und zweitens war ich nicht bereit mein einmaliges Grundstück zu zerstückeln.

Der für *Jeremy* wichtige Teil gehörte zu einem Ganzen. Obschon er ein gewisses Verständnis für meine Entscheidung aufbrachte, sah ich ihm seine Enttäuschung an. Er wäre sogar bereit gewesen sich über beide Ohren zu verschulden, nur um den geheiligten Boden zurückzukaufen. Ich nahm mir deshalb vor, diese Problematik bei Gelegenheit mit *Guy* zu besprechen.

Die Traurigkeit von *Jeremy* wurde vertrieben, als *Shy* zu uns stiess. Als wäre es das Natürlichste auf Erden begrüsste sie zuerst ihren Vater, dann schloss sie mich in die Arme. Es fielen keine Worte, die Geste zeigte deutlich, was bereits seit einiger Zeit im Dorf gemunkelt wurde: *Shy und der Fremde aus einem kleinen Land sind ein Paar.*

ooOOoo

Die Macht der Magie

Die Sehnsüchte der Menschen sind Pfeile aus Licht. Sie können Träume erkunden, das Land der Seele besuchen, Krankheit heilen, Angst verscheuchen und Sonnen erschaffen.

Indianische Weisheit

In den vergangenen Wochen fand ich genügend Zeit, mein Grundstück im wahrsten Sinne des Wortes zu erforschen. Kreuz und quer marschierte ich durch das Areal bis zu den imaginären Grenzen. Aus Respekt liess ich den heiligen Bezirk bei meiner Begehung aus. Sukzessive rodete ich einen kleinen Fussweg am Seeufer entlang. Den eigentlichen Ausbau wollte ich später den Profis überlassen.

Ich machte mir detaillierte Aufzeichnungen über Fauna und Flora. So kannte ich die verschiedenen Baumregionen, wusste wo sich die Bärenhöhlen befanden und entdeckte schlussendlich auch die verfallene Hütte am Südrand des Sees, auf einer kleinen Halbinsel gelegen. Diese Hütte war einstmals massiv gebaut worden, doch hatten das raue Klima und die fehlende Pflege ihre Spuren hinterlassen. Dieser Ort würde sich gut als Schutz- und Wochenendhaus eignen. Ich notierte mir auch alle grösseren und vor allem frischen Tierspuren. Langsam gewann ich so ein Gesamtbild über die *Black-Water-Lake-Region*. Ich war mächtig stolz auf die Vielfältigkeit der Natur auf meinem Grundstück. Diese wollte ich um jeden Preis erhalten.

Während der Zeit, die ich alleine auf meinem Grundstück verbrachte und es systematisch erforschte, verfolgte mich nachts mein Traum in regelmässigen Abständen. Immer wieder baten mich der junge Häuptling und seine Krieger um Schutz vor der gnadenlosen Verfolgung durch die weissen Abenteurer. Sie flehten um Hilfe für ihre Familien. Ich erwachte jedes Mal schweissgebadet und suchte verzweifelt nach einer Erklärung. Langsam nahm dieser Traum bedrohliche Züge an und dominierte meine Traumwelt Nacht für Nacht.

Ich suchte Rat bei *Shy* und erzählte ihr von dieser nächtlichen Heimsuchung. Aufmerksam hörte sie mir zu. In ihrem Gesicht erkannte ich Sorgenfalten, als sie mir mitteilte:

»Ich glaube, dass mein Volk durch den *Schwarzen Elch* zu dir spricht.«

In der Schweiz hätte ich eine solche Traumdeutung als Scharlatanerie oder Ulk abgetan. Hier nahm ich die Worte von *Shy* jedoch sehr ernst, vor allem ihre Schlussbemerkung stimmte mich nachdenklich:

»Wusstest du, dass der indianische Name meines Vaters, *Hehaka Sapa*, Schwarzer Elch bedeutet?«

Die Worte von *Shy* beschäftigten mich immer wieder. Wenn also der Stamm der Key'as etwas von mir erwartete, so mussten die Überlebenden mich kontaktieren. Wer war besser geeignet als der Chief? Er musste mir ihr Anliegen übermitteln. Hatte *Jeremy* deshalb versucht, den heiligen Ort zurückzukaufen? War also die Lösung meines Albtraumes ein erneuter Verkauf?

Ich wusste nicht mehr weiter. *Shys* Erklärungsversuch hatte mich noch mehr verunsichert. Ernsthaft begann ich daran zu zweifeln, dass der Kauf des *Black Water Lake* eine gute Idee gewesen war. Mein Traum deckte sich offensichtlich nicht mit den Träumen meiner Nachbarn.

Ich grübelte nach einem Ausweg aus dieser Misere, nach einer Möglichkeit, die beiden Träume auf einen gemeinsamen Nenner zu bringen. Trotz machte sich bei mir bemerkbar. Kampflos wollte ich dieses einmalige Stück Natur nicht aufgeben, und zwar ungeachtet dessen, dass die *Nachfahren der Key'as nach einer Rückeroberung strebten*. Ich war bereit, für mein Paradies zu kämpfen.

Eine Schenkung an die Dorfgemeinschaft verwarf ich kategorisch, sie erschien mir als keine zweckmässige Lösung des Problems. Solche Grundstücke konnten jederzeit wieder durch einen Ratsbeschluss verkauft oder verpfändet werden, wenn die ökonomische Situation des Dorfes dies erforderte. Die Nachfahren der Key'as müssten ihr Land auf eine Weise erhalten, dass es ihnen nie wieder entrissen werden konnte. Die Reservatsgrenzen waren zudem fixiert und durften weder erweitert noch verkleinert werden. Hier begann sich das Rad des Teufels zu drehen. Meine Gedanken rotierten ohne brauchbares Ergebnis. Immer wieder befand ich mich am Anfang meiner Überlegungen.

Ich suchte Ablenkung und verlagerte mein Interesse auf das Studium der Tagespresse. Bei einer Tasse dampfenden Kaffees erfuhr ich, was die Öffentlichkeit beschäftigte. Ich war so vertieft in die Schlagzeilen, dass ich den älteren Mann erst erkannte, als er vor mir stand. Vermutlich war dieser Besuch eher unüblich, sah ich doch den erstaunten Ausdruck im Gesicht von *Eliza*. Er stellte sich als *John Pope* vor. Ich wusste von *Shy*, dass *John* der Medizinmann, der Schamane des Dorfes war. Meine Einladung zu einem Kaffee schlug er aus und bat mich, nein, er forderte mich auf, ihn umgehend zu begleiten. Er gab keine Erklärung ab, doch sein Verhalten duldete keinen Widerspruch.

Also marschierten wir gemeinsam die *Reservation Road* hinunter bis zum Highway. Dann bogen wir in das kleine Strässchen ein, das zum *Black Water Lake* führte. Eigentlich wäre ich hier auf meinem eigenen Grund und Boden der Führer gewesen, doch *John* dirigierte mich energisch Richtung Dickicht.

Erst jetzt erkannte ich den schmalen Fusspfad, der über den *Black Water Creek* zum *heiligen Bezirk* führte.

An der Grenze meines geplanten zukünftigen Landsitzes zu diesem speziellen Ort der Key'as, befahl mir *John*, kurz zu warten. Wenig später war er verschwunden.

Urplötzlich erschien er am Rande des Dickichts und winkte mich energisch zu sich. Irgendetwas stimmte nicht mehr mit seinen Augen. Sie schimmerten hellblau und glasig. Sein Blick war auf ein fernes unsichtbares Ziel gerichtet. Es schien mir, als befände er sich in einer Art Trancezustand; er sprach kein Wort, machte kehrt und marschierte mit mir in den undurchdringlich erscheinenden Wald hinein.

Ich hatte mich stets an die Regeln gehalten und diesen Teil meines Grundstücks nie betreten. Es war kein eigentlicher Weg, den wir nun beschritten. Links und rechts konnte ich viele kleine Hügel erkennen. Langsam dämmerte es mir: Das mussten Grabhügel sein. Aufgrund der grossen Anzahl dieser Erdgräber vermutete ich, dass hier Generationen von Key'as begraben lagen. Es roch nach Moder und Verwesung. Das Sonnenlicht hatte Mühe durch die dichten Wipfel der Bäume zu dringen. Die Luft war stickig und feucht. Es herrschte absolute Stille.

John begann mit einem seltsamen Singsang in einer Sprache, die ich nicht verstand. Zu den seltsamen Lauten begann er mit einem rhythmischen Hin und Her seines Oberkörpers. Dann blieb er stehen.

Ich erkannte, dass wir uns auf einer kreisrunden Lichtung befanden. Dieser Platz war von Menschenhand gerodet worden und erschien mir auch sonst sehr gepflegt. Ich nahm an, dass es sich hier um das Heiligtum, den innersten Zirkel des Grabbereiches handelte.

John drehte sich zu mir um, beide Hände noch oben gestreckt. Er war eine irrationale Erscheinung, als in diesem Augenblick die Sonne durchs Blätterdach drang, die Lichtung in gleissendes Licht tauchte und *John* umhüllte. Er begann laut und deutlich zu sprechen. Ich erblasste vor Schrecken. Diese Stimme gehörte mit absoluter Sicherheit nicht zu ihm. Sie war hell und klar – jugendlich klar. War der Inhalt der Botschaft anfänglich unverständlich, in einer fremden singenden Form gehalten, so wechselte sie bald in meine Sprache. Die Stimme, der *John* Gestalt verlieh, sagte schliesslich:

»Ich bin Key'aseke der Vater meines Stammes. Wir leben hier seit sehr, sehr langer Zeit. Höre die Bitten meiner Brüder und Schwestern. Gib ihnen ihre Heimat zurück. Sie haben es verdient, hier in Frieden zu ruhen. Wir alle werden hier einmal vereint sein.«

Dann erlosch das helle Licht – die Sonne war weitergezogen.

Die Botschaft liess mich erschauern. Sprach hier der Geist der vergangenen Generationen durch *John* zu mir? An einen billigen Zaubertrick konnte und wollte ich nicht glauben. Aber eine vernünftige Erklärung für diesen Vorgang fand ich auch nicht. *John* lag zusammengekrümmt am Boden und atmete stossweise. Ich machte mir Sorgen um ihn, war er doch nicht mehr der Jüngste. Offensichtlich hatte der Trancezustand all seine Kräfte verbraucht.

Seine Atmung normalisierte sich nur langsam. Ich versuchte, ihn auf die Beine zu bringen. Nach einigen unsicheren Gehversuchen fing er sich wieder und schaute mich an, als hätten wir uns eben erst getroffen. Er verlor kein Wort, hielt mich an beiden Armen fest und fixierte mich. Anschliessend verliessen wir gemeinsam diesen mystischen Ort.

Ich spürte einen Wandel in mir. Anfänglich hatte mich dieser Wald in Angst und Schrecken versetzt. Jetzt empfand ich Respekt und Ehrfurcht, aber jegliche *Furcht* war verschwunden.

Im Dorf verliess mich *John* ohne ein Wort des Abschieds. Das Geschehene schien für ihn nicht mehr zu existieren. Ich begann zu zweifeln, ob er sich überhaupt an etwas erinnern konnte und wollte mit *Shy* diesen Vorfall besprechen. Leider fand ich sie nicht in der Schule.

Aufgewühlt war vermutlich das richtige Wort für meinen Zustand. Offensichtlich waren hier Mächte im Spiel, denen ich nichts entgegenzusetzen hatte. Ich empfand jedoch keinen Groll. Aufgeben, wie ich es anfänglich wollte, kam jetzt nicht mehr infrage. Ich wollte kämpfen, und zwar kämpfen für eine tragfähige Lösung. Diese musste aber beiden Seiten gerecht werden.

Eliza packte mir ein paar Sandwiches und einen Becher ein. »Im See hast du das beste Trinkwasser«, meinte sie im Brustton der Überzeugung.

Erneut begab ich mich runter ans Seeufer. An meiner Feuerstelle entzündete ich das bereitliegende Holz und hoffte auf eine Inspiration.

Der göttliche Funken liess leider auf sich warten.

Ich begann die Alternativen aufzulisten und dieses Mal war ich wach und in keinem Traumzustand. Ich prüfte alle möglichen Lösungen, die ich aber postwendend verwarf. Also begann ich die Situation pragmatisch zu beurteilen: Laut herrschender Rechtsordnung, dem Eigentumsregister und dem Kaufvertrag war ich der offizielle Eigentümer des Grundstücks. Ebenso offensichtlich war die Tatsache, dass ich eine Parzelle erworben hatte, die nie hätte zum Verkauf stehen dürfen. Das *Black-Water-Areal* gehörte seit je her den Key'as, die Weissen hatten es ihnen vor vielen Jahren gewaltsam entrissen. Ich war wütend über meine Naivität beim Grundstückserwerb. Die Naturschönheit hatte mich geblendet. Jedes Gericht hätte mir mein Eigentum zwar bestätigt und es auch geschützt, aber wie konnte ich mich auf den Schutz und die Durchsetzung der Rechte des weissen Mannes berufen, wenn dieser selbige im Grunde nie besass? Erschwerend kam in meinem Gedankenspiel hinzu, dass ein heiliges Gebiet, der immer noch lebenden Gemeinschaft der Key'as, überhaupt nie vermarktet werden durfte. Alleine konnte aber die *Black Water First Nation* diesen Teil ihrer Heimat nicht mehr zurückgewinnen.

In meinem immer wiederkehrenden Traum hatten mich die Key'as um Hilfe gebeten, aber die Art der Hilfe blieb mir überlassen. Ebenso liess die Erscheinung von heute Morgen keine Zweifel aufkommen, dass ich der Gemeinschaft etwas schuldete. Diese Aussage, dieses Anliegen war schon wesentlich konkreter.

Objektiv betrachtet schuldete ich zwar niemanden etwas und war deshalb zu nichts verpflichtet. Ich hatte eine Immobilie erworben, also eine Risikoinvestition. Spätestens zu diesem Zeitpunkt hätte jeder vernünftig Denkende einen Schlussstrich gezogen: Weg mit dem Grundstück, raus um jeden Preis. Sollte sich der nächste Eigentümer die Finger verbrennen, so wie ich auf dem Wege war mir meine zu verbrennen. Was gingen mich die Streitereien der Vergangenheit überhaupt an? Ich war Gast in diesem Land und wollte auch als solcher behandelt werden. Es war nicht meine Angelegenheit, die Probleme der Ethnien zu lösen. Weshalb auch? Spätestens in ein paar Wochen würde ich weiterziehen.

Ein zerberstender Ast im Feuer – es knallte wie ein Gewehrschuss – setzte meinen unsinnigen Gedankengängen ein Ende. Ich liebte *Shy* und wusste genau, dass diese Liebe nur Bestand hätte, wenn ich in die Gemeinschaft integriert würde. Und gerade für diese Eingliederung, für diese einmalige Liebe musste ich mich würdig erweisen. Ich hatte keine Verpflichtungen, sondern ich musste aus innerstem Antrieb bereit sein zu helfen. Diese Verhaltensregel war bei den Key'as immer eine Sache der Ehre gewesen. Ich musste also zuerst ein gesundes Fundament für ein Leben mit *Shy* aufbauen. Alle erwarteten von mir ein Zeichen ... ein Zeichen des Grossmuts, des Respekts vor ihrer Vergangenheit.

In meiner Vergangenheit war ich eher ein Egoist gewesen. Hilfe gewährte ich nur meinem unmittelbaren Umfeld, da konnte ich grosszügig sein. Die Probleme anderer Völker und Ethnien hingegen waren nicht meine Probleme. Quasi als Entschuldigung sagte ich mir, dass es genügend staatliche Institutionen gab, die sich darum kümmern konnten, also hatte ich indirekt mit meinen Steuerzahlungen schon immer Hilfe geleistet. Dies war eine einfache Philosophie für die vielen weltweit ungelösten Probleme. Etwas erkannte ich allerdings richtig: Wenn jeder die Hilfe allen angedeihen lassen würde, wäre kein positives Resultat mehr sichtbar. Solche Hilfeleistungen würden verpuffen wie ein Wassertropfen auf einem heissen Stein. Ein grosser Wurf, also die Konzentration aller Mittel war gefragt.

Ich besann mich auf meine frühere Tätigkeit in meinem früheren Leben zurück. Als Vermögensverwalter hatte ich öfters rechtliche Konstruktionen erarbeitet, die eine *ewige* Vermögenssicherung verschiedener Grossfamilien oder wohltätiger Institutionen ermöglichten. Niemand hatte einen persönlichen Anspruch und das Vermögen gehörte allen Begünstigten. Jede Rechtsordnung hatte Formen geschaffen, die eine langfristige Erhaltung eines Zustandes garantierten. Auch wenn nichts für die Ewigkeit war, so musste die Langfristigkeit, Nachhaltigkeit und die Unantastbarkeit einer solchen Lösung garantiert sein.

Ich beschloss, *Guy* in meinen Gedankenprozess einzubinden und verabredete mich mit ihm für den kommenden Nachmittag in seinem Büro. Bewusst suchte ich die Distanz zum *Black Water Village*. Ich wollte völlig unbeeinflusst von *Shy* und meinen Freunden im Dorf eine würdige Lösung für alle finden.

ooOOoo

143

Die Kraft des Gebens

Es gibt mehr als eine Strasse, die zum Leben führt.

Indianische Weisheit

Die Sitzung mit *Guy* verlief sehr angenehm, er hatte sich den gesamten Nachmittag freigehalten. Zuerst erzählte ich ihm von meinem Traum und dem Erlebnis mit *John*. Ich erklärte ihm das Dilemma, in dem ich mich befand. Einerseits wurde ich im Traum aufgefordert zu helfen, andererseits wollte ich meinen eigenen Traum vom Paradies nicht aufgeben.

Er fragte mich sehr pragmatisch:

»Ist denn dein Traum mit dem Traum der Key'as nicht kompatibel? Wollen wir nicht das gleiche Ziel erreichen? Ein Leben in Freiheit und Sicherheit. Die Bewahrung und Verteidigung unserer Heimat ist das oberste Gebot. Haben deine Vorfahren nicht alles geopfert, um dieses Ziel zu erreichen?«

Dieser *Guy* brachte mich an den Rand der Verzweiflung, aber seine Argumente waren logisch und überzeugend. Also begannen wir einen ausgeklügelten Plan zu erarbeiten. Ich war bereit, den Nachfahren der Key'as das *Black-Water-Areal* unter gewissen Bedingungen zurückzugeben.

Ich beanspruchte den nordöstlichen Teil der Parzelle, zwischen der Haupteinfahrt und dem *Black Water Creek,* zur alleinigen unentgeltlichen Nutzung für mich und meine Nachkommen. Weiter müsste einer noch zu gründenden Aktiengesellschaft ein zeitlich nicht limitiertes Baurecht für eine Ferienanlage erteilt werden. Last, but not least wollte ich mit einer besonderen Lösung der Perspektivlosigkeit der jungen Leute entgegentreten. Deshalb forderte ich, dass eine Anzahl von Jugendlichen zwei Jahre exklusiv für mich arbeiten müsste. Sie würden eine entsprechende Ausbildung in Handwerksbetrieben in *Stockton* erhalten. Die Auswahl der Personen würde ich der Gemeinschaft überlassen.

Guy versprach diese drei Grundpfeiler in verständlicher Form *Jeremy* und anschliessend dem Dorfrat darzulegen. Gleichzeitig bat er mich, den zukunftsgerichteten Teil, die berufliche Ausbildung von jungen Leuten, bei der kommenden Versammlung persönlich vorzutragen. *Guy* versprach mir, mich in allen Belangen voll zu unterstützen.

Nun kamen wir zur Konkretisierung der Grundstücksrückgabe. Ich schlug *Guy* vor, eine Stiftung zu gründen und das Grundstück als einzige Aktiva einzubringen. Er war begeistert von meiner Idee und erklärte sich sofort bereit, die Statuten vorzubereiten und alle rechtlichen Aspekte, vor allem Steueraspekte detailliert abzuklären.

So wurde im tiefen kanadischen Winter Ende November die Idee der *Black Water Indian Foundation* geboren. Diese Stiftung würde die neue Eigentümerin der *Black-Water-Lake-Parzelle* werden, sofern alle meine Bedingungen erfüllt würden. Die Gründung sollte im Anschluss an die geplante Gemeindeversammlung erfolgen. Als Stiftungsräte waren *Guy*, *Shy*, *Ayana* und ich vorgesehen. Dank dieses rechtlichen Gebildes war ein Verkauf, die Beleihung oder Verpfändung des Grundstückes nie mehr möglich, und zwar solange der Stiftungszweck erfüllt werden konnte. Und diesen Stiftungszweck wollten wir sehr weit fassen. Solange es einen Nachkommen der Key'as gab, waren sämtliche Aktiva der Stiftung unantastbar.

Guy meinte zum Schluss unserer Arbeitssitzung:

»Du willst alles weggeben – weshalb, mein Freund?«

Ich wusste keine Antwort darauf.

»Mein Volk erhält nach einhundertfünfzig Jahren seinen heiligen Ort und einen Teil der gestohlenen Gebiete zurück. Ich und meine Familien werden dir ewig dankbar sein.«

Grosse Ereignisse werfen meistens Schatten voraus. Eigentlich hatten wir Stillschweigen vereinbart, dennoch sickerten einzelne unzusammenhängende Teile unseres Planes durch und verbreiteten sich im Dorf wie ein Lauffeuer. Spekulationen und Gerüchte hatten Hochkonjunktur. Um dieser Entwicklung Einhalt zu gebieten, setzte der Chief den Termin für die Gemeindeversammlung auf das nächste Wochenende fest. Eine kleine Feier sollte im Anschluss stattfinden.

ooOOoo

Farbe der Zukunft

Alle Dinge beginnen mit einer Vision. Sie haben ihren Ur-
sprung in einer Vision, sie müssen dann nur noch umgesetzt
werden.

Indianische Weisheit

Im Hotel behandelte mich *Eliza* wie eine besonders schüt-
zenswerte Spezies. Sie offerierte mir ein Glas Wein, brachte
unaufgefordert ein Stück Apfeltorte und setzte sich in würdi-
ger Distanz zu mir an den Tisch. Sie, die schweigsame Dame,
suchte ein Gespräch mit mir. Offensichtlich waren viele Hürden gefallen und sie gestattete mir die private *Eliza* kennenzulernen. Draussen war es trübe, der Raum drinnen jedoch war
voll besetzt. Die Stimmung war ausgelassen, die Atmosphäre
knisterte vor Spannung.
Ich wusste, dass der Chief und der Rat zusammen mit *Guy* in
mehreren Marathonsitzungen alle Detailfragen besprochen und
festgelegt hatten. Meine Spezialanliegen fanden uneinge-
schränkte Zustimmung, der Rat war davon geradezu begeistert.

Am Abend war das Versammlungshaus schon eine halbe
Stunde vor Beginn randvoll. Über die Hälfte der Teilnehmer
fand keinen Sitzplatz. Die Regeln waren einfach: Alte und
Gebrechliche erhielten einen Platz auf den Sitzbänken, alle
anderen mussten stehen. Ich vermutete, dass jeder gesunde
Einwohner anwesend war.

Jeremy Frazer war heute Abend nur *Hehaka Sapa*, der *Schwarze Elch*, der Häuptling, das Oberhaupt der Familien. Er war auch entsprechend gekleidet. Jeans und Karohemd fehlten, dafür präsentierte er sich in einer hellbraunen Lederkleidung. Ich suchte *Shy* unter den anwesenden Ratsmitgliedern vergebens. Enttäuscht folgte ich den Reden, die heute alle auf Englisch gehalten wurden. Ein offizieller Vertreter der Distriktregierung war ebenfalls anwesend.

Jeremy begann: »In unserer geheiligten Erde liegen alle unsere Vorfahren begraben. Wir sind stolz auf unsere Geschichte und werden ihre Gräber immer schützen. Kein Landspekulant kann uns jemals wieder vertreiben, weil unsere Gemeinschaft dank *Mark Vollmer* das *Black-Water-Lake*-Grundstück zurückbekommt.«

Im Raum herrschte absolute Stille. Offensichtlich hatten die Einwohner etwas gehört, das noch nicht mit dem Verstand erfasst werden konnte. Die Stimme vom Chief brachte sie wieder auf die Erde zurück:

»Wir werden jeden Eindringling wie einen Einbrecher behandeln und verjagen. Nur *Mark* darf ein Haus am See bauen und wir planen gegenwärtig eine ökonomische Nutzung der Fläche östlich des Sees. Ein erstes Vorprojekt für einen kleinen naturbezogenen Hotelkomplex wurde erstellt. Beschlüsse werden später gefasst.«

Shy hatte offensichtlich ihrer Fantasie freien Lauf gelassen und schöne Bilder einer möglichen Ausbauvariante gezeichnet. Sie hingen überall an den Wänden verteilt.

»Die Abtretung des Areals ist noch an eine weitere Bedingung geknüpft, die euch *Mark* selbst erklären wird.«

Jeremy bat mich nun ans Rednerpult vorzutreten. Ich wollte mich kurzfassen, da vieles schon gesagt worden war:

»Meine Freunde, ich werde euch dieses Grundstück überlassen, wenn alle drei Auflagen erfüllt werden. Zwei davon habt ihr gehört. Die dritte Bedingung wird euch alle betreffen. Während zweier Jahre werden acht junge Männer und vier junge Frauen zu meiner persönlichen Verfügung stehen.«

Es war totenstill im Saal. Ich hatte das womöglich auf Englisch etwas unglücklich formuliert. Bevor ich fortfahren konnte, hörte ich einen Aufschrei und *Shy* trat mit hochrotem Kopf hinter einem Ratsmitglied hervor.

Sie fixierte mich und schrie: »Wie kannst du es wagen! Das ist Menschenhandel, wenn nicht noch schlimmer. Ich schäme mich für dich.«

Sie drehte sich um und verliess fluchtartig den Raum. Es herrschte Totenstille. Aus den Augenwinkeln sah ich das breite Grinsen von *Jeremy* und *Guy*.

Um keine Zweifel an der Seriosität meines Anliegens aufkommen zu lassen erläuterten zuerst *Guy* und dann *Jeremy* an meiner Stelle den Plan zur Reduktion der Arbeitslosigkeit im Dorf:

»Wir beabsichtigen ein nachhaltiges Resort zu bauen. Soweit sind euch die Fakten bekannt. Zu diesem Zwecke werden wir die zwölf jungen Leute zwei Jahre lang zur Mitarbeit verpflichten. *Mark* zahlt ihnen ein kleines Monatsgehalt und übernimmt Ausbildungs- und Reisekosten. Im ersten Jahr müssen sie eine Ausbildung bei jenen Handwerksbetrieben in *Stockton* absolvieren, die unser Bauvorhaben später realisieren dürfen. Ab dem zweiten Jahr wären sie als Handwerker beim Aufbau unseres Resorts vor Ort tätig. Alle erhalten nach Abschluss ihrer Ausbildung eine Festanstellung im Resort. Die Auswahl der geeigneten Personen wird der Rat vornehmen.«

Ich wusste, dass *Guy* bereits alle Vorabklärungen in *Stockton* getroffen hatte. Auch die *Interlink Bank* interessierte sich für unser Projekt, nicht zuletzt unter dem Aspekt, dass eine staatliche Teilfinanzierung in Aussicht gestellt wurde. Sie fragten uns auch, ob sie dieses unübliche Bauvorhaben für ihre Werbezwecke verwenden durfte. Marketing war immer gut, auch für uns.

Nach diesen Neuigkeiten gab es kein Halten mehr. Ich hatte selten so viele Leute so zufrieden und mit glücklichen Gesichtern gesehen. Die Abstimmung fiel dementsprechend aus. Alle stimmten unseren Plänen, die mittlerweile auch ihre Pläne geworden waren, zu. Der kleine Zwischenfall mit *Shy* war vergessen und man verzieh ihr den ungewohnten Gefühlsausbruch.

Unerwartet trat *Ayana* zu uns und bat mich für einen Augenblick zur Seite. Sie wollte mich ihren Eltern vorstellen. Wir näherten uns dem älteren, durch tiefe Gesichtsfalten geprägten Mann und einer in farbenprächtige Tücher gewickelten vollschlanken Frau.

Nach der gebührenden Vorstellung sagte *Ayana*: »Mein Vater, *John Pope*, ist unser Medizinmann, Schamane, Kräuterdoktor oder wie du ihn auch bezeichnen willst.«

Sie machte diese Aufzählung mit einem verschmitzten Lächeln, um gleich wieder ernsthaft zu werden.

»Sein Wissen ist einmalig. Ich versuche seit längerer Zeit, ihm seine Kräuterkenntnisse zu entlocken.«

Ich wollte einwenden, dass ich *John* bereits kennengelernt und wir einen gemeinsamen Ausflug unternommen hatten, als ich jäh erkannte, dass er sich offensichtlich nicht mehr daran erinnerte. Ich liess es kommentarlos dabei bewenden und schwenkte auf ein Hobby von mir über, nämlich die Verwendung von Kräutern und ätherischen Ölen. Ich hoffte ein wenig von seinem Wissen zu profitieren und verdrängte meine anfängliche Unsicherheit.

Mit tiefer und präziser Stimme sagte *John* laut:

»Ich heisse *Wakanda Tanka* und freue mich, dich endlich kennenzulernen. Wir werden gemeinsam noch viel erleben.«

Es war schon eigenartig, dass offensichtlich zwei Seelen in diesem Manne wohnten. Eine eigenartige Aura umgab ihn. Ich erkannte, dass er mächtig stolz auf seine Tochter war. Ihre Medizin hatte die seine zwar überholt, aber *Ayana* wollte eine Brücke zwischen den herkömmlichen und modernen Behandlungsmethoden schlagen.

Um Mitternacht verliess ich die fröhliche Runde. Müde aber stolz, dass mein Plan offensichtlich alle Ziele vereinigen konnte. Ich verabschiedete mich und wollte schlafen gehen. Die Aufregungen des Tages forderten ihren Tribut.

Ich war traurig, dass *Shy* sich so negativ gegenüber meinem Projekt geäussert hatte, dabei hatte sie die entscheidenden Details nicht erfahren. Ihre emotionale Aufwallung zeigte mir, dass sie offensichtlich ihr Temperament nur schwer zügeln konnte. Andererseits drückte sie mit ihrer Reaktion ihre tiefe Verbundenheit mit den Dorfbewohnern aus, sie fühlte sich für sie alle verantwortlich.

Ich trat ins Zimmer, als ich eine Stimme aus der Dunkelheit hörte:

»Lass bitte das Licht aus und komm zu mir ins Bett.«

Rasch entkleidete ich mich und schlüpfte unter die Decke. *Shy* kuschelte sich nackt ganz eng an mich und murmelte:

»Bitte verzeih mir, mein Liebling, ich war vorschnell und dumm. Wie konnte ich auch nur eine Sekunde an dir zweifeln. Echte Liebe zweifelt nie. Ich muss noch viel an mir arbeiten.«

Sie weinte vor Scham. Irgendjemand hatte ihr wohl das Missverständnis bereits erklärt.

Wir küssten und liebkosten uns wie zwei Ertrinkende. Unsere Hände erforschten unsere Körper. Es gab kein Zurück mehr. Wir liebten uns in einer Heftigkeit, als wäre dies das letzte Mal, dabei hatte alles gerade erst begonnen. *Shy* war ein richtiger Vulkan. Sie begehrte mich in einer Art und Weise, wie ich es noch nie erlebt hatte. Sie war zärtlich, um im nächsten

Moment wieder mit aller Heftigkeit ihre Gefühle zum Ausdruck zu bringen. Ich wünschte mir, dass diese Liebe nie zu Ende ginge.

Es wurde eine sehr lange Nacht. Die Intensität unserer Liebesbezeugungen machte allmählich einer geschmeidigen sanften Rhythmik Platz. Erfüllt und beseelt schliefen wir ein. Wir hatten uns gefunden.

ooOOoo

Ein Projekt der Träume

Wer ans andere Ufer möchte, muss so oder so den Fluss über-
queren. Worauf warten wir also?

Indianische Weisheit

Die Landschaft veränderte sich nun täglich. Die nächtlichen
Temperaturen sanken unter den Gefrierpunkt und der Wald
war bei Tagesbeginn mit Reif überzogen. Viele Tiergeräusche
verstummten und das Vogelgezwitscher vermisste ich sehr.
Der Winter stand vor der Tür. Die Einwohner des Dorfes hatten sich mit Lebensmittel und Heizmaterialien eingedeckt, um
keine Versorgungsengpässe entstehen zu lassen. Die Schnee-
fräsen warteten auf ihren Einsatz.
Shy erklärte mir, dass der Staat nur die Highways offenhielt,
alles andere war Aufgabe der Gemeinden. Sie trug einen ele-
gant geschnittenen Parka. Die Innenseite bestand aus Rot-
fuchsfellen. Die feste Wasser abweisende Lederhose mit den
kniehohen gefütterten Stiefeln ergänzte ihr sportliches Outfit.
Und der Winter kam. Unablässig schneite es mehrere Tage.
Die Heftigkeit des Schneefalls wechselte zwischen Sturm und
verträumtem Rieseln. Niemand ging während dieser Zeit frei-
willig aus dem Haus. Die Räumungstruppe versuchte rund um
die Uhr die Strassen frei zu halten. Eine wahre Sisyphusarbeit.
Ich verbrachte nun die meiste Zeit in der gemütlichen Gaststube meines Hotels. Plötzlich huschte geschmeidig wie ein Puma
jemand in den Raum, klopfte sich den Schnee von den Klei-
dern und zog den Parka aus. Es war *Shy*. Sichtlich berührt,

dass sie sich bei einem solchen Schneegestöber hinauswagte, um mich zu besuchen, begrüsste ich sie herzlich.

Sie sprudelte ihre Neuigkeiten heraus.

»*Guy* und seine Familie werden uns Weihnachten besuchen. Sie werden bei mir wohnen.«

Ich war überrascht, dass Weihnachten hier überhaupt gefeiert wurde.

Shy schob ihren Stuhl näher zu meinem und begann zu erzählen: »Heute sind die meisten von uns Christen. Das war aber nicht immer so. Unsere Vorfahren glaubten an übernatürliche Mächte und Kräfte. Dazu gehörte auch die Sonne. Mit ihrem Licht spendete sie Leben. Wir nannten diese Mächte *Wakonda* und sie waren überall und in allem vorhanden. Diese Kräfte beeinflussten unser Leben, im positiven wie auch negativen Sinne. Jeder Einzelne wurde zudem durch seine persönlichen Geister, die in Tieren lebten, wie beispielsweise Adler, Biber, Bär oder Wolf beschützt. Meine Vorfahren glaubten zudem von einem Totemtier abzustammen. Dieses Tier beschützte unsere Gemeinschaft. Die persönlichen Schutzgeister verliehen in Form eines Talismans dem einzelnen Familienmitglied wiederum Weisheit oder Mut, das konnte eine Feder oder eine Tierkralle sein, und der Indianer mit den stärksten geistigen Kräften oder dem besten Talisman wurde zum Medizinmann des Stammes erkoren. Er war der Vermittler zwischen den Menschen und den Geistern.«

Nach einer kurzen Pause meinte sie:

»*Mark*, all diese Aspekte unseres früheren Glaubens haben immer noch eine grosse Bedeutung. Jeder von uns besitzt einen solchen Talisman.« Verstohlen zeigte sie mir eine weisse Adlerfeder.

In stiller Zweisamkeit tranken wir einen Kaffee und schmiedeten Pläne – besondere Pläne für unsere Zukunft. Vor einiger Zeit bat ich *Shy*, dass sie sich Gedanken machen sollte, wie wir unser Grundstück, unser künftiges Heim, gestalten wollten.

Verlegen zog sie nun mehrere Papierbögen aus einer Mappe. Sie breitete ihre Pläne auf dem Tisch aus und erklärte:

»Dies sind meine Vorschläge für unser gemeinsames Bauvorhaben.«

Ich sah ein grosses Blockhaus mit Garten, vielen Tieren und einem Kind. Ihre persönlichen Wünsche für unser neues Heim lagen mir besonders am Herzen.

Mit einem sanften Kuss verabschiedete sich *Shy*. Da nächste Woche die Schule begann, hatte sie noch viele Vorbereitungen zu treffen.

Ich hatte ganz konkrete Vorstellungen bezüglich einer sinnvollen Nutzung des *Black-Water-Areals*. Unsere künftigen Gäste würden *in der Natur mit der Natur leben*. Die Schönheit der Natur durfte nicht zerstört werden. Das neue Resort sollte aber auch eine optimale Kombination zwischen Ausbildung und Beschäftigung einheimischer Arbeitskräfte sein. Zudem musste das Projekt ökologisch nachhaltig sein. Last, but not least wollte ich auch die Gewohnheiten und Gebräuche der *Black Water First Nation* integrieren und unseren Gästen näherbringen. Das Projekt sollte nicht nur selbsttragend sein, da wir vom Staat keine Unterstützung erwarten konnten, sondern eine Rendite für die Stiftung abwerfen. Auf dieser sehr ambitionierten Grundlage begann ich mein Konzept zu entwerfen. Die Planung begann chaotisch, ich entwarf und verwarf. Der Stapel aus zerknüllten Papieren neben mir wuchs und wuchs.

Da das felsige Massiv des *Black Peak* besonders den Nordteil und die davorliegende kleine Halbinsel vor den heftigen kalten Winden schützte, wollte ich dieses Gebiet baulich nutzen. Die geplanten Unterkünfte würden unseren Gästen eine einmalige Sicht nach Süden und Westen garantieren. Vorgesehen hatte ich nur maximal 20 kleine Gästehäuser im Bungalowstil, ein zentrales Gebäude mit Empfang, Speiseräumen, Küche, Wäscherei und Lager. Die vielen unprofitablen Infrastrukturbauten liessen mich jedoch an der Realisierbarkeit meines Projektes zweifeln – die Liste war so lang. Wir benötigten unter anderem ein Reservoir mit Wasseraufbereitung, eine Dreikammer-Sickergrube, eine kleine Trafostation, eine umweltgerechte Mülltrennung mit entsprechender Wiederaufbereitung der organischen Abfälle sowie lange Zufahrtswege, Strom-, Wasser- und Abwasserleitungen.

Ich stellte mir vor, dass neben dem stilgerechten Wohnen auch eine erstklassige lokale Küche angeboten werden müsste. Der Freizeitsektor sollte Reiten, Fischen, Wandern und ein Kinderprogramm umfassen. Professionell geführte Jagdausflüge liess ich zunächst noch offen.

Die Grundpfeiler meines Projekts wurden bei der nächsten Ratssitzung behandelt und im Grossen und Ganzen akzeptiert. Es wurde nun zum Projekt der *Black Water First Nation*. Viele kleinere Entscheidungen mussten laufend getroffen werden, aber viele Fragen blieben auch ungeklärt. Wir wollten ja mehrheitlich Mitglieder der *First Nation* beschäftigen und planten deshalb unsere zwölf Festangestellten, die wir gegenwärtig in *Stockton* ausbildeten, ein. Im Rat wurden Stimmen laut, die daran zweifelten, dass unsere jungen Leute die hohen Anforderungen erfüllen könnten. *Jeremy* setzte den Diskussionen um das künftige Personal und dessen Einsatz ein Ende. Als Chief hatte er zusammen mit dem Rat die Fähigsten ausgewählt. Von seinen Leuten erwartete er den bedingungslosen Einsatz und den Beweis, dass sie auch die Besten waren. Abschliessend fasste er zusammen:

»Wir sind ein Volk, und gemeinsam gehen wir unsere Zukunft an.«

Jeremy hatte es sich bei der Auswahl der geeigneten zwölf Kandidaten nicht leichtgemacht. Er definierte zuerst die Bereiche Holz-, Tief- und Strassenbau, Elektro- und Sanitärinstallation, Fassadenmalerei, Forstverwaltung und Aufsicht, Hotel und Restaurant. Anschliessend hatten alle jungen Leute im Dorf zwischen 18 und 35 Jahren die Möglichkeit, sich zu bewerben. 50 Interessenten meldeten sich. Die schriftliche und mündliche Prüfung war für alle Bewerber gleich. Das Hauptgewicht wurde dabei auf die sprachlichen Fähigkeiten gelegt. Die erfolgreichen Bewerber konnten nun anschliessend zwei Ausbildungen aus den genannten Berufsbereichen auswählen. Unter den gestrengen Augen der Handwerker und Hoteliers aus *Stockton* wurden in diesem zweiten Test die praktischen Fähigkeiten jedes Anwärters eingehend getestet. Jeder Bewerber konnte sich jederzeit zurückziehen, doch keiner machte von dieser Option Gebrauch.

Selbstverständlich gab es am Schluss eine leichte Verstimmung bei den nicht berücksichtigten Bewerbern. Der Chief schaltete sich wiederum beruhigend ein.

»Wir werden nicht ruhen, bis alle unsere jungen Leute eine Ausbildung und einen Arbeitsplatz haben. Die Ausgewählten müssen sich nämlich verpflichten nach zwei Jahren wiederum jemanden auszubilden.«

Jeremy baute eine Art Dominoprinzip auf. Er hoffte, in weniger als einer Dekade der Mehrheit der Jugendlichen eine Zukunftsperspektive geben zu können. Er war auch weitsichtig, indem er in all seinen Überlegungen *Sandvalley*, unser Nachbardorf, miteinschloss. Dieses Dorf gehörte ebenso zur grossen Familie der Key'as.

Unser Zeitplan für das Bauvorhaben war ambitioniert. Er sah vor, dass im Frühjahr in zwei Jahren die Eröffnung stattfinden sollte. Einen Monat kalkulierten wir für die Planung und einen weiteren Monat bis zum Eintreffen der Baubewilligung. Gerade mal fünf Monate standen uns anschliessend für die Errichtung der Infrastrukturbauten und Fundamente zur Verfügung.

Ende Oktober würde die Winterpause bis April beginnen. Während dieser Winterzeit bereitete man in *Stockton* die Bungalows im Baukastenstil vor. Alle Aussenarbeiten wollten wir Ende nächsten Jahres fertiggestellt haben. Für die Innenarbeiten und das Training der Abläufe standen uns nochmals vier Monate bis zur Eröffnung Anfang Mai zur Verfügung.

Ich tippte meinen Plan fein säuberlich in den Computer, alle Berechnungen und Skizzen wurden eingescannt. Da wir im Dorf noch keinen Internetanschluss hatten, musste ich im *Western Hotel* in *Russell Creek* meine Daten an *Guy* übermitteln. Er versprach zudem Rücksprache mit den lokalen Baufirmen und der Verwaltung bezüglich Strom und Telefonanschluss zu halten. Gleichzeitig wurde unser Architekt in *Stockton* beauftragt, die notwendigen Baupläne zu erstellen.

Ich war jetzt täglich auf dem Areal, um mich in das Projekt einzuarbeiten. Dank meiner Schneeschuhe bewegte ich mich problemlos durch die tief verschneite Landschaft. Ich machte mit meiner Kamera viele Aufnahmen, damit konnte ich unser Projekt laufend mit Daten unterstützen. In einer ersten Phase planten wir nur einen Sommerbetrieb. Erst zu einem späteren Zeitpunkt wollten wir unsere Dienstleistungen auch im Winter erbringen.

Eines Morgens erhielt ich einen Anruf von *Shy*. Sie lud mich zu sich ein – sie bewohnte im Dorfzentrum ein kleines zweistöckiges Haus. Im Untergeschoss hatte sie eine Leihbücherei eingerichtet, die sie auch selbst betrieb. Ein Wohnzimmer, ein Schlafzimmer, zwei Arbeitszimmer, ein Badezimmer und eine Küche bildeten ihr Reich. Das Dachgeschoss diente als Gästezimmer. Für das kleine Dorf schien mir eine solche Zimmerfülle recht luxuriös zu sein. Ich musste eingestehen, dass ein

Leben hier wesentlich komfortabler und angenehmer wäre als in meinem kleinen Hotelzimmer. Freudig und völlig überrascht stellte ich fest, dass mein Gepäck bereits in einem der beiden Arbeitszimmer abgestellt war.

Ich ging wieder zur Eingangstür, hob *Shy* auf meine Arme und trug sie über die Türschwelle in unser neues Heim:

»Dies ist ein Brauch aus der Schweiz. Er soll Glück bedeuten.«

Shy freute sich über das für sie unbekannte Ritual. Wir wollten der gesamten Dorfgemeinschaft zeigen, dass wir jetzt zusammengehörten. Es war ein gutes Gefühl, endlich zu Hause angekommen zu sein.

Jedermann war mit Weihnachtsvorbereitungen beschäftigt. Die Dorfbewohner verschönerten ihre Häuser mit Girlanden, Tannenbäumen und vielen Lichtern. Sie backten Süssigkeiten und legten edle Fleischstücke in pikante Marinaden ein.

Das eigentliche Weihnachtsfest wurde sehr besinnlich. Eine grosse Tanne stand mitten auf dem Hauptplatz, sie war mit vielen kleinen Lichtern geschmückt. *Shy* hatte mit ihren Schülern drei Lieder einstudiert. Die kleinen Künstler gaben, indem sie einen Kreis um den Weihnachtsbaum bildeten, ihr Können zum Besten. Jeder hatte eine brennende Kerze und *Shy* spielte Gitarre dazu. Der leichte Schneefall trug zur festlichen Stimmung bei. Alle anwesenden Dorfbewohner sangen mit und einige wischten sich verstohlen Tränen aus den Augen.

Nach der gelungenen Aufführung zogen die Schüler in einer langen Lichterkette Richtung Gemeindesaal davon. Dort sprach *Jeremy Frazer* zur Gemeinde, zuerst in einem Dialekt, den ich nicht verstand, dann in der Amtssprache. Ein Gebet wurde von den Kindern gesprochen und *Wakanda Tanka* gab seltsame jauchzende Tonfolgen von sich. Sein Gebet endete mit einem fröhlich klingenden Singsang. *Shy* erklärte mir später, dass er den Göttern dankte und den Segen für sein Volk erbat.

Im grossen Saal wurde ein kurzer christlicher Gottesdienst abgehalten. Dann verlagerten sich die Aktivitäten auf das leibliche Wohl. Wildbret und Kartoffeln, Pilze und ein mir unbekanntes Wurzelgemüse wurden offeriert. Die meisten tranken ein Bier oder ein gesüsstes Getränk dazu.

Müde aber glücklich verabschiedeten wir uns gegen Mitternacht von den Feiernden.

Der Nachhausewege gestaltete sich äusserst romantisch. Unterdessen hatte ein starker Schneefall eingesetzt und die schummrigen Lichter erzeugten eine ganz spezielle Stimmung. Zu Hause angekommen legten wir uns wortlos eng umschlungen ins Bett und schliefen sofort ein. Jeder spürte den Körper des andern und wir waren glücklich.

ooOOoo

Reise in die Vergangenheit

Die Menschen dieser Tage suchen nicht die Weisheit, sondern das Wissen. Das Wissen gehört der Vergangenheit an, die Weisheit der Zukunft.

Indianische Weisheit

Am ersten Weihnachtstag löste *Shy* ein vor einiger Zeit abgegebenes Versprechen ein. Sie wollte mir die Geschichte der Key'as gemäss der ihr bekannten Überlieferung erzählen. Dies geschah in einem feierlichen Rahmen. *Jeremy* und *John*, die beiden tragenden Säulen der Gemeinde, waren ebenfalls anwesend.

John der Weise, der mit den Ahnen in Verbindung stand, sprach mit geschlossenen Augen und heiserer Stimme zu uns:

»Vor Tausenden von Jahren waren mutige Männer und tapfere Frauen über die grosse Eisbrücke auf diesen Kontinent eingewandert. Sie kamen von weit her. Viele dieser Einwanderer erreichten ihr Ziel nie. Die Gefahren, die auf dem Weg lauerten, waren mannigfaltig. Gletscherspalten, wilde Tiere aber auch die unerbittlichen Schneestürme forderten ihren Tribut.«

Er holte tief Luft, sammelte sich und setzte dann seine Erzählung fort:

»Diejenigen, die den Übergang schafften, wanderten der Küste entlang nach Süden in die wärmeren Gefilde. Unterwegs wurde ein kleiner Teil der Einwanderer sesshaft, die andern zogen immer weiter südwärts. Es waren unerschrockene Männer, die anfänglich vom Fischfang, von der Jagd auf Bisons und Karibus lebten und erst viel später auch Ackerbau betrieben. Einer der ansässigen Stämme nannte sich *Sequa*. Er war die Urzelle der heutigen Key'as, unserer Gemeinde. Aber der Weg dahin war lang, steinig und oftmals tödlich.

Es geschah vor langer Zeit, dass Häuptling Key'aseke, ein junger kräftiger Jäger und Krieger, mit seinen Männern zum Fischfang und zur Karibujagd ausgezogen war. Die reichen Fischgründe bescherten ihnen einen überaus erfolgreichen Fang, sodass sie sich zufrieden auf den Heimweg begaben. Die grossen Lachse wogen so schwer, dass sie auf die Jagd nach Wildtieren verzichten mussten. Ihr Dorf lag etwa einen halben Tagesmarsch vom Meeresufer entfernt. Dort wurde die Rückkehr der erfolgreichen Jäger mit Ungeduld erwartet. Der Schamane dankte den Göttern für das reiche Geschenk der Natur. Es war eine fröhliche Feier, sodass die Dorfbewohner das Heranschleichen der feindlichen Krieger nicht bemerkten. Als sie die drohende Gefahr erkannten, war es schon zu spät.

Die aus dem Süden stammenden Räuber vom Stamme der Paishoni waren regelmässig auf Raubzügen aus. Ihr Mutterland, eine steppenhafte, trockene Landschaft, konnte ihnen keine ausreichende Lebensgrundlage bieten. Die wiederkehrenden Dürreperioden führten zu Hungersnöten, Krankheiten und Tod. Ihre Kinder starben wie die Fliegen. Ihr Fortbestand war gefährdet. Sie unternahmen daher sehr weite Reisen und überfielen friedliche Stämme, töteten alle Alten und Schwachen, versklavten die jungen Männer und Frauen und raubten deren Nahrung, Gerätschaften und Waffen. Vor allem sollten die fremden Frauen ihnen Kinder gebären.

Es war ein einseitiger Kampf. Der junge Häuptling Key'aseke erhielt einen gewaltigen Schlag auf den Schädel. Als er aus seiner Ohnmacht erwachte, lag er gefesselt auf der Erde. Er erkannte, dass noch weitere Gefangene anwesend waren, sehr junge Frauen, vermutlich aus früheren Beutezügen. Die Paishoni waren rohe Krieger, ohne Verständnis für andere Kulturen und ohne Rücksicht auf das Leben anderer. Abends wurden diese Mädchen regelmässig in die Zelte der Krieger gezerrt und schändlich missbraucht. Ihre Schreie hielten bis in die frühen Morgenstunden an. Alle geraubten Güter waren auf Ponys gebunden und die Gefangenen folgten an langen Riemen gefesselt, humpelnd und stolpernd ihren Peinigern. Der Zug war sehr lang. Offensichtlich waren die Räuber auf ihren Beutezügen erfolgreich gewesen. Bevor sie weiterzogen, verbrannten Sie das gesamte Dorf. Die Toten überliessen sie den wilden Tieren. Als besondere Demütigung wurde Key'aseke mit einem Strick um den Hals und mit gefesselten Händen hinter einem Lastenpony hergezogen.

Die Paishoni ritten und ritten. Der tapfere Häuptling zählte nicht mehr die Tage seiner Qual. Sein Hals war vom Strick wund gescheuert und grosse Wunden überzogen seine nackten Füsse. Er realisierte jedoch, dass es tagsüber kühler wurde und nachts seine Decke mit Frost überzogen war.

Nach einem langen Rückweg, die Paishoni mieden alle Siedlungen und mussten dafür oft tagelange Umwege in Kauf nehmen, erreichten sie ihr Heimatdorf. Die geraubten Güter wurden aufgeteilt, die Gefangenen wie Tiere in Erdhöhlen gehalten. Lediglich etwas Wasser und ein paar Essensreste hielten sie am Leben. Dann feierten die Paishoni viele Tagen lang. Ihre Frauen holten regelmässig die jungen Mädchen und führten sie ins Männerzelt. Das Gelächter der Krieger und die Schreie der vergewaltigten Frauen bereiteten Key'aseke grosse seelische Schmerzen. Stumm bat er seine Götter um ihre Hilfe. Er war tief in Gedanken versunken, als er aus einer dunklen Ecke eine leise fragende Stimme hörte. Sie gehörte zu einer jungen Frau. Er hatte sie tagsüber mehrmals beobachten können. Im Zwielicht erkannte er, dass sie auf sich deutete und in einer fremden Sprache sagte: *Skeena*. Ihren Gebärden entnahm er, dass ihr Stamm ebenfalls den Paishoni zum Opfer gefallen war.

Dass man sie beide am Leben liess, bestärkte Key'aseke in der Befürchtung, dass die Räuber sie als Sklaven verkaufen wollten. So begannen sie sich mit Zeichnungen im Sand zu verständigen. Nach kurzer Zeit kannte er viele Worte ihrer Sprache. Diese Kommunikation war der einzige Lichtblick in seiner Leidenszeit.

Einige Tage später holten die Paishoni Key'aseke und die junge Frau. Man wusch sie wie man Tiere reinigte und gab ihnen einfache Kleidung. Mit einem Messer wurden ihre Haare abgeschnitten. Anschliessend führte man sie zum Stammeshäuptling. Der präsentierte die beiden vor fremdartig gekleideten Männern wie Vieh zum Verkauf. Als die Schaustellung, die Begutachtung der Ware, vorüber war, ging der Verkäufer mit seinen Kaufinteressenten ins Nachbarzelt, um zu verhandeln. Die Gefangenen wurden wieder in ihre Erdhöhle zurückgebracht.

Key'aseke hatte den ganzen Tag über ein eigentümliches Grollen im Boden und einen sehr starken Wind gespürt. Er fürchtete sich sehr, weil ihm diese Phänomene unbekannt waren. Er glaubte die Götter wären erzürnt. Der Himmel verdunkelte sich zusehends. Blitze wurden vom Himmel geschleudert und ein fürchterlicher Donner rollte heran. Ein lauter Knall überdeckte alles. Der Boden zitterte immer wieder und ein Zischen und Brausen gesellte sich dazu. Key'aseke und Skeena waren totenbleich, lagen am Boden und erwarteten den Tod. Schweflige Gerüche überzogen die Hochebene und Steine fielen vom Himmel. Es schien zu schneien, aber anstelle von Schnee fiel weisse Asche auf die Erde. Plötzlich war es still, totenstill geworden. Zu dem schwefligen Geruch mischte sich nun der von Verbranntem. Steine und eine dicke Aschenschicht vor dem Höhlenausgang erschwerten das Verlassen ihres Gefängnisses.

Die Steine waren zudem so heiss, dass sie sich die Hände verbrannten. Als sie es endlich geschafft hatten, bot sich ihnen ein erschütternder Anblick: Die gesamte Hochebene war weiss. Keines der Zelte der Paishoni hatte den Steinregen überstanden. Sie sahen überall verkohlte Leiber, Sterbende und tote Tiere. Der Geruch war ekelerregend. Nur ein paar Ponys schienen unverletzt. Ein überhängender Fels hatte sie vor dem sicheren Tod bewahrt.

Abgesehen von den Sterbenden waren sie offensichtlich die einzigen Überlebenden. Alle übrigen Erdlöcher waren von grossen Steinen eingeschlagen worden, nur ihre Höhle war verschont geblieben, ihre Götter hatten sie beschützt. Vom weit entfernten Berg her erkannten sie nun einen Fluss aus Feuer, der sich in ihre Richtung bewegte. Also sammelten sie eilig Decken, Waffen, Proviant und Wasserbehälter ein, bepackten die überlebenden Ponys und ritten los. Sie mussten sich beeilen, da der Feuerfluss gefährlich nahegekommen war.

Sie ritten während vieler Monde immer nordwärts. Sie folgten einem Fluss bis zu einem grossen Wasserfall. Grüne Weiden, undurchdringliche Wälder und viele wildlebende Tiere luden zum Verweilen ein. Schliesslich bauten sie ihr Zelt auf. Die Zeit drängte, da Skeena schwanger und kurz vor der Niederkunft war. In der neuen Heimat gebar sie Key'aseke drei Söhne.«

John Pope, der Schamane – *Wakanda Tanka* – war sichtlich erschöpft. Es schien, als hätte er diese Erzählung unmittelbar miterlebt. Die Erinnerung an die tragischen Ereignisse hatte ihn aufgewühlt. *Jeremy* übernahm deshalb das Wort:

»Key'aseke liess sich in der Nähe des friedlichen Stammes der Lillipoo nieder. So verschmolzen die beiden Familien über die Jahre hinweg. Versprengte Indianergruppen aus dem Süden wurden ebenfalls hier ansässig und freundlich aufgenommen. Eine Vermischung der Gebräuche und Sprachen der verschiedenen Stämme fand allmählich statt. Die einzelnen Ursprachen verschmolzen im *Indian-Black-Water-Dialekt*. Die Besiedlung des Gebietes um den *Black Water Lake* begann langsam und stetig. Die Indianerkultur entwickelten sich so, dass in der Hochblüte des sich nun Key'as nennenden Stammes mehrere Tausend Einwohner hier ansässig waren. Ihr Stammesgebiet reichte von *Russell Creek* bis weit in den Norden hinauf, ein Mehrfaches der jetzigen Reservatgrösse.

Einen jähen Dämpfer erhielt die Entwicklung durch den weissen Mann. Auf der Suche nach Gold, das ein Siedler zufällig in einem benachbarten Seitental gefunden hatte, drangen die Weissen ins Stammesgebiet ein. Wir verteidigten uns mit aller Härte, doch gegen die Überzahl, die modernen Waffen und die Hinterlist der Angreifer konnten wir nicht bestehen.

Unsere Zahl schmolz wie Schnee in der Sonne. Die endgültige Vernichtung erfolgte durch die eingeschleppten Krankheiten, vor allem durch die Pocken.

Wir wurden dafür bestraft, dass wir unsere Heimat verteidigt und uns den Eindringlingen in den Weg gestellt hatten. Das gestohlene Stammesgebiet wurde nun an Minenarbeiter, Siedler und Soldaten verkauft. Die Key'as wurden in ein Reservat verbannt. Zum Schluss verloren wir durch den Bau des Highways mitten durch das Reservat noch unsern heiligen Bezirk, er wurde vom Stammland einfach abgetrennt. Wir hatten keine Kraft mehr, diesen Frevel zu rächen.

Gegenwärtig wohnen noch etwa neunhundert Stammesangehörige in unserem Dorf und sechshundert in *Sandvalley*.«

Abschliessend erwähnte *Jeremy* noch, dass viele Mitglieder der Gemeinde keiner regelmässigen Arbeit nachgingen und rund die Hälfte aller Jugendlichen über 16 Jahren arbeitslos seien. Diese traurige Realität konnte man auch auf andere Dörfer der *First Nations* übertragen.

»Einige Stammesmitglieder wurden vom Kasino-Fieber angesteckt und haben begonnen ihre Seele, Häuser und Grundstücke zu verkaufen, und zwar für ein Butterbrot. Roulette, Blackjack und Poker vergifteten die Lebensgrundlage vieler unserer Mitglieder. Jegliche Selbstachtung wurde zerstört. Die gierigen Landaufkäufer übersahen jedoch, dass die Grundstücke mehrheitlich wertlos waren, da sie sich am Rande der Reservatsgrenzen im Niemandsland befanden. Zudem beschränkte eine neue Gesetzgebung den Immobilienhandel im Reservat auf ansässige Stammesmitglieder.«

Diese Geschichte erschütterte mich. Langsam begann ich meinen Traum zu verstehen und war froh, eine richtige Entscheidung getroffen zu haben. Anlässlich der nächsten Sitzung des Stiftungsrates wollte ich zudem beantragen, brachliegende Reservatsgrundstücke, die sich in Fremdbesitz befanden, sukzessive zurückzukaufen.

ooOOoo

Der weisse Häuptling

Die Erde lächelt, die Gewässer lächeln, die Himmel lächeln –
aber ich, ich verlerne zu lächeln, wenn du mir nicht nahe bist.
Indianische Weisheit

Ich machte *Shy* einen Heiratsantrag. Beim letzten Besuch in
Stockton hatte ich einen kleinen Diamantring gekauft, er war
das Ebenbild von *Shy*: klein und fein. Der Diamantenhändler
pries die Qualität seiner Ware in den höchsten Tönen. Als ich
das Funkeln des Edelsteines sah, glaubte ich ihm aufs Wort.
Der ehrliche Kaufmann sandte mir eine Woche später das beglaubigte Zertifikat. Es entsprach vollumfänglich seinen An-
gaben. Als ich den edlen Ring *Shy* überreichte, strahlten ihre
Augen und sie schaute mich lange an. Mit dem anschliessenden Kuss drückte sie ihre tiefen Gefühle aus. Einer inneren
Stimme folgend wusste ich, dass sie meine einzig wahre Liebe
war und es immer bleiben würde.

Traditionen bedeuteten sehr viel für *Shy*. Deshalb sprach ich
bei *Jeremy* vor. In seinen Augen konnte ich lesen, dass er mein
Anliegen genau kannte. Ich bat ihn, seine Frau *Enola* zu rufen.
Im Wohnzimmer ihres Hauses hielt ich um die Hand ihrer
Tochter an. Um es noch formeller zu gestalten, übergab ich
dem Brautvater – quasi als Brautgeschenk – einen fünfjähri-
gen Hengst, ich hatte eine Geschenkurkunde mit einem Foto
verfasst. Gegenwärtig wartete das Pferd noch im Stall von
Russell Creek. Dieses *Canadian Horse* war ein kleines wohl-

proportioniertes Pferd. Von ihm strömte eine unbändige Kraft aus. Das lange Haar verlieh ihm ein wildes Aussehen. Ich hatte das schöne Pferd zuvor bei einem Züchter in *Stockton* erworben.

»*Shy* ist unbezahlbar. Nehmt dieses Geschenk als symbolische Geste und als Ehrerbietung an eure Bräuche.«

Sie fixierten mich lange, konnten aber erkennen, dass meine Worte ehrlich waren. Beide schlossen mich in ihre Arme.

»Wir sind erfreut, dass *Shy* einen guten Mann ausgewählt hat«, meine *Jeremy*. Auch diese Version liess ich gelten.

Ich besuchte am Abend *Shy*. Die Decke mit den lebhaften indianischen Motiven hüllte ich um unsere Schultern und zog sie über unsere Köpfe. So gingen wir durchs Dorf. Niemand richtete ein Wort an uns, alle wussten: wir gaben unsere geplante Vermählung bekannt. Die Dorfbewohner freuten sich, dass wir einen alten Indianerbrauch wieder aufleben liessen.

Die Trauung war schlicht. Sowohl *Wakanda Tanka* als auch *Pastor Mulligan* aus *Russell Creek* vollzogen eine einfache Zeremonie. *Shy* war eine traumhafte Braut. Das Brautkleid bestand aus weissem Elchleder mit goldenen Verzierungen. Dazu trug sie weisse Stiefel. Sie sah blendend aus, im wahrsten Sinne des Wortes. An ihrem Strahlen konnte ich erkennen, dass unsere Hochzeit ihrem innersten Wunsch entsprang. Stolz zeigte sie ihren Ring. Ich trug einen anthrazitfarbenen Anzug mit einem dunklen Hemd und einem weissen Schlips. Wir waren auch optisch ein attraktives Paar.

Die Hochzeitsfeier fand im grossen Saal der Gemeinde statt. *Ayana* und die Brautjungfern hatten einen dezenten Blumenschmuck an den Wänden angebracht. Dabei stellte ich fest, dass die einst tristen Wände zusätzlich einen neuen und sehr warmen Anstrich erhalten hatten. Die Decke erstrahlte in frischem Weiss.

Alle unsere Freunde und Verwandten waren eingeladen. Erst jetzt erkannte ich, dass die Familie sehr gross war. Ich lernte viele neue Mitglieder des Clans kennen. Es wurde getanzt und gelacht. Es gab zahlreiche Reden und sehr ursprüngliche Darbietungen. Besonders eindrücklich war die Performance von *Kody Smither*. Mit einem Federschmuck versehen tanzte der junge Mann einen *Fruchtbarkeitstanz*. Wir alle wussten, dass *Kodys* Leidenschaft die alten Indianerbräuche waren. Inzwischen hatte er sich zu einem echten Experten entwickelt. Alle Anwesenden klatschten begeistert zu der Vorführung, die für uns quasi als Aufforderung zu neuem Leben in der Familie gedacht war.

Wir erhielten von unseren Freunden und Verwandten viele zum Teil sehr wertvolle Geschenke. *Guy* und *Selinda* überreichten uns eine sehr alte Decke mit indianischen Mustern drauf. Die rot-weiss-schwarzen Raben dominierten das Muster. An den Rändern entlang verliefen Bänder mit Fisch- und Maskenbildern in den gleichen Farben. Wir bedankten uns bei den beiden ganz herzlich und meinten, dass jedes Museum stolz wäre, dieses wertvolle Stück zu besitzen. Er antwortete mit einem freudigen Lachen und stellte fest, dass sein Präsent bei den richtigen Empfängern angekommen sei. Diese Decke stammte noch aus der Zeit der Indianerkämpfe.

Ich legte meiner neuen Schwiegermutter den Arm um die Schultern und zeigte allen, dass ich entgegen der früheren Gebräuche ein harmonisches Verhältnis zum Elternteil meiner Frau pflegen wollte.

Nach den Festivitäten zog Ruhe in unser Dorf ein. Als verspätetes Weihnachtsgeschenk erhielt ich Post von *Guy*. Mit der Heirat einer Kanadierin wurde mir die Niederlassungsbewilligung für einen zeitlich unbegrenzten Aufenthalt in Kanada erteilt. Ich war erleichtert und mir fiel ein grosser Stein vom Herzen. Ohne Zeitdruck konnte ich unsere gemeinsame Zukunft planen.

Ich wollte *Shy* mit den Plänen für unser neues Haus überraschen. Ich hatte gerade wichtige Post von unseren Architekten in *Stockton* erhalten. Östlich vom *Black Water Creek*, dem kleinen Zufluss zum See, wollte ich auf einem kleinen Plateau unser neues Zuhause bauen. Auf einem ansehnlichen Grundstück von über 15.000 Quadratmetern sollte ein geräumiger Bungalow erstellt werden. Der Blockhausstil würde sich nur durch etwas grössere Masse von den übrigen Gästehäusern im Resort unterscheiden. Der Ausblick war einzigartig; Richtung Süden und Westen hatten wir ein freies Sichtfeld. Im Juni des kommenden Jahres würde mit dem Zusammenbau unseres Traumhauses begonnen werden. In den folgenden Wintermonaten war der Innenausbau geplant.

Beim Studium des gut ausgewogenen Projektes sah ich *Shy* zusehends trauriger werden. Ich glaubte zu wissen weshalb, wollte sie ihre angestammte Heimat, ihre Nähe zum Dorf doch nicht verlieren.

»Wir werden dein Haus nie aufgeben, ausser du willst es. Wir könnten abwechselnd im Sommer am See und im Winter im Dorf wohnen oder auch unsere Gäste dort beherbergen.«

Die düsteren Wolken verzogen sich daraufhin schnell, als sie erkannte, dass kein Grund zur Traurigkeit vorlag. Das neue Haus sollte als erstes von allen Gebäuden am *Black Water Lake* fertiggestellt werden. Somit würde die erste, meine persönliche Bedingung erfüllt.

ooOOoo

Ein Traum wird wahr

Wir haben die Erde nicht von unseren Eltern geerbt, sondern von unseren Kindern geliehen.

Indianische Weisheit

Der Winter war auf dem Rückzug und an sonnenbeschienenen Stellen spross erstes Grün. Wir hörten bereits einzeln Vogelstimmen und die Tage wurden deutlich länger. Alles deutete auf den beginnenden Frühling hin.

Shy kam ganz aufgeregt von der Gemeindeverwaltung und teilte mir mit, dass der eingereichte Bauantrag für das Resort unter einheimischer Führung in Rekordzeit genehmigt worden war.

Die *Spencer Architects & Partners* in *Stockton* hatten mit uns ein ökologisch nachhaltiges Projekt entwickelt. Dieses Bauvorhaben umfasste neben unserem Blockhaus, den übrigen Wohngebäuden und Infrastrukturbauten noch Pferdestallungen mit einem Aussenreitplatz. Ich wusste nichts von der Planerweiterung, aber es zeigte mir, dass der Stiftungsrat durchaus in der Lage war, sinnvolle Zusatzprojekte auch ohne mein Zutun zu bestimmen.

Unsere Euphorie wurde durch die zu leistenden ersten Kostenvorschüsse gedämpft. Die gesamten geplanten Baukosten überstiegen unsere finanziellen Ressourcen. Zusammen mit *Guy* prüften wir alle Einsparungsmöglichkeiten. Im äussersten Falle war ich bereit, all meine privaten Mittel für einen Überbrückungskredit vorzustrecken, doch der Rat wollte dieses

Problem alleine lösen. Dank der Mitarbeit unserer Auszubildenden liess sich eine beachtliche Kostenreduktion im Baubereich erzielen. Das gesamte Holz für die Gebäude wurde aus unserem Wald bezogen: wir erhielten gut gelagertes Bauholz und lieferten dafür frisch geschlagene Bäume in adäquater Menge. *Guy* kam noch auf die Idee, dass bei Gewährung eines Rabattes die betreffenden Handwerksbetriebe ein Jahr lang mit unserm Projekt Werbung machen durften.

Dennoch suchten wir verzweifelt nach neuen Geldquellen. Das Grundstück gehörte der Stiftung und durfte nie als Sicherheit für ein Darlehen hinterlegt werden. In dieser Zeit gründeten wir die *Black Water Resort Ltd.*, eine hundertprozentige Tochter der Stiftung, aber dennoch eine selbstständige Unternehmenseinheit. Diese Baugesellschaft wurde die Eigentümerin des Resorts, also aller Gebäude und Infrastruktureinrichtungen. Sie erhielt von der Stiftung ein exklusives, nicht übertragbares, zeitlich unlimitiertes Nutzungsrecht auf der Parzelle. So erreichten wir eine klare Trennung zwischen dem Grundbesitz und der operativen Einheit.

Da die Betreibergesellschaft indirekt der *Black Water First Nation* gehörte, traf völlig überraschend die Mitteilung ein, dass ein Drittel der Gesamtkosten vom Nationalfonds der *First Nation* in Form eines zinslosen und ewigen Darlehens beigesteuert würde. Auf dieser Basis erklärte sich die *Interlink Bank* in *Stockton* bereit, die restlichen zwei Drittel zu finanzieren. Dieses langfristige Darlehen mit attraktiven Zins- und Rückzahlungsbedingungen ermöglichte uns schlussendlich den Startschuss zum Bau zu geben.

Die Bankleute waren davon überzeugt, dass unser Ökoprojekt Schule machen würde und sie sich bereits heute landesweit einen Anteil an diesem Kuchen sichern würden. Keine Bank konnte sich erlauben diesen Trend zu verschlafen. Ich war jedoch sicher, dass *Guy* grossartige Überzeugungsarbeit geleistet hatte. Der gewiefte Jurist wusste genau, wo die Bankleute ihren wunden Punkt hatten.

Im Mai war Baubeginn. Zuerst erfolgte die Rodung und Planierung der Wege und Plätze. Kanäle für die Wasser-, Abwasser- und Stromleitungen wurden in den Boden gefräst und anschliessend in diesem Kanal verlegt. Dies erfolgte in einer Tiefe, die ein Einfrieren im Winter verhindern sollte. Das Projekt sah auch vor, dass nach der Planierung sofort mit dem Giessen der Fundamente für alle Gebäude begonnen werden musste. Strom-, Wasser- und TV-Anschlüsse inklusive Internet gehörten zum Standard.

Die grosszügigen Abstände zwischen den einzelnen Baueinheiten – jeder Bungalow verfügte über eine Grundstückfläche von über 1000 Quadratmetern – sollten unseren Gästen die grösstmögliche Individualität garantieren. Alle Bungalows waren ganz im Blockhausstil geplant. Sie wiesen zwei Schlafzimmer, ein Wohn-/Esszimmer sowie einen Dusch-/Toilettenraum auf. Ein Geräteschuppen gehörte auch zu jeder Wohneinheit. Es wurden nur naturbezogene Materialien verwendet. Wir achteten besonders auf die Isolation der Aussenhülle und Fenster. Mit dem Zusammensetzen der Häuser vor Ort würde aber erst im nächsten Frühjahr begonnen werden.

Wir verzichteten bewusst auf eine höhere Anzahl von Wohneinheiten. Grosse Projekte erforderten gleichzeitig grosse Investitionen in die Infrastruktur, was sich zu Beginn im besten Falle in einer Schmälerung der Gewinnmarge äusserte, im schlimmsten Falle würden über Jahre Verluste produziert. Das konnten wir uns nicht erlauben.

Wir wollten auf dem Areal keine Motorfahrzeuge. Deshalb mussten künftig alle Autos und Wohnwagen im geplanten überdachten Eingangsbereich abgestellt werden. Jeder Parkplatz erhielt einen Elektroanschluss für Elektromotoren oder

Standheizung. Damit würde einer künftigen Winteröffnung des Resorts nichts im Wege stehen. Der Weitertransport erfolgte mittels Elektromobilen im Sommer und später mittels Elektromotorschlitten im Winter.

Auch das geplante Hauptgebäude war sehr grosszügig konzipiert. Eine gedeckte Terrasse, ein Speisesaal, eine Rezeption und ein kleiner Shop für Artikel des täglichen Bedarfs wurden im Projekt berücksichtigt. Direkt dahinter befanden sich die grosse moderne Küche mit Vorratsraum und die Wäscherei. Zwei Aufenthaltsräume waren im ersten Stock vorgesehen. Nicht sichtbar für die Gäste sollten die drei technischen Räume für die Heizung und Wasseraufbereitung sein.

Ich war zu beschäftigt mit der Planung des Resorts gewesen, sodass ich die Aktivitäten im Dorf komplett übersah. *Shy* lud mich zur nächsten Sitzung des Gemeinderates ein. Sie versuchte uns alle eindringlich darauf aufmerksam zu machen, dass wir am Anfang einer kompletten Fehlentwicklung stünden. Der aktuelle Bauboom im Dorf war im Begriff unser geordnetes Zusammenleben zu gefährden. Sie befürchtete nachhaltige negative wirtschaftliche Einflüsse.

Alleine auf dem Hauptplatz waren drei Baukräne zu sehen. Das kleine Hotel von *Eliza* wurde aufgestockt und ausgebaut. Der Dorfladen realisierte mit einem Anbau eine massive Vergrösserung seiner Verkaufsfläche. Die Bank von *Russell Creek* erstellte ein neues Gebäude für ihre Filiale in unserm Dorf. Drei neue Wohnhäuser waren geplant. Zusätzlich lagen der Gemeindeverwaltung verschiedene Renovierungsanträge zur Genehmigung vor.

Diese Goldgräberstimmung missfiel auch dem Rat und er verhängte kurz entschlossen einen sechsmonatigen Stopp für alle Baugenehmigungen. Einige Bauvorhaben im Dorf mussten deshalb vorübergehend auf Eis gelegt werden. Nur echte Infrastrukturprojekte oder bereits begonnene Vorhaben durften noch ausgeführt werden.

Wie zu erwarten hinkte die Wasser- und Stromversorgung stark hinter dem effektiven Bedarf her. Immer wieder kam es deshalb zu unangenehmen Versorgungsengpässen, zu Stromausfällen im Winter oder nach starken Regenfällen. In einem heissen trockenen Sommer mussten wir mit einer Wasserknappheit rechnen, da die bestehenden Zuleitungen zu kleine Dimensionen aufwiesen. Wir wollten diesen Mangel zusammen mit dem Resort ein für alle Mal beheben. Auf unsere Anfrage bei der örtlichen Stromgesellschaft erhielten wir umgehend positiven Bescheid. Uns wurde zugesichert, dass bereits im nächsten Jahr eine Verstärkung der Zuleitungen vorgezogen würde.

ooOOoo

Wertvolle Erinnerungen

Frieden wird in die Herzen der Menschen kommen, wenn sie ihre Einheit mit dem Universum erkennen.

Indianische Weisheit

Unser künftiges Resort glich einem Ameisenhügel. Überall ratterte es, gaben Vorarbeiter Anweisungen. Verschiedene Baumaschinen ebneten die Wege und riesengrosse Vollernter frassen sich gezielt in den Wald hinein. Diese mit Raupen und Ketten versehenen Monstren ergriffen mit einem hydraulischen Arm den Baum und sägten ihn anschliessend durch. Das Entfernen der Äste, die Entrindung und die Verkleinerung auf ein handelsübliches Mass geschahen in einem zweiten automatisierten Arbeitsgang. Ich hatte viel Zeit, den Holzschlag zu studieren. Immer öfter beschlich mich das Gefühl, dass diese Bäume nur aus Pappe bestünden. Als ich jedoch die Festigkeit der Stämme mit meinen eigenen Händen fühlen konnte, begann ich diese *Waldfresser* zu fürchten.

Die chaotische Baustelle nahm langsam Gestalt an. Man konnte bereits erkennen, wo welche Gebäude stehen würden. Ich sah aber noch etwas Anderes, für mich äusserst Positives: die mehrheitlich einheimischen Arbeitskräfte arbeiteten mit einem kaum zu beschreibenden Eifer; sie alle waren beseelt von der Idee, hier etwas für ihre Gemeinschaft, für ihre Zukunft erstellen zu dürfen.

Die Resortleitung beabsichtigte, keinen Massentourismus zu fördern. Das Projekt wendete sich an Individualreisende. Wir wollten unseren künftigen Gästen nur naturbezogene Aktivitäten anbieten. Weder Golf- noch Tennisplätze waren deshalb vorgesehen. Ich erinnerte mich an ein Wüstenresort der Superlative, das ich vor vielen Jahren kennenlernen durfte. Dort wurden die arabischen Sitten verbunden mit modernstem Komfort angeboten. Nun wollte ich hier in der kanadischen Wildnis indianische Sitten und Gebräuche in Kombination mit einer landestypischen hochstehenden Hotellerie realisieren. Eine Werbekampagne war bereits in Vorbereitung. *Guy* einigte sich mit der *BC Travel*, unsere exklusive Reiseagentur zu sein. Zusammen mit dem Reisebüro kreierten wir einen attraktiven Internetauftritt. Die Fotos der Anlage wurden vorerst noch durch Zeichnungen von *Shy* ersetzt. Auf einer besonderen Seite wurden die Baufortschritte laufend aktualisiert.

Die Erstellung der Infrastruktur erfolgte mehr oder weniger reibungslos. Trotz des frühen Wintereinbruchs waren alle Leitungen, Fundamente und Wege fertiggestellt. Der Winter war hart und der hoch liegende Schnee verunmöglichte jede weitere Bautätigkeit. So waren wir zur Untätigkeit verurteilt.
Im Frühjahr erhielt ich Post aus der alten Heimat. Per Kurier kam ein Brief von *Dr. Petermann*, ich erinnerte mich noch schwach an ihn. Er lud mich zur Testamentseröffnung nach Zürich ein. So erfuhr ich, dass *Irene* kurz vor Weihnachten an einem Krebsleiden verstorben war. In ihrem Testament wurde die *Black Water Indian Foundation* berücksichtigt.
Seit ich die Schweiz verlassen hatte, dachte ich nur wenig an die vergangenen Zeiten. Meine frühere Ehefrau war ein Teil meiner persönlichen Geschichte, meiner Vergangenheit, aber kein Teil meines aktuellen Lebens. Doch jetzt berührte mich diese Nachricht über ihren Tod. Ich bat *Shy*, mich in die Schweiz zu begleiten, ich beabsichtigte ihr meine Vergangenheit etwas näher zu bringen.

Wir buchten einen Flug von Vancouver über Montreal nach Zürich – eine Reise um den halben Erdball. Obwohl der Anlass der Reise traurig war, genossen wir unsere Zweisamkeit, weg von der Hektik des Alltags. Wir hatten unendlichen Gesprächsstoff und *Shy* zeigte sich als ausserordentlich interessiert an meiner alten Heimat, der Schweiz.

In Zürich angekommen, brachte uns ein Taxi ins *International Star Hotel*. Der übliche international allgemein anerkannte Standardluxus empfing uns. Der Hotelperfektionismus, ab vier Sternen, liess diese grossen Häuser unwirklich und unpersönlich erscheinen. Da wir beide unter dem Jetlag litten, störten wir uns nicht an diesem eintönigen Hotelgebilde. Ich war hundemüde und beschloss mich gleich ins Bett zu legen. Selbst die neckische Bemerkung von *Shy*, dass alte Männer viel Schlaf bräuchten, verpuffte. Dafür waren wir am nächsten Morgen fit für die Sitzung bei *Dr. Petermann*.

Wir begaben uns zu Fuss zu seinem Bürogebäude, einem echten Luxustempel. Nach einer eher kühlen Begrüssung, er wusste, dass er nicht mein Freund war, verlas er in der Funktion als Testamentsvollstrecker zügig den Letzten Willen von *Irene*. Irritiert nahm ich zur Kenntnis, dass keine weiteren Personen anwesend waren.

Das Testament bestand nur aus einem handgeschriebenen Satz: *Hiermit vermache ich der Black Water Indian Foundation von Herrn Mark Vollmer mein gesamtes Vermögen. Gezeichnet Irene Stettler.* Dr. Petermann erwähnte noch, dass der vorliegende Letzte Wille von einem Notar beglaubigt war.

Nach der Verlesung händigte mir der Anwalt einen an mich persönlich gerichteten Brief aus. Ich musste beide Schriftstücke quittieren und erhielt noch eine beglaubigte und apostillierte Kopie des Testaments: Seine Frage, ob ich den Brief hier lesen wollte, bejahte ich. Er wies *Shy* und mir ein kleines Zimmer in seiner Bibliothek zu.

Lieber Mark. Wir beide haben während unserer Ehe Höhen und Tiefen erlebt, wobei ich mich heute nur noch an die schönen Momente erinnere. Genau wie du selbst, habe auch ich keine Möglichkeiten ausgelassen meine Träume zu erfüllen. Dabei war ich leider nicht immer erfolgreich. Heute muss ich erkennen, dass ich nie mehr geliebt habe und nie mehr geliebt wurde. Zu spät realisierte ich, dass du meine einzige Liebe warst. Keine Beziehung war nur ansatzweise so wertvoll, wie jene mit dir. Ich wollte dies nie wahrhaben.

Als ich letztes Jahr in einer Zeitschrift einen Artikel über den Weissen Häuptling lesen konnte, beschloss ich, dich am Black Water Lake zu besuchen. Daraus wird leider nichts. Dieser heimtückische Krebs hat mich im Griff. Ich habe dagegen angekämpft, und wie! Selbst die Chemo- und Strahlentherapien konnten die Wucherungen nicht stoppen. Wie es aussieht, habe ich diesen Kampf verloren. Du scheinst deinen Traum in Kanada verwirklicht zu haben. Ich gratuliere dir dazu. Ich habe auch erfahren, dass du mit einer Einheimischen verheiratet bist. Mut hattest du immer bewiesen und ich wünsche euch beiden alles Glück dieser Welt. Leider lässt mir meine Krankheit nur noch wenig Zeit. Glaube mir bitte, dass ich stolz bin auf dich und deine Arbeit. Es ist mein Wunsch deiner Stiftung mein Vermögen zu widmen. So kann ich dir helfen, deine Träume weiter zu verwirklichen. Solange ich noch durchhalte, verfolge ich deine Arbeit in der Wildnis. Deine Irene.

Diese Worte berührten mich zu tiefst. Ich konnte nur schwer meine Tränen unterdrücken. Gleichzeitig war ich stolz, dass rückblickend unser gemeinsames Leben für sie schöner war als sie damals zugeben konnte. Meine Bemühungen wurden von ihr geschätzt. Mir wurde auch klar, dass über die Landesgrenzen hinaus das Entwicklungsprojekt bekannt geworden war.

Shy hatte gleich erkannt, dass das Schreiben mein Innerstes aufgewühlt hatte. Sie nahm meine Hand und lauschte meiner

Übersetzung. Zum Abschluss meinte sie nur: »Das Schicksal meint es gut mit unserem Stamm. Ich habe deine erste Ehefrau nicht gekannt, doch ich werde mich an sie immer mit grosser Dankbarkeit erinnern und sie in meine Gebete einschliessen.«

Leise klopfend trat *Dr. Petermann* in die Bibliothek und erkundigte sich, ob er noch Fragen zum Testament beantworten könne. Gerne hätte er den Inhalt von *Irenes* Schreiben erfahren, aber das blieb für immer mein und *Shys* Geheimnis. Er setzte dem berührenden Moment ein Ende und meinte kurz und bündig: »Wir werden der Stiftung in den nächsten Tagen rund 5 Millionen Schweizerfranken überweisen. Bitte hinterlassen Sie uns die Bankdaten. Eine Meldung an die kanadischen Steuerbehörden erfolgt automatisch.«

Aufgewühlt, aber auch zufrieden verliessen wir die Kanzlei. Auf der Strasse dachte ich nur, dass die Höhe des Erbes meine Erwartungen bei Weitem übertroffen hatte. Etwas zynisch kam noch der Gedanken auf, dass in diesem Betrag auch der Anteil meines damaligen Bonus enthalten war, den sich *Irene* unter den Nagel gerissen hatte – so kam er indirekt zurück.

Wir verbrachten zwei Wochen in meiner alten Heimat. Wie gewöhnliche Touristen besuchten wir alle Landesteile. Ich zeige *Shy* das *Jungfraujoch*, eine der höchsten Touristendestinationen, und den *Rheinfall*, die *Brissago-Inseln* und den *Vierwaldstätter See*. Mit dem *Glacier-Express* reisten wir vom Bündnerland ins Wallis. Wir genossen die schönen Tage.

Für mich war es immer wieder überraschend, die eigene, alte Heimat zu bereisen. Ich sah viele Schönheiten, die mir bis dahin gar nicht aufgefallen waren. Mein touristisches Programm faszinierte *Shy*. Diese vielfältige Landschaft und Lebensart der Einwohner, in einem so kleinen Land vereint, beeindruckte sie ausserordentlich. Ich wusste, dass sie grosse Städte nicht liebte, weshalb ich ihr nur mein altes Zürich zeigte. Ich führte sie an die verschiedenen Orte meiner Jugend; die diversen Schulen – *Shy* war beeindruckt von den alten Steingebäuden –, mein Elternhaus, aber auch die Universität und die verschiedenen Arbeitsplätze interessierten sie sehr. Wir besuchten gemeinsam das Grab meiner Eltern. Es wurde ein feierlicher Moment, da die Verstorbenen bei den Key'as ja eine zentrale Rolle spielten. Mit einem leisen Singsang legte sie ein kleines Holzstück in Form einer Hand mit einer Schlange nieder und verabschiedete sich von den beiden unbekannten Toten.

Der Rückflug in unsere Welt war problemlos. Umso mehr waren wir überrascht, als wir am Flugplatz in Vancouver von *Guy* und *Selinda* empfangen wurden. Hatten sie vielleicht Angst gehabt, dass wir nicht mehr zurückkehrten?
Wir beschlossen erst am nächsten nach *Stockton* aufzubrechen, weshalb wir uns in einem Hotel einquartierten. Es gab viel zu erzählen. Als ich *Guy* über die unerwartete Zuwendung für unsere Stiftung informierte, staunte er ungläubig. Als Realist erkannte er, dass sein Volk damit die Möglichkeiten erhielt, etwas vom alten Glanz zurückzuerobern.
Shy erzählte begeistert von dem schönen kleinen Land im Herzen Europas. Sie hatte viele Aufnahmen während unserer Rundreise gemacht und dokumentierte damit ihren kleinen Vortrag. Müde und dennoch sehr glücklich zogen wir uns erst nach Mitternacht auf unser Zimmer zurück.

In *Stockton* empfing uns *Sue* sehr herzlich. Das speziell kreierte Festessen anlässlich unserer Rückkehr aus einer anderen Welt wurde gefeiert. *Herb* hatte sich einmal mehr übertroffen. Ich hätte ihm für die vielen Köstlichkeiten auf der Stelle einen weiteren Stern verliehen.
Shy hielt für alle ein kleines Geschenk bereit. *Guy* und *Herb* erhielten ein klassisches Schweizer Taschenmesser, den Frau-

en schenkte *Shy* bunt bedruckte Seidenschals. Ganz nebenbei erfuhren wir, dass *Sue* und *Herb* im nächsten Jahr heiraten wollten. Sie fragten uns, ob sie ihre Trauung im neu erstellten Resort feiern könnten. Ungeachtet der Tatsache, dass wir den Baufortschritt nicht kannten, sagten wir spontan zu.

Die letzten Kilometer in unser Dorf waren besinnlich. *Shy* verglich unentwegt Kanada mit der Schweiz. Sie war eine aufmerksame Beobachterin gewesen. Zudem hatte sie sich ausgezeichnet auf die Reise vorbereitet. Wilhelm Tell war ihr Favorit. Erst als ich ihr erzählte, dass dieser Tell in der Form der Saga nie gelebt hatte, musste sie lachen und meinte:
»Ihr seid ein erfinderisches Volk, verpackt euren Nationalstolz in eine Sagengestalt.« Zum Abschluss gestand sie mir, dass sie etwas Angst gehabt hätte, dass ich im *kleinen Land* bleiben würde, so nannte sie die Schweiz scherzhaft.
Ich nahm sie in den Arm, küsste sie innig und setzte dieser Sorge ein endgültiges Ende:
»Hier bei dir bin ich glücklich, hier bin ich zu Hause.«

ooOOoo

Black Water Lake Resort

Möge Vollkommenheit in allem was hinter mir liegt sein und entstanden sein! –
Möge Vollkommenheit in allem was noch vor mir liegt sein und entstehen! –
Möge Vollkommenheit in allem was unter mir lebt und kriecht sein und weiter entstehen! –
Möge Vollkommenheit in allem was über mir lebt und fliegt sein und weiter entstehen! –
Möge alles um mich herum in Vollkommenheit sein und entstehen, mich mitziehen mit Liebe und dem Verstand des Lebens!

Indianisches Gebet

Immer wieder kam es zu kleineren Verletzungen des geltenden Betretungs- und Durchgangsverbotes des heiligen Bereichs. Die Hinweisschilder konnten nicht verhindern, dass findige Tramper versuchten, ihre Zelte im gesperrten Teil des *Black-Water-Areals* aufzubauen. Unsere Reaktion erfolgte immer umgehend und war oft etwas übertrieben: Ich erinnerte mich noch an einen Fall, als *Jeremy* mit rund zehn Männern erschien. Als Vertreter der lokalen Polizei, vorschriftsgemäss bewaffnet, stellten sie die Touristen zur Rede. Die cleveren Camper verschanzten sich hinter einem alten Gesetz, wonach ein unbenutztes Grundstück für einen zeitlich limitierten Aufenthalt allen zur Verfügung stand. Die vier Studenten der Rechtswissenschaft, hatten übersehen, dass auf diesem Teil der Parzelle seit jeher ein Betretungsverbot vorlag. *Jeremy* überreichte ihnen eine Kopie der staatlichen Verfügung. Gleichzeitig wurden sie ermahnt, sich künftig hier nicht mehr blicken zu lassen.

Die Burschen gaben jedoch nicht so schnell auf und verlagerten ihre Zelte direkt ans Seeufer. Da platzte *Jeremy* der Kragen. Er liess das Camp räumen, die Utensilien wurden auf ihren Pick-up geworfen und die Fehlbaren ins Auto gedrängt. Sicherheitshalber liess er während der Nacht noch zwei Wachen zurück.

Um künftig das Durchqueren des heiligen Bezirkes zu verhindern, beschlossen wir den strassenseitigen Zugang mit einem Maschendrahtzaun zu versperren. Am Eingang deutete nun eine grosse Tafel, mit einer übersichtlichen Karte versehen, auf das *Black-Water-Lake-Resort* hin. Auf der gegenüberliegenden Seite stellte das Dorf einen entsprechenden Hinweis auf das *Black Water Village* auf. Es schien, als hätten wir dieser verschlafenen Region Leben eingehaucht. Am meisten Freude bereiteten mir die zufriedenen Gesichter der Menschen.

Vor dem Wintereinbruch konnten planmässig alle Gebäude fertiggestellt werden. Es war eine rekordverdächtige Leistung. Die sorgfältigen Vorbereitungsarbeiten und unser kompetentes Architektenteam trugen wesentlich zum Erfolg bei. Die noch unerledigten Innenausbauten erfolgten nun während der Wintermonate,

Bis zur Eröffnung im Frühjahr mussten noch alle Abläufe in der Hotellerie und Gastronomie geübt werden. Unsere vier Frauen waren alle noch in Ausbildung im *Old Castle Inn* und im *Interstar Hotel* in *Stockton*. Als Gesamtleiter hatten wir den einzigen Vollprofi *Akai Bentley* verpflichtet. Er verfügte über eine solide Bankausbildung und besass mehrjährige Erfahrung mit Ferienhotels.

Anfangs Januar erhielten die neu gebackenen Mitarbeiter des Resorts ihr Ausbildungszeugnis. Es war eine feierliche Übergabe im Gemeindehaus und die jungen Leute strotzten vor Stolz über den erfolgreichen Abschluss ihrer kleinen Berufslehre. Jetzt mussten sie sich alle in ihrem neuen Arbeitsgebiet bewähren. In nur wenigen Monaten wurde es ernst. Pannen konnten wir uns nicht leisten, dafür sorgte die Konkurrenz. Erst dann würde es sich zeigen, ob unser Konzept erfolgreich war.

Für die Erstellung unseres Feriendorfes hatten wir viele Bäume gefällt, entfernten und verbrannten unzählige Kubikmeter Totholz. Gerade diese abgestorbenen Bäume und Sträucher stellten jedes Jahr eine grosse Gefahr bei den vielen Waldbränden dar. *John* erschien immer wieder und bat die Götter um Verzeihung für unsere massiven Rodungen. Wir versprachen die vielen Wunden im Wald mit gezielter Aufforstung zu heilen, schliesslich war unser oberstes Gebot die ökologisch korrekte Nutzung des Gebietes.

Der grosse Tag der Eröffnung rückte näher und am ersten Mai war es endlich so weit. Die Umgebung war klimabedingt noch nicht vollständig rekultiviert, wir hatten diesen Umstand unseren Gästen jedoch vorab mitgeteilt und mit einem Eröffnungsbonus abgegolten.
Das Eintreffen der ersten Gäste erwarteten wir am darauf folgenden Tag. Das gesamte Dorf war auf den Beinen und nahm aktiv an den Einweihungsfeiern teil. Ausser dem heiligen Ort und unserm Bungalow konnten alle Einrichtungen besichtigt werden. Überall gaben unsere Jungs und Mädels kompetent Auskunft. Es bereitete mir viel Spass ihr engagiertes Wirken mitzuverfolgen.
Als grosse Überraschung sah ich, dass der Pferdestall – er war von den Dorfbewohnern selbst erstellt worden – eine besonde-

re Attraktion darstellte. Die beiden Brüder *Jamiro* und *Kinan Heather* betrieben im Dorf bereits eine kleine Pferdestallung, vermieteten Pferdeboxen und trainierten Pferde. Sie übernahmen aber auch Schmiedearbeiten. Ihre kleinen zähen struppigen Pferde genossen grosses Ansehen. Touristen, aber auch Einheimische aus *Russell Creek*, waren regelmässige Kunden bei ihnen. *Jeremy* hatte mein Brautgeschenk auch bei ihnen eingestellt. Die Brüder hatten die Gelegenheit beim Schopf gepackt und ihr Können im Resort vermarktet. *Jamiro* galt als talentierter Reiter und Reitlehrer, während *Kinan* den Hof und die Tiere versorgte.

Für die Kleinen gab es einen *Kid's-Club*. *Merle Whittacker* hatte sich bereit erklärt einen permanenten Kinderbetreuungsdienst zu organisieren. Zu diesem Zweck liess *Jeremy* auf einer übersichtlichen Wiese, in genügendem Abstand zum See, ein grosses Indianerzelt aufstellen. Verschiedene Spielgeräte waren Geschenke aus *Stockton* und *Russell Creek*. Je nach Bedarf ermöglichten zwei bis drei Frauen den Eltern während einiger Stunden etwas Freizeit. *Merle* entpuppte sich dabei als talentierte Unterhalterin. Ich sah mit Freuden, dass auch *Shy* mitwirkte, allerdings nur an den freien Wochenenden und in den Schulferien.

Der sichtlich stolze Chief war überall anwesend. Er eröffnete an *Shys* und meiner Seite das Hauptgebäude und lud die Anwesenden ins Restaurant ein. An einem grossen Aussengrill wurden Steaks, Hamburger und Würste zubereitet. Maiskolben, warme Brote und viele Salate verführten die Gäste. Selbst gebackene Kuchen und andere Süssigkeiten wurden von den Dorfbewohnern mitgebracht. Als Getränke hatte uns die in *Stockton* gelegene Brauerei zwei Fässer gespendet, es wurde aber auch viel Mineralwasser ausgeschenkt.

Als einzige Panne der Lieferanten war die verspätete Lieferung der Weine zu vermerken. Der Fahrer hatte kurz nach *Stockton* eine Kollision mit einem Pkw. Der Händler entschuldigte sich und versprach, dass er noch am selben Tag Ersatz liefern würde, damit alles zur Eröffnung für die Gäste bereit wäre.

Zusammen mit *Jeremy* besuchten wir alle Bungalows und Ökonomiegebäude. Wir liessen nichts aus. *John Pope* fand die gesamte Anlage viel zu gross und er bat laufend um den Schutz der Götter. Der christliche Priester aus *Russell Creek* segnete unsere Ferienanlage ebenfalls, wenn auch in kleinerem Rahmen. Zum Abschluss luden wir *Jeremy* und *Enola* zu uns in den Bungalow ein. Beide staunten über den zweckmässigen, modernen Ausbau unseres neuen Heims. Überall waren indianische Skulpturen aufgestellt und im Garten prangte ein grosses Totem. Bei einem kühlen Bier äusserte sich *Jeremy* überschwänglich zum gelungenen Projekt. Er schien zudem stolz und glücklich zu sein, dass seine *Shy* auch ihren Traum verwirklichen konnte.

Am Abend genossen *Shy* und ich die Ruhe vor der eigentlichen Bewährungsprobe. Eng umschlungen schauten wir dem Sonnenuntergang zu und registrierten das Verstummen der Tierstimmen. Der Himmel war klar und mit unzähligen Sternen übersät. Meinem Hähnchen vom Grill wurde wenig Beachtung geschenkt, waren wir doch noch vom Mittagessen im Resort satt. *Shy* verstaute das Fleisch im Kühlschrank und kam mit zwei Gläsern Rotwein in den Garten zurück.

Ich wollte etwas mit ihr besprechen. Ich hielt für sie noch eine Überraschung bereit: eine kleine braune Schachtel, adressiert an *Frau Shania Vollmer Frazer, Black Water Lake Resort BC*. Als Absender war eine *SAP* in *Stockton* erwähnt. *Shy* kannte niemanden mit dieser Abkürzung und wurde kribbelig und nervös. Ich meinte lakonisch:

»Du musst es öffnen, sonst wirst du nie erfahren was drin ist.«

In der Schachtel befand sich ein Holzhaus, sonst nichts. Weder eine Mitteilung noch eine Erklärung lagen bei. Vorsichtig entnahm sie das Holzmodell und liess es vor Schreck beinahe fallen. Ihre Gesichtsfarbe wechselte zwischen Rot und Weiss und sie stammelte schliesslich:

»*Mark*, ihr seid alle verrückt.« Inzwischen hatte sie nämlich erkannt, dass es sich um das Modell eines Schulgebäudes handelte: ihrer neuen Schule. Der Stiftungsrat hatte in ihrer Abwesenheit zusammen mit dem Dorfrat beschlossen, ein neues Gebäude zu bauen, ein massiver Holzbau mit allen notwendigen Räumen war geplant. Auf einem grossen Betonfundament war in der zweiten Phase eine gedeckte Turnhalle vorgesehen.

Shy fand immer noch keine Worte. Erst als ich sie darauf hinwies, dass sie vielleicht besser ihren süssen Mund schliessen sollte, bevor eine Eule ihr Nest darin bauen würde, fand sie zwischen Freudentränen und Freudenschreien mühsam ihre Fassung wieder.

Ich händigte ihr einen Umschlag aus, der die wichtigsten Pläne und Fotomontagen enthielt. Ich sage ihr leise, dass sie bis Ende Juni noch kleinere Anpassungen vornehmen könne, anschliessend würden die Fundamente, noch vor dem Einzug des Winters, ausgehoben und betoniert. Im kommenden Jahr würde das neue Schulgebäude fertiggestellt sein, und zwar im selben Blockhausstil wie die Bungalows im Resort.

Ganz nebenbei erkundigte sie sich, wer von diesem Bauvorhaben Kenntnis gehabt hätte. Ich meinte:

»Alle!« *Shy* war überrascht, dass ein ganzes Dorf ihr gegenüber nichts verraten hatte. Sie war stolz auf ihre grosse Familie, die ein Geheimnis für sich behalten konnte.

Es war typisch für *Shy*, dass sie gleich mit der Detailplanung beginnen wollte. Ich hielt sie zurück mit dem Hinweis, dass sie noch genügend Zeit dazu hätte und Rom auch nicht an einem Tag erbaut worden sei.

ooOOoo

Anerkennung

*Ich möchte wissen, ob du die Schönheit sehen kannst, auch
wenn es nicht jeden Tag schön ist, und ob du Dein Leben aus
der Kraft des Universums speisen kannst.*

Oriah Mountain Dreamer

Auch die Gemeinde hatte grosse Pläne. Das Gebäude der
Krankenstation musste dringend saniert werden. *Jeremy* liess
eine Studie erstellen. Die geplanten Kosten konnten zum grossen
Teil von der Gemeinde beziehungsweise der Bank finanziert
werden, das bekannte Entwicklungsdrittel übernahm die
Bundesbehörde – somit waren die reinen Umbaukosten gedeckt.
Jeremy wollte nächstens die *Interlink Bank* in *Russell
Creek* kontaktieren, um einen zusätzlichen Kredit für die Installationen
aufzunehmen.

Shy und *Guy* hatten jedoch eine andere Idee. Sie schlugen vor,
dass die reinen Baukosten von der Stiftung übernommen werden
sollten. Für die noch fehlenden Ausrüstungen und Installationen
würden sie beim Fonds zur Entwicklung der *First Nation*
einen Antrag stellen. Der Dorfrat verstand nicht, weshalb
die Stiftung ihnen wieder etwas schenken sollte. Die anfänglichen
Befürchtungen des Rates, dass bald das gesamte Dorf
dieser Stiftung gehören würde, konnten dank der beruhigenden
Worte von *Jeremy* zerstreut werden: »Freunde, die Stiftung
sind wir alle.«

Wir kamen nicht dazu, dieses Thema zu Ende zu diskutieren,
denn *Annika*, die Gemeindeangestellte stürmte in den Sit-

zungsraum. Mit gerötetem Gesicht hielt sie ein Blatt Papier in die Höhe und rief:

»Wir kriegen hohen Besuch. Minister *Jack Wilson*, verantwortlich für die *First Nation* in unserer Regierung, wird uns mit seinem gesamten Stab von über zwanzig Leuten einen Besuch abstatten.«

In der Tat war diese Ankündigung etwas Aussergewöhnliches. *Jeremy* konnte sich nicht daran erinnern, dass ihr kleines Dorf jemals im entfernten Ottawa Beachtung gefunden hatte.

Stoisch liess er verlauten:

»Bereiten wir ihm einen Empfang vor, den er nie vergessen wird.«

Mehr war zu diesem Thema nicht zu erfahren. Ich wusste jedoch genau, dass er sich persönlich umgehend mit der peinlich genauen Planung beschäftigen würde.

Die Stimmung im Dorf veränderte sich spürbar. Die Eigeninteressen für Bauten oder Umbauten wurden überdeckt von einem unbändigen Willen, das gesamte Dorf zu verschönern. Überall wurde geputzt und gestrichen. *Oki Lasalle*, unser Nachwuchsmaler, konnte sich vor Aufträgen nicht mehr retten. Mit einigen Hilfskräften war er unermüdlich mit dem Facelifting der öffentlichen Gebäude und Plätze beschäftigt. Sein Team schuftete beinahe bis zur Erschöpfung, aber es gab nie böse Worte. Anwohner brachten ihnen kleinere Mahlzeiten und Getränke. Alle wussten, dass sie die einzigartige Gelegenheit hatten, sich auf nationaler Ebene zu präsentieren. Die Key'as waren immer ein stolzes Volk gewesen. Deshalb mussten sie unbedingt zeigen, wozu ihre Gemeinschaft heute in der Lage war. Sogar das Ranger-Team erhielt eine neue Uniform. Stolz präsentierten sie sich darin vor ihrem neu gewählten Chief, *Ramon Fuller*.

Auch im Resort wurde alle getan, um dem hohen Besuch gerecht zu werden. Die Hotelgäste sollten nicht benachteiligt werden, weshalb man sie mit ihrem Einverständnis vollständig integrierte. Ein grosses Festzelt wurde zu diesem Zweck aufgestellt. Eine Cateringfirma aus *Stockton* lieferte Bänke, Tische, Geschirr, Gläser und Besteck.

Ich war stolz zu hören, dass unsere Crew das Essen selbst zubereiten wollte. *Uma Miller*, die Verantwortliche für den Hotelbetrieb, hatte binnen kürzester Frist eine Küchen- und Servicemannschaft aus dem Dorf zusammengetrommelt. Unter ihrer Leitung wurden nun die Freiwilligen gedrillt.

Einen Tag vor dem grossen Ereignis informierte uns *Jeremy*, es war sicher das fünfte Mal, über den präzisen Ablauf der Veranstaltung. Sein peinlich genauer Zeitplan war mit dem Stab des Ministers abgesprochen worden. *Shy* unterstützte ihren Vater quasi als Assistentin. Die Schüler erhielten einen freien Tag, mussten jedoch zur Begrüssung der Gäste aus Ottawa einige indianische Lieder vortragen.

Ich vermutete, dass das gesamte Dorf in irgendeiner Form an den Vorbereitungsarbeiten beteiligt war. Ich hielt mich bewusst im Hintergrund. Bei der Kleiderwahl stellte ich fest, dass der Umfang meiner Garderobe nicht besonders üppig war. In *Russell Creek* konnte ich einen eleganten dunkel blauen Anzug erstehen. Die geschickte Verkäuferin perfektionierte mit ein paar Nadelstichen den Sitz. Ich wusste von *Shy*, dass die Dorfbewohner in historischer Kleidung erscheinen würden. Ich stellte mir diesen farbenprächtigen Aufmarsch als besonders beeindruckend vor.

Östlich vom Dorf befand sich eine grosse Wiese. Unser Chef-Ranger *Ramon Fuller* hatte sich einen Windsack vom kleinen Flugplatz in *Russell Creek* ausgeborgt. Da kanadische Regierungsmitglieder meistens per Helikopter anreisten, war diese Idee grandios. Ein kleiner Fussmarsch von zehn Minuten konnte jedermann zugemutet werden.

Zur Sicherheit und Unterstützung hatten wir noch unsere Elektromobile aus dem Resort zur Hand. *Ramon* tat seinem Spitznamen »*Rambo*« alle Ehre an. In seiner ruhigen Art vertrieb er Gaffer und Kühe auf eine benachbarte Weide und sperrte kurzerhand die geplante Landestelle mit einem farbigen Plastikband. Niemand war ihm böse, denn seine Entscheidungen liessen keine Zweifel aufkommen.

Pünktlich um zehn Uhr vernahmen wir das Knattern von Helikoptern. Dann sahen wir vier grau gestrichene *Sikorsky*-Hubschrauber der *Canadian Air Force* in Formation einfliegen. *Ramon* hatte zuvor die Landeplätze mit Sägespänen markiert. Die lokale Presse aus *Stockton* und *Russell Creek* war natürlich anwesend. *Guy* hatte zudem noch einen Fotografen beauftragt, den Besuch umfassend zu dokumentieren.

Der erste, der die Hubschrauber verliess war gemäss Protokoll Minister *Jack Wilson*. Ich hatte angenommen, dass er in einem dunklen Anzug erscheinen würde, aber weit gefehlt: Der braungebrannte durchtrainierte Staatsmann erschien im Indianeroutfit, sein Stab jedoch standesgemäss mit dunklen Anzügen. Minister *Wilson* war ein Bär von einem Mann, mit einem ewigen breiten Lächeln auf dem Gesicht. Die links und rechts des Weges stehenden Einheimischen begrüssten die Gästeschar aufs Herzlichste. *Jeremy*, *John* und *Shy* stellten sich kurz vor und hiessen Minister *Wilson* herzlich willkommen. Ich glaubte die Überraschung des hohen Gastes zu erkennen. Vermutlich erwartete er eines der vielen heruntergekommenen Dörfer und desillusionierte Bewohner.

Die Delegation wurde von den Zuschauern ins Dorf begleitet. Unsere Ranger waren überall anzutreffen und unterstrichen so, dass sie absolut in der Lage waren für Sicherheit und Ordnung zu sorgen.

Auf dem Dorfplatz war ich sichtlich erschlagen. Was *Oki* mit seinen Männern in den wenigen Wochen geschaffen hatte, übertraf all meine Vorstellungen. Die Fassaden des Gemeinde- und Versammlungshauses, der Krankenstation und des Dorf- ladens waren neu gestrichen, die Löcher auf dem Dorfplatz re- pariert und die gesamte Fläche zeigte neue Markierungen. Auch die Holzhäuser waren aufgefrischt worden. Das alte Schulhaus hatte ebenfalls einen neuen Anstrich erhalten ob- schon der Neubau geplant war. In der Mitte des grossen Plat- zes wehte die kanadische Flagge und darunter eine kleinere Fahne mit dem blau-weiss-schwarzen Raben. Der immer noch wahrzunehmende Geruch von frischer Farbe und Beize störte dabei niemanden.

Wir präsentierten uns von der besten Seite, indem wir unserem Besuch grössten Respekt zollten, eine ureigene Indianertu- gend. Unser Chief erklärte den interessierten Besuchern und Pressevertretern alles Sehenswerte. Er zeigte ihnen auch die beiden neuen Projekte: den Schulhausneubau und die Erweite- rung der Krankenstation. Minister *Wilson* war sprachlos von der positiven Energie, die von diesem kleinen Dorf ausging. Diverse Erfrischungen und die unzähligen Gespräche und Be- sichtigungen liessen die eingeplanten zwei Stunden im Nu vo- rübergehen.

Die Schulklassen stimmten noch zwei alte Indianerlieder an, dann richtete Minister *Wilson* das Wort an die Dorfbewohner und den Rat.

»Im Namen der Regierung bedanke ich mich für euren herzli- chen Empfang und die Gastfreundschaft. Ich gratuliere euch allen für den wiedererwachten Lebensmut und bin überzeugt, dass ihr eine glückliche Zukunft haben werdet. Bewahrt eure Traditionen und verschliesst euch nicht der Gegenwart. Meine Brüder und Schwestern, ich bin stolz auf euch, die würdigen Nachfolger der Key'as.«

Er fügte noch einen Satz im einheimischen Dialekt an. Jetzt erst wurde mir klar, dass Minister *Wilson* ebenfalls ein Mitglied einer *First Nation* war und sich mit Stolz dazu bekannte.

Wir fuhren in Anbetracht der begrenten Zeit unserer Gäste mit den Elektromobilen ins Resort. Dort sah ich den hohen Magistraten erneut staunen:

»Was ihr hier geschaffen habt, ist einmalig in der Geschichte Kanadas«, stellte er nüchtern fest.

Ich sass etwas abseits inmitten der Stabsbeamten, als unser Gast sich an die Runde wandte:

»Meine Freunde, ich habe gehört, dass es hier neben dem ehrenwerten *Hehaka Sapa*«, offensichtlich verfolgte Minister *Wilson* die Geschicke unserer Gemeinschaft seit geraumer Zeit, »noch einen weissen Häuptling gibt.«

Ich wollte eigentlich unter den Tisch kriechen, da dies das Fest der Dorfbewohner war. Alle Lorbeeren gehörten ihnen. Sie waren im Begriff ihre Zukunft nachhaltig zu gestalten.

Jeremy aber stand ruhig auf und kam auch mich zu.

»Mein Bruder, mein Freund, mein Schwiegersohn – weisser Häuptling. Wir verdanken dir all das, was heute so bestaunt wurde. *Mark*, du hast uns Mut gemacht, unsere Zukunft sinnvoll zu gestalten, und bist gleichzeitig durch die Heirat mit unserer *Shy* zum Mitglied unserer Gemeinschaft geworden. Wir sind mächtig stolz auf dich.« Noch nie hatte ich *Jeremy* so bewegt gesehen.

Nun stand Minister *Wilson* ebenfalls auf und kam auf mich zu. Mit tiefer Stimme verkündete er:

»*Mark Vollmer*, Kanada ist glücklich, sie aufgenommen zu haben. Für ihre Verdienste an unserer *Black Water First Nation* verleihen wir ihnen die kanadische Staatsbürgerschaft. Es ist mir persönlich eine grosse Ehre, ihnen den kanadischen Pass persönlich überreichen zu dürfen.«

Dabei zog er einen Umschlag aus seiner Jacke und hielt mir die Papiere hin. Ein fester Händedruck und das Klicken von Kameras begleiteten diese berührende Zeremonie.

Shy glühte vor Stolz und ich fühlte mich von dieser noblen Geste tief geehrt.

Als ich mich bedanken wollte, sagte er schlicht:

»*Mark*, wir haben ihnen zu danken.«

Damit war alles gesagt. Nun begann eine fröhliche Feier.

Jeremy suchte meine Nähe und eröffnete mir ganz nebenbei, dass der Dorfrat mich als neues Mitglied gewählt hätte.

»Dein Beraterstatus ist somit offiziell aufgehoben, jetzt musst du beginnen richtig zu arbeiten«, meinte er verschmitzt.

Etwas überrascht nahm ich dankend die grosse Ehre entgegen. In *Jeremys* Gesicht konnte ich lesen, dass er von mir nichts Anderes erwartet hatte. Aber auch Freude konnte ich erkennen.

Die Regierungsvertreter besuchten alle Winkel im Resort, die Reporter machten viele Fotos und Notizen.

Minister *Wilson* fragte mich ganz nebenbei:

»Wem gehört das traumhafte Anwesen, welches ich bei der Resort Einfahrt gesehen habe? Kann man das Objekt auch mieten?« Lachend verneinte ich und meinte kurz:

»Auch weisse Häuptlinge haben ihren ganz persönlichen Rückzugsort.«

Er nickte kurz und konzentrierte sich gleich wieder auf die Gespräche mit den Dorfbewohnern.

Schliesslich drängte der Protokollführer zum Aufbruch. Mit einem entschuldigenden Lächeln meinte dieser:

»Der Rückweg nach Ottawa ist lang.«

Zum Abschluss fragte der Minister grinsend:

»Habt ihr eigentlich noch irgendwelche Projekte, an denen sich die Regierung beteiligen könnte?«

Jeremy wies darauf hin, dass er bereits alle Informationen an seinen Sekretär weitergeleitet hätte.

Mit einer letzten Umarmung und einem kräftigen Händedruck bedankte sich der Regierungsvertreter und kletterte mit seinem Tross zurück in die Hubschrauber, die zügig abhoben und bald unseren Blicken entschwanden.

ooOOoo

Innere Stille

Wir müssen von Zeit zu Zeit eine Rast einlegen und warten, bis unsere Seelen uns wieder eingeholt haben.

Indianische Weisheit

Jede stürmische Entwicklung braucht eine Verschnaufpause. Ich nannte dies *Erdung*, das Überdenken seiner Situation, das Rückbesinnen auf die grundlegenden Werte.

Nach einer äusserst erfolgreichen ersten Saison des Resorts schlossen sich die Tore Ende September. Alle Mitarbeiter freuten sich auf den bevorstehenden Urlaub. Die Geschäftsleitung hatte beschlossen, auch im zweiten Jahr keine Winteröffnung vorzunehmen. Zu viele kleinere und mittlere Details mussten zuvor geklärt, angepasst oder erneuert werden. Zudem hatte die Umstellung auf einen Ganzjahresbetrieb auch personelle Auswirkungen.

Schon lange wollte ich ein wichtiges Thema mit *Shy* besprechen. Wir waren jetzt über zwei Jahre verheiratet und ich wusste, wie sehr sie sich ein Kind wünschte. Sie nahm aber Rücksicht auf meine Situation und wollte mich in keiner Weise bedrängen. Ich fand es jedoch an der Zeit, dass wir die Familienplanung aktiv an die Hand nahmen.

In blauem Papier eingeschlagen und mit einem bunten Band zusammengehalten überreichte ich meiner grossen Liebe ein kleines Präsent. Ohne es zu öffnen schaute sie gebannt auf das Päckchen. Als wollte sie es mit ihren Augen durchleuchten, hielt sie es in ihrer kleinen Hand. Ich hatte uns beiden einen dunklen starken Kaffee gebraut. Nach dem ersten Schluck begann sie mit dem Lösen des Knotens.

Endlich war es geschafft, das Papier fiel zu Boden und *Shy* hielt eine kleine handgeschnitzte Holzwiege in Händen. Sie war gerührt und weinte vor Freude. Dann warf sie sich an meine Brust, packte meinen Kopf mit beiden Händen und bedeckte mein Gesicht mit wilden Küssen. Sie hatte meine feine Mitteilung verstanden und war glücklich, dass ich bereit war ihren Herzenswunsch zu erfüllen.

Der Winter war hart und lang. Immer wieder mussten unsere Jungs die Wege mühsam vom Schnee befreien. Viele Bäume brachen unter der Last und lagen quer über der Einfahrt, den Fahrwegen oder auf dem Highway. Schnell behoben die Ranger jedoch auch diese winterlichen Pannen ohne grosses Aufsehen. Sie überprüften die Dächer der Hotelanlagen und das Funktionieren der Wasserleitungen. Ihr Einsatz im Dorf war ebenso vorbildlich. Sie mussten in diesem Winter zwei neue temporäre Mitarbeiter verpflichteten, um allen Aufgaben gerecht zu werden.

Es war Ende Februar, mitten im tiefsten Winter, als *Shy* und ich auf dem zugefrorenen *Black Water Lake* auf Schlittschuhen fröhliche Runden drehten – die Forstarbeiter hatten für unser Vergnügen eine kleine Fläche vom Schnee befreit. In der absoluten Stille der Natur, alleine auf der grossen weissen Fläche des Sees, zogen wir unsere Kreise. Nur das Kratzen der Schlittschuhkufen war zu vernehmen. Wer jemals die Gelegenheit hatte, so etwas zu erleben, konnte meine Gefühle nachempfinden.

Aber es war kalt. Das Thermometer zeigte minus 25 Grad an. Trotz aller Bewegung beim Schlittschuhlaufen waren wir eingepackt in dicke Fuchsfelljacken. Handschuhe und Mützen waren ebenfalls ein absolutes Muss. Vermutlich glichen wir mehr dem Michelinmännchen als einem sportlichen Paar.

Zurück im Haus genossen wir die gemütliche Stimmung in unserem warmen Wohnzimmer, einfach zusammen zu sein. *Shy* war von der ungewohnten sportlichen Aktivität ein wenig ermüdet. Das Feuer im Kamin brannte ruhig vor sich hin und spendete uns nicht nur Wärme, sondern auch Ruhe.

Inmitten dieser Harmonie platzte *Shy* mit einer freudigen Botschaft heraus:

»*Mark*, wir werden im August Eltern. Wir kriegen eine Tochter. *Ayana* hat mir bestätigt, dass ich im dritten Monat schwanger bin.«

Ich berührte ihren Bauch, als sei er aus dünnem Glas. Sie begann sofort zu lachen und meinte:

»*Mark*, ich bin schwanger, nicht krank.«

Dann fragte ich unvermittelt: »Weshalb wird es eine Tochter?« »Weil ich es weiss.«

Eigentliche wollte ich mit einer scherzhaften Erwiderung ihre Selbstsicherheit ins Wanken bringen, doch schien mir der Anlass zu feierlich, um ihn durch Frotzeleien zu stören.

Wir begannen erneut zu planen, aber diesmal im kleineren, intimeren Rahmen. Wir besprachen die Einrichtung des Kinderzimmers, die Organisation der Kinderbetreuung, die Beschaffung der Erstlingsgarnituren … Die Liste wurde länger und länger. Diese Vorbereitungen machten uns viel Freude. Es gab wohl keine schönere Aufgabe, als einem neuen Erdenbürger den Empfang vorzubereiten. *Shy* fühlte sich wohl in ihrer neuen Rolle als werdende Mutter. Sie hatte bereits eine Stellvertretung in der Schule organisiert.

Die Diskussionen um einen passenden Mädchennamen, das Wichtigste bei den ganzen Vorbereitungen, entwickelten sich zum Albtraum. *Shy* wollte der indianischen Tradition entsprechende Namen auswählen, während ich vorschlug, der neuen Zeit Rechnung zu tragen. Wir wendeten viel Zeit auf, um einen Kompromiss zu finden. Schliesslich einigten wir uns auf *Chenoa Anna Vollmer Frazer*. Während *Anna* den Liebreiz, die Anmut und die Gnade umschrieb, bedeutete *Chenoa* die *Taube*, unsere *weisse Taube des Friedens*.

Shy genoss ihren Zustand und zeigte allen Dorfbewohnern, dass sie ein Kind erwartete. Eigentlich ein natürlicher Zustand, aber sie war der Ansicht, dass jedermann davon erfahren musste. *Ayana* kontrollierte regelmässig den Verlauf der Schwangerschaft. Sie war mit der Entwicklung sehr zufrieden. Am zwölften August war es so weit. Ich fuhr *Shy* mit regelmässig wiederkehrenden Wehen in unser kleines Hospital, wo sie einem gesunden Mädchen das Leben schenkte. Sie war stolz und zeigte mir unsern kleinen Sonnenschein. Ich musste die kleine *Chenoa* immer wieder in den Arm nehmen, die Mutter lächelte dann stolz.

Die Grosseltern und auch *John* und *Marie* zählten zu den ersten Besuchern. Wie es so Brauch war, brachten sie Geschenke mit. *Enola* hatte ein kleines Amulett in Form einer Schildkröte angefertigt. *Shy* erklärte mir in einer ruhigen Minute, dass diese Schildkröte eine beschützende Macht symbolisierte. Es wäre auch Brauch gewesen, dass meine Schwester, sofern sie noch gelebt hätte, eine Wiege bringen sollte. Diese Aufgabe hatte *Ayana* wortlos übernommen.

Vier Tage nach der Geburt wurde der Namen des neuen Gemeindemitglieds im Aushang der Dorfverwaltung bekannt gegeben.

Ende der Woche fand das traditionelle Festessen zu Ehren der Namensgebung statt. An diesem Ehrentag versammelten sich die Verwandten und Freunde in unserem Haus am Black Water Lake. *Enola* und ich verteilten kleine Geschenke, die *Shy* selbst gebastelt hatte. Nun konnte der Festschmaus endlich beginnen, während *Chenoa* friedlich schlief.

ooOOoo

Die Natur gibt – die Natur nimmt

Weisst du, dass die Bäume reden? Ja, sie reden. Sie sprechen miteinander, und sie sprechen zu dir, wenn du zuhörst.

Indianische Weisheit

Der August war immer auch die Zeit der grossen Waldbrände. Regelmässig wurden ein- bis zweitausend Brände pro Jahr in ganz Kanada registriert. Zwei- bis dreitausend Quadratkilometer Wald gingen dabei jedes Mal verloren. Das Tragische daran war, dass in manchen Jahren bis zu 80 Prozent aller Brände durch Menschen verursacht wurden. Die Gründe reichten von Nachlässigkeit bis zu vorsätzlicher Brandstiftung.
Waldbrände verursachten aufgrund der zunehmenden Besiedelung des Landes eine stetig steigende Anzahl Zahl von Opfern. Die Sachschäden waren immens. Die äusserst kompetente kanadische Feuerwehr unternahm alles Mögliche und wurde auch mit modernster Technik ausgerüstet. Gegenüber den immer wieder aufflackernden Feuern war sie in vielen Fällen aber machtlos. In abgelegenen Gebieten liess man die Feuer sogar weiterbrennen, bis sie auf natürliche Art erloschen.

Es war ein drückend schwüler Tag Ende August. Jede Bewegung war schweisstreibend. Wir alle gingen der gewohnten Arbeit nach. Ich sass im Büro des Gemeindehauses und studierte die Bilanzen unserer Stiftung. Nur am Rande nahm ich die Gewitterwolken wahr. Diese türmten sich zu Riesengebilden im Himmel auf; sie wuchsen scheinbar ohne Ende. Es wurde dunkel wie in der Nacht, obwohl die Uhren erst kurz nach Mittag zeigten. Als die ersten Blitze sich entluden, erhellten sie gespenstisch die Szenerie. Fürchterlich war das Grollen des Donners. Alle Scheiben zitterten.

Jeremy hatte seine kleine Feuerbrigade in Alarm versetzt, und das war gut so. Er konnte im Nordosten auf dem Gebiet von *Sandvalley*, unserm Nachbardorf, eine Rauchsäule feststellen. Offensichtlich hatte die gewaltige Entladung das Unterholz in Brand gesetzt. Sofort wurde die Feuerwehrtruppe dorthin entsandt. Fünfzehn Minuten später war die Gefahr erkannt. Vorsorglicherweise ordnet die Gemeindeverwaltung den Beginn der Evakuierung von *Sandvalley* an. *Jeremy* entsandte alle verfügbaren Fahrzeuge an den Brandort.

Wir konnten nicht viel gegen das aufkommende Feuer ausrichten. Die ausgetrocknete Landschaft brannte lichterloh. Die Flammen wurden zusätzlich durch den starken Wind angefacht. Im östlichen Dorfteil hatten die ersten Häuser bereits Feuer gefangen. An ein Löschen war überhaupt nicht mehr zu denken. Zwanzig Meter hohe Feuersäulen trieben direkt auf das Dorfzentrum zu. Wir wässerten mit allen Schläuchen die noch intakten Häuser. Infolge der grossen Hitze konnten wir uns dem eigentlichen Brandherd jedoch nicht nähern.

In *Stockton* versprach man uns, ein Löschflugzeug zu entsenden. Niemand glaubte aber noch so richtig daran, dass ein solcher Einsatz ein Ausbreiten der Feuersbrunst nachhaltig hätte eindämmen können. Die Evakuierung erfolgte systematisch und genau nach Plan. Jedes Haus wurde kontaktiert und man brachte Menschen und Tiere in unser Resort. Eilig wurde dort ein Zeltlager errichtet. Einige Verletzte wurden notdürftig im Lazarett in *Black Water Village* versorgt. Wir erhielten die Mitteilung, dass eine Rettungskolonne aus *Russell Creek* in Kürze eintreffen würde, das Löschflugzeug aus *Stockton* befand sich bereits im Anflug.

In weiser Voraussicht hatte der Rat vor Jahren das Roden einer Brandschneise von über 50 Metern zwischen der Dorf- und der Waldgrenze angeordnet. *Sandvalley* bot keinen Widerstand mehr, sodass als Nächstes der kleine Waldstreifen Feuer fangen würde. Die Wucht der Feuerwalze wurde durch den baumfreien Gürtel jedoch nicht gestoppt, die Flammen übersprangen mit Leichtigkeit diesen Schutz, als wäre er nie vorhanden gewesen. Schon brannten die Bäume an unserer Dorfgrenze und es war nur noch eine Frage der Zeit, bis sich das Vernichtungswerk der Flammen in *Black Water Village* fortsetzen würde. Urplötzlich waren nun unsere Dorfbewohner in Gefahr. Diese verhielten sich sehr diszipliniert. Offensichtlich wurde dieser Ablauf regelmässig geübt. Alle Frauen und Kinder befanden sich bereits auf sicherem Gelände im Resort.

Jeremy wollte kämpfen. Vorsorglich hatte er vier grosse Schlauchleitungen vom *Black Water Lake* legen lassen. Mit Pumpen bewässerte er die Umgebung unseres Dorfes. Die Feuerwehr war zwar vorbereitet, aber auf solch einen Feuersturm nicht. Wälder, Büsche und Grasland standen in Flammen. Die Tierwelt versuchte zu fliehen. Dichte Rauchschwaden erschwerten den Überblick. *Wakanda Tanka* bat die Götter um Regen und begab sich gefährlich nahe an die Feuersbrunst. Immer wieder führten Blitzschläge zu neuen Brandherden. Dann erreichte die Feuerwalze die ersten Gebäude des *Black Water Village*.

Die Rauchschwaden verdunkelten den Himmel. Wir hörten das Knattern des Feuers und das Explodieren der Bäume. Das harzhaltige Holz war zusammen mit dem Wind quasi der Brandbeschleuniger dieser Feuersbrunst. Die geschlossene Feuersbrunst trieb nun eine Gluthitze vor sich her, die einem den Atem nahm. Das Verdrängen der Luft hörte sich an wie ein Heulen aus der Unterwelt. Wir mussten uns mit dem Löschwasser abspritzen, um nicht selbst Feuer zu fangen. Alle

Männer aus unseren beiden Dörfern waren mit Schaufeln und nassen Säcken ausgerüstet, um gegen die Elemente zu kämpfen. Wir wollten unser Land retten, um jeden Preis. Der umsichtigen Politik von *Jeremy* war es zu verdanken, dass in Dorfnähe kein Unterholz mehr vorhanden war, dennoch loderten die Bäume hell auf. Als letzte Möglichkeit, ich hätte vor Schmerz heulen können, sprengten nun die Ranger alle dorfnahen Bäume. Kleinere Sprengladungen waren an den Baumstämmen angebracht und wurden nun im fünfzehn Sekunden Takt gezündet. So erhielten wir eine Schneise, die den Abstand zum Walde vergrösserte. Das fallende Gehölz zeigte zusätzlich eine Flammendämmende Wirkung – wir hatten Glück im Unglück oder die Götter waren uns doch noch gnädig.

Im Verlaufe der Nacht wurden wir durch einen lauten Knall aus Richtung *Sandvalley* aufgeschreckt. *Jeremy* informierte uns über die vorgenommene Sprengung: eine grosse Dynamitladung war im Brandherd gezündet worden. Die Druckwelle sollte ein Ausblasen des Feuers bewirken. Unsere wagemutigen Männer hatten den Sprengstoff im Boden vergraben. Als die Flammen vordrangen löste man die Ladung per Funk aus.

Die gewaltige Detonation war wie der Startschuss für die zeitgleich unerwartet einsetzenden starken Regenschauer. Riesige Wassermassen ergossen sich auf die gepeinigte Natur. Das Feuer hatte anfänglich wenig Respekt vor dem vielen Wasser und der Regenguss verdampfte mit einem höhnischen Zischen, doch allmählich wurden die Flammen kleiner und endeten in qualmenden Flächen und Bäumen.

Der Wind fachte die vielen Feuer immer wieder an, da endlich kamen unsere Feuerwehrleute mit ihren professionellen Löschmitteln zum Einsatz. Ich hatte Angst, dass mein See nach dieser Aktion leer wäre, so viel Wasser pumpten sie in den lodernden Wald. Die Wucht des Feuers liess aber langsam nach und so kam die zweite Reihe der Löschmannschaft zum

Zuge. Mit Besen, nassen Säcken und Ästen schlugen wir auf die erlöschenden Flammen ein. Ich sah meinen Mitkämpfern an, dass diese Aktivitäten eine heilsame Wirkung ausübten. Wir konnten unserm Feind, dem Feuer, endlich etwas entgegensetzen und uns mit aller Kraft der Vernichtung unseres Dorfes erwehren.

Die professionellen Katastrophenhelfer fuhren bereits mit schwerem Gerät auf und errichteten auf dem sandigen Boden einen kleinen Schutzwall. Ein zweites Team versuchte die noch glimmenden Hölzer mit Erde zu ersticken.

Der Schaden in unserem Dorf war begrenzt. Einige Ställe waren niedergebrannt, ein paar wenige Häuser wurden von Splittern der gesprengten Bäume leicht beschädigt, ein paar Fensterscheiben gingen ebenfalls zu Bruch. Absolut schlimm hingegen sah es bei unseren Nachbarn in *Sandvalley* aus. Hier gab es nichts mehr. Nur noch verkohlte Reste deuteten auf ehemalige Häuser hin. Trümmer lagen überall herum. Die Flammen züngelten immer noch rund um das vernichtete Dorf. Hier gab es nichts mehr zu räumen, wenn man von den wenigen verkohlten Balken absah.

Wir warteten bis die zwei mit Raupen angetriebenen Bulldozer aus *Black Water Village* eintrafen. Der Boden war immer noch so heiss, dass gewöhnliche Reifenfahrzeuge gleich in Brand geraten wären. Mit riesigen Schaufeln wurde aufgeräumt. Mir schnürte es das Herz ein, als ich sah, was von den einstmals schönen Häusern übriggeblieben war: nichts als verkohlte Trümmer, Erinnerungsgegenstände waren keine mehr vorhanden, unseren Nachbarn war alles ausser dem nackten Leben genommen worden.

Auch der Natur wurde viel genommen. Wir fanden viele verkohlte Kadaver von Wildtieren, vom Wald ganz zu schweigen. Soweit mein Auge reichte sah ich eine surrealistische Landschaft. Die Rückkehr der Natur würde Jahre dauern. – Doch hier irrte ich mich gewaltig. Die Natur reproduzierte sich binnen kürzester Zeit. Bis 30 und mehr Meter hohe Bäume wuchsen, vergingen natürlich Jahrzehnte, die Büsche begannen aber innerhalb eines Jahres wieder grün zu blühen. Die Natur würde zurückkommen, ein neuer Kreislauf könnte beginnen.

Wir bauten heizbare Zelte auf dem Gebiet unseres Resorts auf. Versicherungen für Brandschäden in diesem Ausmass bezahlen meistens nicht oder nur begrenzt den Wiederaufbau. Die *First Nation* besassen zwar einen besonderen Fonds für Brandschäden, aber leider leistete dieser ebenfalls nur einen geringen Beitrag an die Wiederaufbaukosten. Somit verblieb die Hauptlast bei den Hauseigentümern und der Dorfgemeinschaft.

Unser Gemeinderat tagte und organisierte die Aufräumarbeiten in unseren beiden Dörfern. Die Holzbaufirma in *Stockton* hatte uns den Ersatz der drei verbrannten Ställe kurzfristig zugesichert. Der Zusammenbau würde von unseren Leuten vor Ort unter der Leitung von *Rambo* vorgenommen. Als weiteren Punkt beschlossen wir unseren Nachbarn mit 30 Wohneinheiten – einfachen zweckmässigen Holzhäusern – zu helfen. Die Stiftung würde diese Kosten übernehmen.

Mitten in der Detailbesprechung hörten wir das knatternde Geräusch eines Hubschraubers. Unerwartet und unangekündigt landete dieser nördlich vom Dorf. Der Maschine der *Canadian Air Force* entstiegen nur zwei Passagiere, die uns wohlbekannt waren: Minister *Wilson* kam mit seinem Sekretär, ohne Bodyguard und Anhang, und mit seinem stets Optimismus versprühenden Lächeln. Er war nicht staatsmännisch gekleidet, trug einen blauen Overall mit Gummistiefeln. So unterstrich er klar, dass es sich hier um eine Krisensitzung handelte.

Nach einer kurzen Besichtigung unserer Schäden bat er, dass wir ihn ins Nachbardorf begleiten sollten. Die örtliche Feuerwehr verpasste ihm einen Helm und eine Feuerschutzjacke. Mit meinem Pick-up fuhr ich die Gästeschar nach *Sandvalley*, so nahe wie möglich an den Brandort. Es wurde eine holprige Fahrt, hatten doch die beiden Planierraupen tiefe Spuren hinterlassen. Ich konnte Minister *Wilson* ansehen, dass er vom Ausmass der Katastrophe persönlich betroffen war.

Vor Ort angekommen liess er keine unnötige Zeit verstreichen. Zusammen mit der Teamleitung begann er sofort mit der Notfallplanung. Er war sichtlich erleichtert als er erfuhr, dass ausser ein paar leichten Verletzungen sämtliche Einwohner in unserm Dorf und im Resort versorgt wurden. Als ihm *Jeremy* vorschlug, unseren Architekten aus *Stockton* mit einer Basisplanung zu beauftragen, willigte er sofort ein. Vermutlich lagen solche Notfallkonzepte vor, die Wege, Kanalisation und Gebäudeflächen festlegten. Er sicherte dem Rat von *Sandvalley* die volle Kostenübernahme dieser Planungsmassnahmen zu. Als er etwas später erfuhr, dass wir bereit waren, 30 neue Wohneinheiten zu spenden, schien er sichtlich berührt. Spontan sicherte er dem Rat des vernichteten Dorfes zu, die Kosten für die restlichen 50 Bungalows zu übernehmen. Er würde mit der staatlichen Versicherung einen diesbezüglichen Vertrag ausarbeiten. Das Leuchten in den Augen unserer Nachbarn zeigte uns, dass sie diese Hilfeleistungen nie vergessen würden.

Minister *Wilson* meldete sich noch mal zu Wort:

»Die gegenwärtige Strassensituation erscheint mir katastrophal und lässt zudem keine schweren Materialtransporte zu. Eine Versorgung aus der Luft ist nicht möglich und kostet zu viel. Wir werden deshalb den für nächstes Jahr geplanten Strassenbau zwischen *Black Water Village* und *Sandvalley* vorziehen. Ich persönlich werde veranlassen, dass ihr eine gute Verbindung zwischen den Dörfern erhalten werdet. Nächste Woche müsst ihr einigen Lärm und Staub erdulden.«

Auf dem Heimweg bedankte er sich nochmals für die grosszügige Nachbarschaftshilfe und die Unterstützung der Rettungsmannschaften. Mit einem Winken stieg er in den Hubschrauber und flog davon. Wir erfuhren erst später, dass unser Architekt noch am gleichen Tage beauftragt wurde, *Sandvalley* neu zu konzipieren. Die Holzbaufirma erhielt den Auftrag, die gleichen Häuser zu liefern, die auch wir bestellt hatten.

Strassenbau kann ganz schön nervenaufreibend sein. Was wir jedoch exakt eine Woche nach dem Besuch von Minister *Wilson* erlebten, überstieg unsere schlimmsten Befürchtungen. Exakt um acht Uhr morgens wurden zwei Pioniereinheiten der kanadischen Armee per Helikopter eingeflogen. Es handelte sich hier nicht mehr um Lufttaxis, sondern um gigantische Transportmaschinen. Im ersten Transporter sassen die Soldaten, im zweiten war alles notwendige Material für deren Noteinsatz geladen. Die Soldaten verloren keine Zeit und bereiteten zusammen mit unseren Helfern ihre Unterkünfte und das Materiallager vor.

Pausenlose Versorgungskonvois auf der Strasse brachten Lebensmittel und Werkzeuge. Wer jedoch geglaubt hatte, dass damit nun mit dem Strassenbau begonnen werden könnte, hatte sich gründlich getäuscht. Eine mobile Betonmischeinheit wurde zusätzlich aufgebaut und mehrere Lastwagen mit Armierungseisen und Schalungselementen fuhren vor.

Noch ahnten wir nicht, weshalb unsere Strassen geräumt und mit breiten Netzen gesichert wurden. Die Pioniere entfernen sämtliche Laternen und Hydranten. Rot-weisse Absperrbänder verliefen links und rechts der Strasse, mit einem Abstand von je zwei Metern. Wir verstanden die Welt nicht mehr.

Am Nachmittag glaubten wir an ein Erdbeben, einen Orkan oder den Weltuntergang. Von Weitem hörten wir kreischende

Geräusche, die uns in Angst und Schrecken versetzten. Und dann sahen wir die Ungeheuer: Tausende von PS waren im Anrollen. Die Polizei aus *Russell Creek* sicherte den Transport und sperrte den gesamten Highway. Ich hatte in meinem Leben schon riesige Trucks in den Wäldern gesehen, aber hier fuhren die Armeepioniere mit Material auf, dessen Existenz ich nicht einmal erahnte. Die Mehrheit der Fahrzeuge bewegte sich auf Raupen. Die Antriebsräder der Fahrzeuge überstiegen meine Körpergrösse bei Weitem. Nun verstand ich auch, weshalb das Vorausteam die Strasse in *Black Water Village* gesichert hatte.

Die Transporter fuhren nur im Schritttempo, aber der Boden begann zu zittern. Im Schlepptau dieses ausserirdischen Konvois folgten Sattelschlepper mit überdimensionierten Betonelementen. Ich erkannte, dass hier vorgefertigte Stützpfeiler herangeschafft wurden.

Erst in den folgenden Tagen konnten wir den Nutzen dieses gigantischen Fuhrparkes abschätzen. Die Strasse nach *Sandvalley* wurde verbreitert und planiert, und zwar in einem Tempo, das beinahe erschreckend war. Die riesenhaften Baggerschaufeln entfernten ohne Mühe Felsbrocken und Bäume. Zweimal wurden ohrenbetäubende Sprengungen vorgenommen – offensichtlich waren gewisse Felsen auch den *Ungeheuern* zu gross. Auf der gesamten Strassenlänge von etwa zwei Kilometern wurden die Ränder mit den vorgefertigten Betonelementen gesichert. Nach dem Einbringen eines Kiesbettes konnte der Strassenbelag aufgetragen werden. Ein monströses, stinkendes und rauchendes Monster überzog die Basis mit einer dicken Teerschicht. Eine Kolonne von Trucks brachte permanent Nachschub. Das Monster schien einen unstillbaren Hunger zu haben. Nach der Verdichtung des Belages mit überdimensionierten Walzen war die Verbindung nach

Sandvalley beinahe perfekt. Der grosszügige Ausbau war selbst für grosse Lkw geeignet. Das rauchende Monster machte jedoch keine Pause. Die Hauptstrasse und die wichtigsten Querstrassen in *Sandvalley* wurden ebenfalls neu geteert.

Auf dem Rückweg renovierte das nach Teer riechende Ungetüm unsere Hauptstrasse, indem auch hier ein neuer Belag aufgebracht wurde – trotz aller Absicherungen war der alte Belag an zu vielen Stellen gerissen und eingedrückt worden, sodass eine partielle Reparatur sinnlos war. Anders als bei der Verbindungsstrasse oder den nicht mehr existierenden Strassen in *Sandvalley*, begannen die Arbeiten bei uns mit einem ohrenbetäubenden Kreischen. Fräsen entfernten den beschädigten Altbelag auf der gesamten Hauptachse. Im nächsten Arbeitsgang wurde geteert und gewalzt. Wir kamen nicht mehr aus dem Staunen heraus.

Der Spuk endete so, wie er begonnen hatte. Nach einer guten Woche meldete Oberst *Sandler* dem Chief, dass sein Auftrag ausgeführt sei. Er bat *Jeremy* um eine kurze Bauabnahme. Der gesamte Rat von beiden Dörfern marschierte auf der nagelneuen Verbindungsstrasse und konnte nicht glauben, was innerhalb einer Woche geschaffen worden war. Alle hundert Meter befanden sich eine Strassenlaterne und ein Hydrant. Die gefällten Bäume lagen fein säuberlich zum Abtransport bereit. Den Wasser- und Stromanschluss hatten die Pioniere auf unsere Seite verlegt.

Militärisch präzise war auch der Rückzug geplant. Unter Begleitung durch die Ortspolizei bewegte sich der Schwertransport zur nächsten Bahnstation, wo bereits ein Spezialzug auf ihn wartete.

Die Ruhe zog wieder ein. Im ersten Moment hatten wir Angst, das Ganze nur geträumt zu haben, die neuen Strassen jedoch

waren durchaus real. Ein nationaler Stolz begann in uns auf-
zukeimen. Eine Regierung, die in der Lage war auch einem
kleinen Dorf so zu helfen, verdiente nicht nur unseren Dank,
sondern auch unseren Respekt. Wir fühlten uns als Teil eines
zufriedenen und stolzen Volkes.

Der Aufbau von *Sandvalley* vollzog sich genauso geordnet wie
der vorherige Militäreinsatz, jedoch wesentlich langsamer. Die
Architekten hatten dem Gemeinderat ein Notkonzept von ver-
blüffender Einfachheit und ohne jeglichen Luxus vorgestellt,
schnörkellos und leicht zu realisieren. Die neuen Häuser sollten im Schachbrettmuster positioniert werden, dies wurde auch
dankend angenommen. So konnte der einfache Ausbau an die
Hand genommen werden. Die kanadische Regierung übernahm wie versprochen die Infrastrukturkosten, die sich infolge
des einfachen Wiederaufbaukonzepts jedoch in Grenzen hielten. Ein Katastrophenfonds stiftete 50 Wohneinheiten. Unsere
Stiftung übernahmen die Kosten für die versprochenen 30
Bungalows. Die *Prime Wood Construction*, unsere lokale
Holzbaufirma in *Stockton*, lieferte diese Häuser, als kämen sie
vom Fliessband. Erst viel später erfuhr ich, dass im Umkreis
von 100 Kilometern eine Vielzahl kleinerer Holzbaufirmen am
Wiederaufbau beteiligt gewesen war.

Sandvalley erstellte kein Gemeindehaus mehr, sondern plante
einen grossen Versammlungssaal. In ihrer Dorfgemeinschaft
vollzog sich ebenfalls eine grundlegende Veränderung. Der
Rat ersuchte drei Monate nach der Brandkatastrophe den Rat
von *Black Water Village* um Aufnahme in die Dorfgemeinschaft. Sie hatten schmerzhaft erkennen müssen, dass ein Al-
leingang in Zukunft nicht mehr oder nur noch unter grossen
Opfern möglich war. Ohne Gegenstimmen wurde die Aufnahme unter Applaus im Rat beschlossen.

Rund ein Jahr später zeigte sich der Dorfteil *Sandvalley* in
neuem Glanz. Den alten Teil nannten wir nun stolz *Center*.

Eliza Whittacker hatte zusammen mit ihrer zweiten Tochter *Feather* ein kleines Gasthaus im neuen Dorfteil geplant, welches sie analog zum bestehenden durch einige Hotelzimmer erweitern wollte.

Die grosse Feuersbrunst hatte nicht alles in *Sandvalley* zerstört. Mit Freuden und grosser Erleichterung stellten wir fest, dass verschiedene Tiere überlebt hatten. Die Stallungen waren zwar niedergebrannt, die Tiere hatten sich aber selbst in Sicherheit bringen können. Vier Bauernfamilien unter der Leitung von *Daniel Woodstock* hatten sich vor Jahren zusammengeschlossen und betrieben eine sehr lukrative, etwas spezielle Aufzucht. Die Herde zählte etwa 60 Tiere. Diese waren allerdings viel grösser und wilder als herkömmliche Rinder, sie wurden deshalb Wildrinder genannt oder besser bekannt als Bisons. Diese schlauen Tiere hatten das Inferno dank der grossen Weideflächen und ihrer Flucht in die eher felsige Region des *Black Peak* unbeschadet überstanden. Nach dem Unglück kamen sie dann langsam auf die angestammten Weiden zurück.

Nur die beim Rettungseinsatz zerstörten Zäune auf den dorfnahen Weiden mussten dringend ersetzt werden, denn die sonst friedlichen Tiere könnten bei einer Panik eine echte Gefahr für die Gemeinde sein. Unter *Zäunen* wurde meistens Stacheldraht an Holzpfosten verstanden, bei Bison-Zäunen handelte es sich hingegen um einbetonierte Eisenträger, für die Auflage von langen Stahlrohren. Der Zaun musste den Urkräften der Tiere schliesslich standhalten. Die bedrohte Tierart lebte wild und in absoluter Ruhe auf den weiten Flächen unseres Dorfes. Das heisst, die grossen Weidegründe gehörten der kanadischen Regierung. Die vier Familien hatten jedoch das verbriefte Recht, darauf Bisons zu züchten. Der staatliche Veterinärdienst kontrollierte die Zucht regelmässig und verband damit auch ein Forschungsprojekt: Die Wissenschaftler untersuchten das Wanderverhalten und dessen Veränderung über die Jahre. Die Tiere brauchten viel frisches Gras, Wildkräuter und Wasser. Alles fanden sie bei uns im Überfluss.

Während der Wintermonate verfütterten die Farmer Heu, Futterkartoffeln und Rüben unter dem überdachten Teil des Stalles. So wollten sie die Tiere mit dem Anblick des Menschen vertraut machen. Ansonsten lebten unsere Bisons völlig unbehelligt von allen schädlichen Umwelteinflüssen im Sommer und meistens auch im Winter draussen. Antibiotika waren nicht erlaubt.

In den Sommermonaten schlachteten die Züchter monatlich zwei bis drei Tiere. Die vorangehende Zeremonie berührte mich immer zutiefst. *John* als spirituelles Oberhaupt leitete den Schlachtvorgang ein. Er sprach Gebete und bat die Tiere um Verzeihung. Dann dankte er ihnen für den Beitrag zum Überleben der Menschen. Die Auswahl der Bisons und das Töten erfolgten unter staatlicher Aufsicht.

Die Züchter verwerteten alle Bestandteile. Selbst Knochen und Hörner verwandelten sich unter geschickten Händen zu schönen Schnitzereien. Aus den Häuten stellte unser Gerbermeister Teppichvorleger und Jacken her. Besonders gefragt war aber das Bisonfleisch, das dank des geringen Fettanteiles, seiner feinen Strukturierung und dem unvergleichlichen Geschmack weltweit begehrt war. Es verwunderte deshalb nicht, dass die Nachfrage, allein jene aus den USA, das Angebot bei Weitem überstieg. Seit Langem hielten die Farmer auch regelmässige öffentliche Informationsveranstaltungen ab. Unsere Gäste aus dem Resort nahmen gerne daran teil.

Ich erinnere mich noch an einen ganz speziellen Moment.Unsere kleine Tochter *Chenoa*, etwa siebenjährig, kletterte über den Bisonzaun und spazierte seelenruhig auf einen grossen zotteligen alten Bullen zu, der friedlich in der Nähe des Stalles graste. Ich hatte bereits ein Gewehr in der Hand und wollte meine Kleine zurückrufen, als *Shy* mich sanft am Arm berührte und bat, die Waffe runterzunehmen. Ich traute meinen Augen nicht. Der Bison schaute völlig angstfrei aus seinen grossen schwarzen Augen unsere kleine Tochter an. Diese redete und redete mit ihm, ich verstand jedoch kein Wort. Nach einigen Minuten, einer angsterfüllten Ewigkeit, wendete sich *Chenoa* ab und kehrte zu uns an den Zaun zurück, als sei nichts gewesen. Bereits im Gehege sah ich zwei Mitglieder der Woodstock-Familie, die ihre Gewehre sicherten, unsere Kleine packten und aus dem Gehege schoben. Um Jahre gealtert setzte ich zu einer Schelte an.

Diese liess sie widerspruchslos über sich ergehen und meinte abschliessend:

»Papa, der alte Büffel hat mich gerufen, um mir seine traurige Geschichte zu erzählen. Ich war so betroffen, dass ich dabei keine Angst empfunden habe. Er brauchte meine Hilfe. Bitte entschuldige.«

Gerne hätte ich mehr über diese Geschichte erfahren. Ich konnte meiner Tochter dieses Geheimnis jedoch auch später nie entlocken.

Der alte Bulle war in der folgenden Nacht gestorben.

Sandvalley präsentierte sich nach rund einem Jahr als intakte Wohngemeinschaft. Als Dank für unsere Hilfeleistung veranstalteten unsere neuen Gemeindemitglieder ein einfaches aber sehr eindrückliches Fest. Anstelle von langen Reden wurden Tänze aufgeführt. Begonnen wurde mit dem *Adlertanz* als Zeichen für das Glück, das ihre Gemeinschaft erfahren durfte. Es folgte ein bunter Reigen mit vielen Dankesbezeugungen. Als Abschluss dieser bewegenden Zeremonie wurde eine Art *Gib-Weg-Tanz* inszeniert. Symbolisch trugen die Tänzer Habseligkeiten um den Hals, die sie während ihrer Vorführung an die

Zuschauer verschenkten. *Chenoa* verfolgte fasziniert diese ausdrucksvollen, farbenprächtigen Darbietungen. Unser Resort offerierte das Essen und die Getränke.

Wir alle hatten etwas gelernt: Nur durch die Freundschaft und den rückhaltlosen Zusammenhalt der Familien konnte unsere Gemeinschaft überleben und gedeihen.

ooOOoo

Zeit der Veränderungen

Die Natur erneuert sich unaufhörlich. Die Tausende von Tagen, die vergehen, kehren in neuer Gestalt zurück.

Indianische Weisheit

Der erweiterte Rat fasste in den folgenden Monaten noch einen weiteren gewichtigen Entscheid. Eine 100 Meter breite Schneise sollte zwischen dem Dorfteil *Sandvalley* und dem Waldrand gerodet werden. Unter strengsten Auflagen erhielten wir von der staatlichen Forstbehörde die Erlaubnis, unser grosses Vorhaben zu realisieren. Gleichzeitig wurden wir verpflichtet, jeglicher Erosion des guten Bodens durch eine sinnvolle Nutzung entgegenzuwirken.

Unser neues Ratsmitglied, *Ramon Fuller*, war verantwortlich für den Bausektor. Er schlug deshalb vor, dass der beste Bodenschutz eine Terrassierung mit der notwendigen Entwässerung wäre. Skizzen zeigten, wie er sich dies vorstellte.

Die zweite Forderung der Behörde ging richtig ins Geld: Eine CO_2-neutrale Aufforstung wurde vorgeschrieben, mindestens jedoch eine Aufforstung mit dem Faktor 1,5. Dies hiess, dass 50 Prozent mehr Bäume gepflanzt werden mussten, als wir abholzten. Eine 100 Meter breite und etwa drei Kilometer lange Ersatzwaldfläche mit Jungpflanzen aufzuforsten würde wahrlich ein sehr ehrgeiziges und vor allem langfristiges Projekt sein. Wir erhielten von der Behörde die grosszügige Erlaubnis, diese Forderung in einer Frist von 30 Jahren zu erfüllen. Damit waren wir einverstanden.

Ramon Fuller hatte einen genialen Plan. Er schlug vor, das Aufforstungsgebiet in 400 kleine fiktive Parzellen zu zerlegen. In unserm Dorf gab es etwa 400 Haushalte. Jeder Haushalt musste die Verantwortung für die Neubepflanzung *seiner* Parzelle innerhalb der gesetzten Frist übernehmen. Er rechnete uns weiter vor, dass jeder dieser Geländeabschnitte mit rund 75 Bäumen, oder pro Jahr rund drei Bäumen, aufgeforstet werden musste. Zwei Drittel der Kosten könnten durch den Holzverkauf gedeckt werden. Den Rest ging zulasten der einzelnen Haushalte. Es gab keine Gegenstimmen. Dieser Vorschlag traf ins Herz der *First Nation*. Ein sichtlich erfreuter *John* quittierte die Aktion mit einem Kopfnicken.

Die Bewohner unseres neuen Quartiers waren mehrheitlich Bauern. Der Gemeinderat beschloss deshalb, ihnen beziehungsweise ihrer Genossenschaft die Bewirtschaftung der terrassierten Brandschneise zu übertragen. Wir wünschten keine intensive Landwirtschaft und der Einsatz von genmanipuliertem Saatgut wurde strikt untersagt. Ebenso war die Verwendung von chemischen Pflanzenschutzmitteln verboten. Gedüngt werden durfte nur mit organischen Stoffen. Wir verschrieben uns ganz dem biologischen Anbau.

Die Bauern hatten noch eine weitere glorreiche Idee: Sie wollten wieder alte, in Vergessenheit geratene Sorten von Kartoffeln und Rüben anpflanzen. Verschiedene Kohlarten und Salate ergänzten das Anbausortiment. Auch wenn die Schädlingsresistenz geringer war und somit der Ertrag pro Quadratmeter hinter jenem von Grossfarmen lag, beabsichtigten wir unsere Böden weder zu überfordern noch chemisch auszulaugen. *John* und *Ayana* sagten ihnen ihre Unterstützung zu. Sie empfahlen ihnen, zwischen den einzelnen Feldern gewisse Kräuter und kleinwüchsige Büsche anzupflanzen. So könnten eine grosse Anzahl von Schädlingen abgehalten werden. Der Einsatz von Kräuterbrühen anstelle von Pestiziden würde die wachsenden Pflanzen im Kampf gegen Ungeziefer unterstützen. Hier hatten sich Profis gefunden. Das Kräuterwissen konnte nun direkt angewandt und auf seine Effizienz hin überprüft und verbessert werden.

Die Stiftung versuchte wie geplant, die illegal veräusserten Grundstücke im Reservat zurückzukaufen. Mithilfe der neu gegründeten *Black Water Real Estate Ltd.* kauften wir alle mehr oder minder wertlosen Grundstücke zurück. Ein Besitzer stellte sich jedoch quer und forderte eine unrealistische, beinahe beleidigend hohe Summe für ein kleines Stück Land: die *BC Real Estate* wollte sich offensichtlich wieder einmal eine goldene Nase verdienen.
Wir machten der Immobilienfirma ein Angebot in der Höhe des damaligen Kauf- beziehungsweise Kompensationspreises. Prompt erhielt ich eine höhnisch klingende Absage. Zusammenfassend liess mich *John Milford* wissen, mit welchem Recht ich mich als Richter aufspiele und mich in ihre Angelegenheiten einmischte.
»Der Erwerb war rechtens gewesen. Ihr Angebot dagegen präsentiert sich so erbärmlich, dass wir überhaupt nicht darauf eintreten können«, liess er sich kurz und bündig verlauten.
Ich hielt daraufhin Rücksprache mit *Guy*. Der Immobilienhai hätte sich besser nicht mit uns angelegt. Aufgrund einer umgehenden Strafanzeige, eingereicht von *Guy*, wurden daraufhin die Büros der *BC Real Estate* polizeilich durchsucht. Was zutage kam, beschäftigte die Justiz und auch die Presse in den folgenden Wochen. Offensichtlich war die Immobilienfirma in viele unseriöse Geldwäschereiaktivitäten verwickelt. Der Tausch des Reservatsgrundstücks zur Begleichung von Spielschulden stellte sich im Nachhinein als illegal heraus und war demnach ungültig und letztendlich auch noch strafbar. Die Rückabwicklung der gesetzlich unerlaubten Transaktion erfolgte dann relativ zügig.

Das heute verarmte Gemeindemitglied, einer von vielen Sozialfällen, bekam sein kleines Häuschen zurück. Die *BC Real Estate* wurde im Zuge des Ermittlungsverfahrens geschlossen und wenig später liquidiert. Von *Milford* hörte ich nie wieder etwas.

Auch *Russell Creek* entwickelte sich zu einer schnell wachsenden Kleinstadt. Wachstum bedeutet aber immer eine Anpassung der Infrastruktur und genau diese baulichen Erweiterungen führten in der Gemeindekasse zu einem permanenten Fehlbetrag, der sich zum Damoklesschwert entwickelte, das ständig über der Gemeinde schwebte. Als Besitzerin von immensen Landparzellen, beabsichtigte die Gemeinde *Russell Creek* seit Langem, westlich der grossen Brandschneise das ansehnliche Grundstück zwischen dem *Mountain Lake Highway* im Osten und dem *Old Russel Highway* im Westen zu verkaufen. Der nördliche Nachbar war die *Black Water Indian Foundation*. Das hügelige, sehr grosse Landstück war zwar von einigen Forstpisten durchzogen, ansonsten jedoch vollständig unerschlossen und teilweise auch nur schwierig erschliessbar. Verschiedene kleinere Bäche durchzogen das Land wie ein Spinnennetz. Für grössere Immobilienprojekte erwies sich das Gebiet also als ungeeignet, für private Bauvorhaben waren die Voraussetzungen jedoch etwas besser. Dieses Land war einst Eigentum der Key'as. Unsere Gemeinde als deren Nachfahren beabsichtigte wenigstens einen Teil des gestohlenen Gebietes ganz legal durch unsere Immobilientochter zurückzukaufen.

Russell Creek schrieb den Verkauf dieser sehr grossen Landparzelle öffentlich aus. *Guy* gab uns den entscheidenden Hinweis für die Festlegung unseres Angebotes. Wir wussten nun, dass der Neubau der Kläranlage in *Russell Creek* rund zwei Millionen Dollar kosten würde. Für uns bildete dieser Betrag

die Obergrenze unseres Angebotes. In einem Bieterwettbe-
werb erhielten wir schliesslich den Zuschlag.

Im Frühjahr, gleich nach der Schneeschmelze, kündigte sich
überraschend Besuch an. Ein Mann, ungefähr 60 Jahre alt mit
einer etwas jüngeren rothaarigen Frau, näherte sich meinem
Bungalow im Resort. *Chenoa* pflanzte gerade ihre Lieblings-
blumen, die *Columbia Lilien*, als der Herr sich bei ihr höflich
erkundigte:
»Können sie mir bitte sagen, wo ich den weissen Häuptling
finden kann?«
Chenoa war anfänglich ratlos, doch kombinierte sie schnell.
Einen Weissen suchte der ältere Herr, also musste es sich um
ihren Vater handeln. Sie bat die beiden einzutreten. Gleichzeitig rief sie nach mir.
Welche Freude stieg in mir auf, als ich den Mann erkannte:
»Herzlich willkommen, Minister *Wilson*.«
Doch dieser winkte ab: »Ich bin schon seit drei Jahren nicht
mehr politisch tätig. Ich befinde mich jetzt im Ruhestand. Darf
ich ihnen meine Partnerin *Tabea Simmons* vorstellen?«
Diese beglückwünschte uns für unser einmalig schönes Anwesen. Sie waren beide auf der Suche nach einem neuen Zuhause. Ich hatte aus den Zeitungen erfahren, dass sich innerhalb
Wilsons Partei unschöne Dinge ereignet hatten. Konnte dies
der Grund seiner Flucht aus Ottawa sein? Ich lud die beiden zu
einem Glas Wein auf die Terrasse ein.
Einmal mehr kam *Jack Wilson* nicht mehr aus dem Staunen
heraus. »*Mark*, dies ist ein Paradies. Hast du noch ein zweites
auf Lager?«
Leider musste ich ihn enttäuschen, dennoch bot ich ihm
einen Ferienbungalow – ich wusste von einer kurzfristigen
Absage eines Gastes – für eine Woche an. So konnte er die
Einheimischen und die einmalige Landschaft besser kennen-

lernen. Er war begeistert von meiner Idee und schlug sofort ein.

Um keine Euphorie aufkommen zu lassen, gab ich ihm zu bedenken:

»Alles Land, welches wir in den vergangenen Jahren gekauft haben, gehört der *Black Water Indian Foundation*. Es steht nie zum Verkauf.«

Vorerst gab er sich mit der Auskunft zufrieden, doch ich wusste genau, dass sich der schlaue Fuchs, eben ein Politiker, vermutlich bereits für ein bestimmtes Grundstück auf dem neuen, von *Russell Creek* erworbenen Gebiet begeistert hatte. Seine genauen Kenntnisse über den Ablauf unseres letzten Landerwerbs bestärkten mich in meiner Vermutung, dass er beim nächsten Besuch mit einer konkreten Anfrage kommen würde.

Inzwischen traf *Shy* von der Arbeit zu Hause ein. Ich sah, dass sie sehr angespannt wirkte und informierte sie kurz, dass wir Besuch von *Jack Wilson* und seiner Partnerin hatten. *Chenoa* war bereits in der Küche und bereitete einen Salat vor. Ich wollte etwas später einige Forellen auf dem offenen Feuer grillen.

Gastfreundschaft war bei uns heilig. Wir fragten *Jack* und *Tabea* nicht, ob sie bleiben wollten, sondern informierten sie über die grosse Freude, die sie uns machen würden, mit uns ein einfaches Mahl zu teilen.

Es wurde ein langer und lustiger Abend. *Chenoa* und *Shy* baten um Nachsicht, als sie sich gegen elf Uhr abends verabschiedeten. Sie hatten einen anstrengenden Tag in der Schule vor sich.

Ich freute mich, dass *Jack* unsere Gegend für seinen Alterssitz auswählen wollte. Ein Baurecht war – auf Lebzeiten des Pächters begrenzt –, möglich, sofern er einer *First Nation* angehörte. Nach seinem Ableben würde die Liegenschaft an unsere Stiftung unentgeltlich übertragen.

Tabea entpuppte sich als eine vermutlich steinreiche, aber etwas herrschsüchtige Frau. Sie platzte gleich mit ihrem ganz persönlichen Wunsch heraus:

»Ich möchte das gesamte Landstück, nicht nur eine Parzelle südlich vom *Black Water Lake*, kaufen. Ich werde den geforderten Preis bezahlen.«

Also bezahlen würde vermutlich ihr Vater, ein Immobilien-Tycoon aus New York. Ich holte die Dame wieder auf den Boden der Realität zurück und erwähnte nochmals, dass wir gerne über ein Baurecht, jedoch nie über einen Verkauf diskutieren konnten. Offensichtlich war diese Frau nicht gewohnt, dass man ihr widersprach. *Jack Wilson* enthielt sich der Stimme, konnte sich jedoch ein Schmunzeln nicht verkneifen.

Leicht eingeschnappt, mit beinahe unhöflicher Hast, drängte sie *Jack* schliesslich zum Aufbruch.

Es dauerte keine Woche bis uns *Jack Wilson* anrief und sich nochmals für die spontane Gastfreundschaft bedankte. Er informierte mich, dass er und *Tabea* unsere Bedingungen akzeptierten und gerne einen Baurechtsvertrag für die Erstellung einer Liegenschaft südlich des *Black-Water-Areals* abschliessen wollten. Ich verwies ihn an *Guy* in *Stockton* – um die rechtlichen und finanziellen Aspekte kümmerten sich kompetentere Leute als ich.

So erhielten wir einen berühmten Nachbarn. Leider schuf diese Art von Publicity nicht nur positive Aspekte. Viele Immobilienvermittler erkundigten sich nach Baumöglichkeiten, Bodenspekulanten versuchten uns mit Angeboten schwach zu kriegen, aber wir mussten alle Anfragen ablehnen, da unsere Grundstücke gemäss Stiftungsstatuten unverkäuflich waren.

ooOoo

Die weisse Taube

Um ein anderes Wesen zu verstehen, musst du in ihm leben, bis in seine Träume hinein.

Indianische Weisheit

Ich verbrachte mit *Chenoa* viel Zeit im Wald, in der freien Natur, als sie noch ein Kind war. Sie entwickelte sich zu einer wissbegierigen jungen Frau, die schnell die Namen und Eigenschaften der meisten Tiere in unserer Gegend kannte. Sie erzählte mir auch, was die Tierspuren alles verrieten. Einmal erklärte sie mir, dass die Abdrücke im Boden die Spur eines alten Grizzlybärs waren.

„Er musste hungrig und gestresst gewesen sein. Vermutlich war er sehr krank."

Seit Langem sammelte *Chenoa* Kräuter, die sie fein säuberlich in einem Buch presste. Alles Wissenswerte aus Büchern oder dem Internet war darin zu den Blumen und Kräutern vermerkt. In den vergangenen Jahren wuchs diese Sammlung stark an und *Chenoa* hütet sie wie einen grossen Schatz. *John* und *Ayana* ergänzten ihr Wissen bei den regelmässigen Besuchen in ihrem Labor. Unsere Tochter war eine wissbegierige Schülerin.

Schon früh konnten wir eine besondere Eigenschaft an unserer Tochter feststellen: Sie war fähig mit Menschen und Tieren ohne viele Worte zu kommunizieren. Das Erlebnis mit dem Bison blieb mir unvergesslich. Aber auch im Wald ging sie völlig angstfrei auf Bären, Wölfe – wir hatten einmal das seltene Glück ein Rudel Wölfe zu sehen – oder Elche zu. Sie sprach zu ihnen, als wären es Menschen.

Chenoa zeigte mir einmal etwas ganz Besonderes: Sie nannte den Baum den *Gesellschaftsbaum*, ich erkannte aber nur eine schäbige Tanne, die verschiedene Tierspuren und Haarbüschel aufwies.

»Hier scheuern sich Grizzlys und Wölfe, hier setzen sie auch ihre Duftmarken, aber nicht um ein Revier zu kennzeichnen, sondern um zu kommunizieren – untereinander zu kommunizieren.«

Immer wieder stellte ich fest, dass unsere Tochter in verfahrenen oder gefährlichen Situationen die Fähigkeit besass, beruhigend oder sogar problemlösend zu intervenieren, oft nicht mit Worten, sondern alleine mit ihrer Anwesenheit. Sie selbst fand keine plausible Erklärung dafür. *Shy* glaubte an eine Vorsehung und war dankbar dafür. Meine Rücksprache mit *John* erbrachte ebenfalls keine neuen Erkenntnisse. Er war nach unserm Gespräch jedoch sehr nachdenklich und sicherte uns zu, diese spezielle Situation zu beobachten.

Also akzeptierten wir *Chenoas* Gabe, ohne eine Erklärung zu finden, und baten sie immer wieder, dieses Geschenk nur helfend einzusetzen.

Am letzten Ferientag, sehr früh am Morgen, erschien *John* vor unserer Haustür und forderte *Chenoa* lautstark auf, ihn zu begleiten. Wir machten uns anfänglich Sorgen und ich war drauf und dran das Unterfangen zu verbieten. Als wir aber sahen, welche Vertrautheit zwischen den beiden herrschte, und dass sie ihm widerspruchslos folgen wollte, gab mir *Shy* zu verstehen, dass wir die beiden ziehen lassen sollten. Sie marschierten direkt auf den Waldrand am *heiligen Bezirk* zu, wo sie kurz danach verschwanden.

John dirigierte *Chenoa* immer tiefer in diese für sie neue Umgebung, den heiligsten Bereich der Key'as, wie sie an den Gräbern erkannte. Er beobachtete sie ganz genau, er belauerte sie richtiggehend und wartete auf irgendein Zeichen. Seine Augen waren auf Sie gerichtet, als wollte er keine ihrer Reaktionen übersehen. Im hellen Licht, das auf die Lichtung fiel, konnten sie beide schemenhaft eine grosse Frau erkennen.

Plötzlich begann *Chenoa* mit einer hellen frischen Stimme in einem indianischen Dialekt zu sprechen:

»Ich bin *Skeena*, deine Mutter. Führe du uns in die neue Zeit. Hab keine Angst, wir sind immer da.«

So plötzlich wie es begonnen hatte, so plötzlich verschwand die Erscheinung. Zufrieden stellte *John* fest, dass sich sein Lebenswerk vollendet hatte. Er hatte eine würdige Nachfolgerin gefunden. Sie war von nun an die Verbindung zu den Ahnen.

Er brachte die völlig erschöpfte *Chenoa* zurück in unser Haus. Zuerst wollte ich aufbegehren und den alten Mann zur Rede stellen, aber ich sah das leichte Kopfschütteln von *Shy*. Ich konnte an *Chenoas* Gesichtsausdruck erkennen, dass sie sich vermutlich an nichts mehr erinnern würde. Genau wie damals mit *John*. Aber diesmal konnte sich *John* erinnern und uns davon berichten.

ooOOoo

227

Dunkle Wolken

Was ist Leben? Es leuchtet auf wie ein Glühwürmchen in der Nacht. Es vergeht wie der Hauch des Büffels im Winter. Es ist wie der kurze Schatten, der über das Gras huscht und sich im Sonnenuntergang verliert.

Indianische Weisheit

Der Werdegang von *Chenoa* war bemerkenswert. Sie begann kurz nach ihrem zwölften Geburtstag die Highschool in *Stockton*. Nach vier Jahren, mit einem Abiturabschluss in der Tasche, wechselte sie an die Universität in Vancouver. Nach nur fünf Jahren Grundstudium mit einem Gastsemester in den USA, schloss sie mit *summa cum laude* ihr Masterdiplom in Psychologie ab. In der Phase der Spezialisierung wählte sie die Kinderpsychologie aus.

Als wäre dies selbstverständlich, eröffnete sie eine selbstständige Praxis in *Black Water Village*. Sie wusste sehr wohl, dass sie in New York, London oder Paris grössere Karrieremöglichkeiten gehabt hätte als in dieser Dorfidylle, ihre Entscheidung war jedoch unumstösslich. Wir waren sehr glücklich, dass unsere *weisse Taube* wieder in unmittelbarer Nähe zu uns leben wollte. Sie aber bereitete sich auf eine wesentlich grössere Aufgabe vor.

Am Erwachsenwerden unserer Tochter erkannten wir unser Älterwerden. *Shy* und ich führten, seit wir uns vor vielen Jahren zum ersten Mal gesehen hatten, eine unglaublich harmonische Beziehung. Manche Leute bezeichneten uns als Seelenverwandte. Die Schmetterlinge im Bauch hatten sich mit den Jahren etwas beruhigt, dennoch fühlten wir uns immer als Einheit, als ein Körper und eine Seele. Unsere Liebe war auch das Resultat grenzenlosen Vertrauens und tiefen Respekts vor uns und unserem Leben. Dies schloss Meinungsverschiedenheiten nicht aus. Wir suchten in diesen Fällen immer nach dem grössten gemeinsamen Nenner. Wir verletzten uns nie, sondern hielten uns gemeinsam hoch. Ein Lob am richtigen Ort war immer Balsam für beide Seelen.

Shy hatte ihr Lehramt an der Schule abgegeben und war nur noch als Stellvertretung tätig. Zwei Lehrkräfte arbeiteten jetzt in der neuen Schule. Ihre so gewonnene Freizeit wurde durch das arbeitsintensive Amt als Präsidentin des Rates kompensiert.

Jeremy hatte sich zur Ruhe gesetzt und überliess nun den Jüngeren das Ruder. Er streifte viel in den Wäldern der Umgebung herum, sehr oft sahen wir ihn in Begleitung von *Jack Wilson*.

Die Aktivitäten der Stiftung reduzierten sich, da die wichtigsten Vorhaben in der Gemeinde erreicht worden waren. Das Vermögen wuchs dank der umsichtigen und professionellen Anlage durch die *Interlink Bank* beachtlich an. Wir mussten jedoch nie nach einem sinnvollen Einsatz unserer Mittel suchen. Immer wieder traten Situationen auf, die unserer Hilfe bedurften.

Völlig unvorbereitet, ich genoss den Anblick der untergehenden Sonne von der Terrasse aus, erhielt ich von *Ayana* einen Anruf. Sie bat mich, möglichst umgehend in die inzwischen modernisierte Klinik zu kommen.

Etwas beunruhigt traf ich beim Empfang ein. *Ayana* erschien und bat mich ihr zu folgen. Sie führte mich in ihr Büro und ich konnte ihr ansehen, dass sie mir eine Hiobsbotschaft übermitteln würde.

»Ich habe *Shy* letzte Woche wegen ihrer dauernden Müdigkeit untersucht. Die anschliessende Blutanalyse ergab, dass deine Frau unter einer akuten anämischen Leukämie leidet. Sie muss sich sofort in ärztliche Behandlung begeben.«

Im ersten Moment konnte ich die Bedeutung dieser Mitteilung nicht einordnen, doch allmählich begannen meine grauen Zellen zu arbeiten. Ich hatte das Gefühl, als hätte mir jemand einen Schlag auf den Kopf versetzt. Die Umgebung verschwamm mir vor den Augen. Ich erinnerte mich nur an Bilder von Patienten ohne Haare, an Schläuchen angeschlossen. Ein riesiges schwarzes Ungeheuer hatte seinen Schlund offen, bereit alles zu verschlingen, was sich ihm in den Weg stellte.

Die Situation verschaffte sich langsam, aber unaufhaltbar, Zugang zu meiner Gefühlswelt. Ich empfand nun einen Schmerz, der mich zu erdrücken drohte. Ich wollte schreien, aber es kam kein Ton heraus. Der Druck in meinen Augen überstieg das erträgliche Niveau und in mir weinte etwas. Die Hemmungen fielen und aus meinen Augen flossen die Tränen. Ein tiefes Schluchzen kam stossweise aus meiner Brust. Die tonnenschwere Last begann mich zu ersticken.

Ich konnte nicht sagen, wie lange ich im Sprechzimmer von *Ayana* sass. Ich glaubte tröstende Worte zu hören, aber sie kamen nicht von meiner Ärztin, sondern von *Chenoa*. Ich schämte mich meiner Schwäche wegen.

Meine Tochter sprach wohlüberlegt und sehr weise:

»Tränen sind keine Schwäche, Papa, sondern ein ehrliches Anzeichen deiner tief empfundenen Anteilnahme am Schicksal von Mama. Mit deinen Tränen linderst du nur deine Schmerzen und deine unerträgliche Anspannung wird gelöst.«

Ich erinnerte mich immer wieder an diese Worte und fragte mich dauernd, wie ein junger Mensch derartige Vorgänge verstehen und so perfekt zum Ausdruck bringen konnte.

Wir suchten umgehend einen Blutspezialisten im Vancouver

Health Care Center auf. Verschiedene Therapien wurden vorgenommen, von der rein medikamentösen bis zu Wäsche des
Blutes. Stammzellentherapien scheiterten am Nichtvorhanden-
sein eines Spenders.

Die Behandlungsmethoden zeigten anfänglich eine leichte
Verbesserung des Krankheitsbildes und *Shy* konnte wieder zu
uns nach Hause kommen. Sie genoss unsere Zweisamkeit.
Manchmal machten ihr die vielen Besuche unserer Freunde
etwas zu schaffen, dennoch zeigte sie immer echte Freude an
deren Anteilnahme.

In diesen paar Wochen erholte sich *Shy*. Sie legte sogar leicht
an Gewicht zu. Wir unternahmen viele gemeinsame Ausritte
und genossen die harmonische Zeit. Sie versprühte eine un-
erschütterliche Zuversicht und zeigte allen, dass sie sich prächtig fühlte. Im Innern focht sie jedoch einen einsamen Kampf
aus, der beinahe übermenschliche Anforderungen an sie stellte. In ihren Träumen, ich erlebte sie jede Nacht, sträubte sie
sich dagegen, dass ihre Zeit hier auf Erden zu Ende ging. Ich
konnte sie meistens davon überzeugen, dass es sich nur um
Träume, schlechte Träume gehandelt hätte. Doch der erneute
Zusammenbruch folgte mit brutaler Gewissheit.

Ende der Woche rief mich *Shy* uns sagte leise:

»Meine Ahnen haben zu mir gesprochen«, begann sie das
wohl schwierigste Gespräch ihres Lebens. »Mein Liebster, wir
haben zusammen etwas geschaffen, das Generationen vor uns
nicht erreicht hatten. Wir haben eine gesunde und äusserst be-
gabte Tochter. Du und ich, wir konnten unseren gemeinsamen
Traum erfüllen. Was kann ein Mensch mehr erreichen? Ich
werde meine Krankheit mit Würde ertragen und das Schicksal
akzeptieren.«

Diese Worte klangen für mich wie ein endgültiger Abschied.
Doch ich wollte kämpfen, kämpfen für die Liebe meines Lebens.
Guy hatte in der Zwischenzeit Kontakt zu einer international

renommierten Forschungsfirma aufgenommen. *Cetan Research Inc.* in Montreal hatte sich auf die Entwicklung von Medikamenten zur Bekämpfung dieses Blutkrebses spezialisiert. Sie waren bereit *Shy* in ihr Forschungsprogramm aufzunehmen. Sie meinte mit fatalistischem Unterton:

»Vielleicht werde ich gewinnen und meine schlechten Träume verdrängen. Wenn nicht, so haben wir es wenigstens versucht.«

Die erste Testreihe sollte drei Wochen dauern. Selbstverständlich begleitete ich *Shy. Chenoa* schloss sich unserer Expedition, dies waren die Worte von *Ayana*, an. Was *John* veranstaltete, war für alle unverständlich. Er begab sich in den benachbarten Wald und begann zu schreien, zu toben, zu betteln und schliesslich zu weinen. Sein Kampf spielte sich auf einer andern Ebene ab. Total erschöpft, vermutlich wenig erfolgreich, kam er wortlos ins Dorf zurück und schloss sich in seinem Zimmer ein.

Die Abreise war sehr emotional. Die Eltern von *Shy, John* und *Marie,* und *Ayana* begleiteten uns zum kleinen Flugplatz in *Stockton.* Dort erwarteten uns *Guy, Selinda* und *Sue.* Beim Abschied flossen viele Tränen. Unser Reiseprogramm sah vor, dass wir mit dem zweimotorigen Shuttle nach Vancouver fliegen und gleich nach Montreal weiterreisen würden. Die Klinik erwartete uns. *Jeremy* überreichte *Shy* eine weisse Adlerfeder, ihren Talisman. Trotz der grossen Traurigkeit, die in der Luft lag, versprühte *Shy* weiterhin einen ungebrochenen Glauben an die Zukunft.

Am Arm von *Chenoa* stieg sie ins Flugzeug. Ich freute mich ehrlich, als ich erkannte wer der Pilot war: *Joshua Foot* empfing uns mit der gebührenden Zurückhaltung. Er war von *Guy* über den Zweck unserer Reise informiert worden.

In der Klinik von *Cetan Research* wurden wir bereits erwartet. *Shy* musste sich unverzüglich vielen Voruntersuchungen unterziehen. Sie klagte nie, obschon diese Analysetortur sehr kräftezehrend war. Ihre bleichen schmalen Arme waren von vielen Einstichen übersät.

Die entscheidenden Infusionen mit dem neuen Wirkstoff begannen am Folgetag. Professor *Landon* hatte uns über alle möglichen Nebenwirkungen detailliert informiert und ich fragte *Shy* nochmals, ob sie diese Strapazen auf sich nehmen wollte.

„Um unser schönes Leben zu verlängern, ist nichts zu aufwändig. Ich habe diesem Schritt zugestimmt als gehen wir auch diesen Weg gemeinsam."

Der Zusammenbruch folgte bereits nach einer Woche mitten in der ersten Testphase. Bleich eingefallen und komplett entkräftet präsentierte sich meine einstmals blühende *Shy*. Ich begann mir Vorwürfe zu machen, dass ich überhaupt einer derartigen Behandlung zugestimmt hatte. *Shy* umklammerte meine Hand fest, als wollte sie sagen: *Wir schaffen es!*

oooOooo

Dem Licht entgegen

In der Nacht wurden wir gerufen. *Chenoa* und ich stürmten ins Krankenzimmer und fanden eine schwer atmende *Shy* vor. Professor *Landon* informierte uns, dass die Patientin mit einer Lungenentzündung zu kämpfen hätte.

Das Fieberthermometer stieg auf 41,5 Grad. Die gespritzten Antibiotika zeigten keinerlei Wirkung mehr und das Atmen meiner Liebsten verwandelte sich in ein Röcheln.

Ich ergriff behutsam die linke Hand von *Shy*, während *Chenoa* ihre rechte umfasste. Dann hörte ich, wie unsere Tochter leise ein altes indianisches Sterbelied anstimmte. Es schien mir, als singe sie mit der Stimme von *Shy*:

Lass es schön sein,
wenn ich das letzte Lied singe.
Lass es Tag sein,
wenn ich das letzte Lied singe.
Ich möchte auf meinen beiden Füssen stehen,
wenn ich das letzte Lied singe.
Ich möchte mit meinen Augen hochblicken,
wenn ich das letzte Lied singe.
Ich möchte, dass die Sonne auf meinen Körper scheint,
wenn ich das letzte Lied singe.
Lass es schön sein,
wenn ich das letzte Lied singe.
Lass es Tag sein,
wenn ich mein letztes Lied singe.

Die Ärzte kämpften verzweifelt um *Shys* Leben. Sie versuchten die sich bildende Flüssigkeit in der Lunge zu entfernen, fiebersenkende Massnahmen wurden umgehend eingeleitet, doch keine Medikamente halfen mehr.

Shy verlor ihren Kampf; sie starb in den frühen Morgenstunden – die ersten Sonnenstrahlen drangen ins Zimmer – im Alter von 56 Jahren. Erstmals sah ich *Chenoa* bitterlich weinen. Ich küsste *Shy* ein letztes Mal, dann schloss ich *Chenoa* in meine Arme und versuchte sie zu trösten. Wir nahmen nichts von unserer Umgebung wahr.

Beim Abschlussgespräch bedauerte Professor *Landon* die tragische Entwicklung dieser heimtückischen Krankheit. Er meinte niedergeschlagen, dass sein Forschungsprojekt einen dramatischen Rückschlag erlitten hätte.

Wir informierten unsere Lieben zu Hause und versprachen ihnen, mit *Shy* zurückzufliegen.

So landeten wir zwei Wochen, nachdem wir nach Osten aufgebrochen waren, wieder auf dem Flughafen von Vancouver, wo uns *Guy* und *Selinda* wortlos in Empfang nahmen.

Eigentlich präsentierte sich das Empfangskomitee wie üblich, wenn nicht noch ein schwarzes Fahrzeug auf uns gewartet hätte. Darin begleitete uns *Shy* auf dem letzten Weg nach Hause.

Im Village angekommen war eine grosse Anzahl von Leuten vor dem Gemeindehaus versammelt. Es herrschte eine gespenstische Stille und der Empfang durch unsere Verwandten und Freunde war herzzerreissend. Ich konnte unter den Trauernden auch *Jack Wilson* erkennen. Unsere Trauer geriet vollends ausser Kontrolle, als die Dorfbewohner einen alten Trauergesang anstimmten und so von einem wertvollen Familienmitglied, das Generationen von ihnen ausgebildet hatte, Abschied nahm.

Wir bahrten *Shy* im Gemeindesaal auf. Viele Blumen und farbige Bänder schmückten den dunklen Holzsarg. Ich erinnere mich noch an ein buntes Band mit goldener Schrift:

Wie können die Toten wirklich tot sein,
solange sie in unseren Herzen weiterleben?

Nach einer durchwachten Nacht hörten *Chenoa* und ich ein leises Klopfen an der Haustür. *John* stand davor, in einem seltsamen schwarzen Kleid mit eigenartigen weissen Vogelfiguren drauf. Er bat uns beide ihm zu folgen.

Wir marschierten auf den *heiligen Ort* zu und drangen an der mir jetzt bekannten Stelle ins Dickicht ein. *Chenoa* folgte mir völlig furchtlos, doch mit angespannter Miene. Sie zeigte keinerlei Anzeichen, dass sie zuvor schon einmal hier gewesen war.

Überrascht sah ich, dass der Sarg von *Shy* bereits in einer Vertiefung in der Nähe der Lichtung eingebettet war, die Vertiefung war mit Tannenästen ausgekleidet. Ich sagte kein Wort und *Chenoa* drückte fest meine Hand. *John* erkannte uns nicht. Er befand sich in seiner Welt, als er mit seiner Zeremonie begann. Die ersten Sonnenstrahlen trafen die Lichtung und hüllten sie in ein helles Licht. Darin glaubten wir die Gestalt von *Shy* zu erkennen. *John* sprach deutlich mit ihrer Stimme zu uns:

Steht nicht an meinem Grab und weint,
ich bin nicht da, nein, ich schlafe nicht.
Ich bin eine der tausend wogenden Wellen des Sees,
ich bin das diamantene Glitzern des Schnees,
wenn ihr erwacht in der Stille am Morgen,
dann bin ich für euch verborgen,
ich bin ein Vogel im Flug,
leise wie ein Luftzug,
ich bin das sanfte Licht der Sterne in der Nacht.
Steht nicht an meinem Grab und weint,
ich bin nicht da, nein ich schlafe nicht.

ooOoo

Zeitfracht Medien GmbH
Ferdinand-Jühlke-Straße 7
99095 Erfurt, Deutschland
produktsicherheit@kolibri360.de